OKUNMAMIŞ MESAJ

Psikolojik Roman

NEMESİS KİTAP / Roman

Yayın Numarası 527

Okunmamış Mesaj Aşkım Kapışmak

Genel Yayın Yönetmeni Senem Kaleli
Yayın Koordinatörü Elçin Kazancı
Editör Serap Çakır
Kapak Tasarım Cem Özcan
Sayfa Düzeni Efdal Basan

Kapak fotoğrafında yer alan Yıldız Çağrı Atiksoy'a teşekkürlerimizle...

ISBN: 978-605-7649-84-3

24. Baskı: Ocak 2021
(Her Baskı 1.000 Adet)

NEMESİS KİTAP
Gümüşsuyu Mah. Osmanlı Sok. Osmanlı İş Merkezi 18/9
Beyoğlu/İstanbul
Tel: (0212) 222 10 66 - 243 30 73 • Faks: (0212) 222 46 16
info@nemesiskitap.com • www.nemesiskitap.com
Sertifika No: 49065

MATBAA
MY Matbaacılık San. ve Tic. Ltd. Şti
Maltepe Mah. Yılanlı Ayazma Sk. No: 8/F Zeytinburnu / İstanbul
Tel: 0212 674 85 28
Sertifika No: 47939

AŞKIM KAPIŞMAK

OKUNMAMIŞ MESAJ

Psikolojik Roman

nemesis
KİTAP

Geç okuduğum çocukluğuma...

İnsan İnsanda İyileşir…

Ben de herkes gibi
kalbimin askerini arıyorum.

İki odaya sığdırdığım bir dünyanın başı sonu üç adım. Gidiyorum, geliyorum ve duruyorum. Hep üç adım sayıyorum. Sorun, rakamın üç olması değil, sorun aynı şeyleri tekrar edip durmam aslında. Nereye gidersem geri geliyorum; nereden gelirsem geleyim, bir süre duruyorum. "Ben ne yapıyorum, ben kimim," diye sorup duruyorum. Sanki benden başka herkesin üçten fazla adımı var da bir ben eksik gibiyim. Sonra inanıyorum bu söylediklerime, ikisine küsüp biriyle kaldığım zamanlar oluyor. Ne duruyorum ne geliyorum, sadece gidiyorum. Bazen ne gidiyorum ne de geliyorum, sadece duruyorum. Fazla uzun geldiyse bu süreç sebebini söyleyeyim; *korkularımın üstüne gidiyorum ama bu, hayatın içinde gidip geldiğim yerlere benzemiyor.* Bilmediğim bir ülkede kaybolmuş gibiyim, cüzdanımı çaldırmış, pasaportumu kaybetmişim, ha bir de dilini bilmediğim bir yerdeymişim gibi. İnsan yolunu kaybettiğinde hızlanırmış. Hatırla, bir adresi ararken kaybolduğunda yaptığın ilk şey hızlanmaktır. Daha hızlı yürürsün, çünkü kaybolma hissi, insana çok ağır gelir.

Yavaş yavaş korktuğum bilinçaltıma giriyorum. Evdeyim birkaç gündür, çektim elimi ayağımı sokaklardan. İnsan, cevaplarını kaçtığı yerde bulurmuş, onu anladım. Ama bu korkmadığım anlamına gelmiyor. Bu şekilde korkularım bitmeyecek, çünkü korkuların doğduğu yerler çok soğuk, sessiz ve çaresiz. En çok zorlandığım şey dünyadan elimi ayağımı çekmek oldu. Ne çok alışmışım aynı saatte kahve içmelere, yok "Her gün şunu mutlaka yaparım," demelere, aynı dükkândan aynı şeyleri almalara, aynı insanlarla aynı diyaloglara... Bu kadar kelepçe ve pranga, farklı davranmama izin vermemiş yıllarca.

Şimdi, korku bahçelerime her girdiğimde ne var ne yok tek tek bakmaya çalışıyorum. Korkak çiçeklerle, kaygılı toprakla, ürkütücü güneşle, sevgisiz gökyüzüyle ve karanlık umutlarla dolu bahçem. Kendimi gördüm, kopmuş, yere düşmüş ama sesi çıkmayan yaprak olmuşum. Yeşilim kurumuş, sonbaharda kalmışım, yaşlanmış gibiyim, oysa yaşım daha sekiz.

Ne garip bir deneyimdir bazıları için çocuk yaşta yetişkin sınavlarına girmek ya da yanlış yetişmiş yetişkinlerin sınavlarında oyuncu olmak. Bazı çocukların kaderi, büyüklerin veremediği sınav sorularında seçenek olmak sanki. Kuşaktan kuşağa ne acayip bir aktarım. Sorular da temelde hep aynı yere çıkıyor: *Kimi harcayacaksın, kimi kazanacaksın?* Cevap şıkları ise sürekli dünyaya getirdikleri kendi çocuklarından oluşuyor. Ama keşke son bir şık daha olsa diyorsun:

e) Hiçbiri

Bana kalsa ya kazanmış ya da kaybetmiş olmak isterdim. Çünkü arada kalmak çok daha tedirgin edici.

Bu arada selam, ben Yusuf, masörüm. Aslında psikoloğum; ama mesleğimi yapmıyorum. Psikologluk adına bir iki denemem oldu, ancak bu şekilde insanları pek göremediğimi fark ettim. Okul bitti, bıraktım diyebilirim. Sizinle paylaşmak istediğim konu benim sırrımdı aslında ve artık, bu sırra ihtiyaç duymuyorum. Beni diğer insanlardan farklı kıldığına inandığım şey, zamanla benden uzaklaşmaya başladı ve bunu rahat rahat herkesle paylaşabilir hale geldim. Kendimdeki yetenekle çok küçük yaşta tanıştım. O zamanlar beni farklı kılan özelliğimi hayal dünyamın bir parçası sanıyordum. Zamanla geçeceğini düşündüm, öyle sandım hep, ama geçmedi ve beni ben yapan şeye dönüştü. Size garip gelebilir söyleyeceklerim ama ben, insanlara dokunduğum zaman, hayatlarını, gerçekte kim olduklarını, geçmişlerini görebiliyorum. Böyle yazınca kısacık, alelade bir cümle gibi algılayabilirsiniz belki ya da bu kadar hızlı yazdığım için basit ve saçma olduğunu da düşünebilirsiniz. İçinizden ne geçtiğini az çok tahmin edebiliyorum. Akıl hastası, ilgi çekmeye çalışan biri ya da bu adam normal değil! Sıra dışı her şeye verdiğiniz tepkiye benzer bir bakış açınız da olabilir bu anlatacaklarıma, fakat açıkçası size bu özelliğimi detaylı şekilde izah edecek değilim; nasılsa okudukça benim sırrıma sizler de vakıf olacaksınız. Anlaşılmaktan çok duyulmak benim derdim. Çünkü benim bile anlamadığım bu durumu başkalarının anlamasını beklemek aptallık olur. Ne yalan söyleyeyim, bana da çoğu zaman pek mantıklı gelmiyor. Masör olmamın sebebi de buydu. Çok fazla hayatı izlemek, insanların izni olmadan gizli alanlarını görmek ki evet, bu kısım size garip gelebilir. Uzun süre bunun ne kadar etik olduğunu düşündüm, ama sonra aklıma şu geldi: *Bana çıplak vücudunu teslim eden kişi, zaten bahçesinin kapısını da aralık bırakmıştır.* Galiba her insanda kendi gerçeklerinin bilinme arzusu var, çünkü sır denilen şey, pek de saklanıp tutulacak cinsten değil. Saklamak, hayattan eksik kalmak gibi. İnsan kimi zaman, bir bakışı ya da bir cümlesiyle, bazen de giydiği kıyafeti ile içindeki gerçeklerin kapısını aralar ve o kapıyı görebilecek herkesi davet eder.

Aklınıza şu da gelebilir: *Ya gördüklerim bir halüsinasyondan ibaretse ya da kendi yaratımlarım, uydurduğum şeylerse!* Onu da deneyimledim. Masaj yaptığım insanlarla sohbet ediyorum ve rahatsız olmayacakları şekilde süslü sorularla kapılarını çalıyorum. İnsan, en basit şekliyle masaja ihtiyacı olduğunu düşünür, ruh başka şeyler ister. İnsanın yorulduğu için masaj istediğini zannederiz, oysa iki elin ona dokunmasına ihtiyacı vardır. Çünkü beden dokunuldukça sakinleşir ve hayatın yapamadığı, bir türlü beceremediği şefkati, merhameti oradan alır. Bu bir kabul görme ayinidir, *Sakin ol, seviliyorsun ve şimdi seni üzen her şeyden uzaksın,* diyen bir his yaşatır. Bazıları için tamamen seksüel bir ayindir. Bu, masör ya da masöz ile ayini isteyen kişi arasındadır, gizlidir. Bu giz ise heyecan ve stres yüklüdür aslında. Çünkü yabancı birinin başka bir bedene dokunması kolayca izin verilecek bir durum değildir. Garip bir süreç ama gerçek ve ben, yaşadığım bu gerçek deneyimlerle, binlerce kitap okumuş, yüzlerce film izlemiş gibi hissediyorum. Ne yazık ki zamanla, işte bu deneyimler bana yük olmaya başladı. Bu kadar beden, bu kadar hayat… Peki, ne yapacağım bunlarla? Çok düşünüyorum, faydası olmayan bir yetenek bana neden verildi? Tüm yeteneklerin bir sebebi olmalı değil mi? Yeteneklerimiz bizim üstünlüğümüz mü, yoksa eksik yanlarımızın acısını duymayalım diye bize verilmiş birer lütuf mu?

Dünyada sanat, spor ya da farklı alanlarda yeteneği ile başarılı olmuş insanların ortak noktalarının, çocukluk acıları olduğunu düşünüyorum. Acıları o kadar büyük ki ancak yeteneğin verdiği mutluluk sayesinde bununla baş edebiliyorlar. Tabii bilinen yetenekler dışında, benim gibi gizli yeteneklere sahip insanların da çok olduğuna inanıyorum. Düşünsenize, belki iç sesinizi, düşüncelerinizi duyan birileri var etrafınızda, belki de çevrenizde sizin görmediğiniz ama sizi gören birileri bulunuyor. Kim hayır diyebilir ki buna? İnsan, bilmediği, görmediği, tanık olmadığı bir gerçeği kabul edemez haklısınız, ama kimi gerçekler kişide kalan sır gibi yaşanmalıdır. Bazı yetenekler başkalarına anlattıkça ve o yetenekten çıkar elde edilmeye başlandıkça azalıp sıradanlaşıyor. Sesim güzel olsa, başkalarına faydalı olabilir ve daha çok insana ulaşabilirdim. Fakat gün geçtikçe insanlar tarafından sıradanlaştırılabilirdim de. Benim sahip olduğum yetenek, topluma değil yalnızca bana fayda sağlıyor. Evet, ama neden ve ne faydası var?

Otuz yaşındayım, üç kardeşiz. Abim cezaevinde, kardeşim ise evli, mutlu, çocuklu denilenlerden. Mutlular mı bilmiyorum, pek dokunmadım onlara. Çünkü bazen aşırı mutluluklar üzüntüyü kapatan kalın bir maske gibidir. Şüphecilik gibi gelebilir size, bendekine mesleki alışkanlık diyelim. Sonuçta tanımadığım insanların evlerine girip çıkıyorum. Hem evlerini bilmiyorum hem de masaj yapana kadar onlarla ilgili bir fikrim olmuyor. Onları önceden biraz tanısam, bir yanım güvende hissedecek belki, ama tanımayınca o güven duygusu da gelişmiyor. İşte şüphecilik derken anlatmak istediğim de bu. Tanımadığın müddetçe güvensiz oluyorsun. Bu arada yanlış anlaşılmasın, bedenlere dokunmayı değil, bedenlere saklanmış hayatları izlemeyi seviyorum. Bu durumu psikiyatrist bir büyüğümle konuşmuştum vaktiyle, mesleğimi anlatıp müşterilerimin kabaca profilini vermiştim. Bazı insanların çok mutsuz olduğunu, sevgiye, dokunulmaya ihtiyaç duyduğunu söylediğimde bana, "İnsan bazen kendi hayatından kaçarken, başka hayatlara sarılmak isteyebilir," demişti. Aslında ben pek sarılmıyorum, yani sarılmak bambaşka bir eylem benim için. Sadece dokunup bırakıyorum.

Ailem yaptığım işi bilmiyor, beni psikolog sanıyor. Evlere masaja gittiğimi söylersem anlamayacaklar, her şeyi bilmek zorunda da değiller. Zaten pek de inanmam, *yok aile her şeyi bilmeli, yok aile arasında sır olmaz* laflarına. O iş öyle olmuyor, herkesin ailesinden sakladığı bir sırrı mutlaka vardır. Ailede dostluk olamaz, yoksa o ilişki yürümez. Size sorayım, karı koca arasında sır olur mu? Evet olur! Eminim birçok insan eşinden bazı gerçekleri saklıyordur. Sakladığı şeyin ne olduğu önemli değil. Çünkü saklarsa ilişki yürür. Peki, iki kardeş arasında sır olur mu? Evet olur! Olmalıdır da. Bazen anlamayacakları, bazen üzülecekleri için kimi gerçekleri söylemeyiz ya da onlar bize aynı şekilde söylemezler. İki sevgili arasında olur mu? Evet olur! Bakın, "olmamalı" demek başka bir şey, ama olur. Akrabalar arasında sır olur mu? Evet! Yoksa bu ilişkiler hayatta yürümez. İki dost arasında sır olur mu? Hayır olmaz! İşte bu yüzden karı koca, iki sevgili, iki kardeş ya da akrabalar birbiriyle dost olamaz. Bakmayın siz şimdilerde herkesin birbirine "dostum" demesine... O sözler "Bana zarar vermez," demenin başka bir şeklidir. Sırrınızı dostunuzdan başka kimse taşıyamaz çünkü. Muhakkak bir yerde dillenir, ses olur, mimik olur anlatılır. Fakat dost kullanmak için değil, taşımak için vardır. Ben, ailem bu gerçeği taşıyamaz, diye onlara söylemedim. Annemle babam ahlakı, sevgiyi, hoşgörüyü, saygıyı, iyi insan olmayı muhafaza edemediler. Onlar derin karanlıklarına sığınıp zıttı olan dini inançlarını sergilediler, zararsız, iyi birer Müslüman havası çizdiler. Muhafazakârlık kavramı önemli diye düşünüyorum ve bu kavramı dini bir argüman gibi de algılamıyorum. İnsanın vazgeçmeyecek şekilde inanıp sahiplendiği her düşünce, duygu ve ideoloji muhafaza ettiği şeydir, kendi gerçekliğidir. Ve muhafaza ettiği, savunduğu gerçeğin tersini duyup gördüğünde, refleks tepkiler verir. İnsan, muhafaza ettiği değerlerin elinden alınmasından ve inandığı değerlerle ilgili haksız çıkmaktan korkar, çünkü tutunacağı başka bir dayanak bulması zordur.

Neden koyu Fenerbahçeli olur insan? Galatasaraylılar olduğu için... İnsan bir durumu, düşünceyi, inancı abartarak savunuyorsa, zıddından korkuyordur. Karşısındaki olmaktan korkuyordur, oysa "düşünce eylemi" zıddını anlamaktan geçer. Bu yüzden sistem kurucu ve yöneticileri kendi muhafaza ettikleri "şeyin" taraftarını artırmak için sık sık olay yaratır. Ve "elden gidiyor" korkusu kişiyi, o "şeye" daha da bağlar. Olan kavga eden, strese giren, endişe eden insanlara olur. Eğer bir "şeyin" zıddını anlar ve varlığını kabul edersek kendi muhafaza ettiğimiz değerlere karşı da körleşmeyiz. Körlük, inancı artırabilir ama aklı azaltır. Ülkelerde kutsal olan değerlere karşı saldırı bitmez. Bu saldırı, o kutsalı muhafaza edenleri bir araya toplar ve kalabalık oluşturur. Bu kalabalıklar, karşıt düşünce sahiplerine karşı birer gövde gösterisidir. Güçlüyüz demenin bir başka yoludur. *Biz buradayız*, derken gizli bir tehdit de içerir. Biri, karşıt görüşten bir inanca, yaşam şekline, düşünceye yahut eyleme laf atıyorsa, inanın bunun tek nedeni, kendi muhafaza ettiği değerleri aşırı koruma ihtiyacındandır. Yani herkesin derdi, kendi inandığı "değerle" alakalıdır.

Ailem de tıpkı böyle. Önceden sinir olurdum, ama zamanla, kendi gerçekliğimi nasıl savunuyorsam, onların da kendi gerçeklerini savunma hakları olduğuna inanmaya başladım. Tıpkı benim yıllardır muhafaza ettiğim biricik gerçeğim, özel yeteneğim gibi. Aileme dönerim yine, ama lütfen siz bu arada benim bilmiş bilmiş konuştuğumu düşünmeyin. Günün sonunda ben de en fazla sizin kadar biliyorum. Yaptığım çıkarımlar doğrudur da demiyorum ama benim dünyamda var olan doğrular bunlar. Anlam arayışım da başkalarından farklı değil. Herkes gibi hayata dair sorularım ve cevaplarım var. Ben de herkes gibi kalbimin askerini arıyorum. *Çünkü kalp askerini tanımayan nefsiyle cihat edemez.*

Hepimiz bir savaşın içinde gibiyiz. Dünyanın neresindesin bilmiyorum, ama senin de benim gibi sürekli savaş verdiğini biliyorum. Nefis ile savaş, hiçbir zaman bitmeyecek biliyorum ama onunla baş etmeye çalışmak da bir özgüven ifadesi değil mi sence de? Masaj yaptığım kişilere karşı para almak dışında, hazlarımı asla kullanmadım. Para emeğimin karşılığı ama yine de gözlerim ve ellerimin sürekli nefsime yenildiğini düşünmeden edemiyorum.

İlginç, saçma, terbiyesizce, bazen de kusulacak kadar iğrenç istekleri oluyor insanların. Kimse bile isteye bu denli tuhaflaşmaz aslında ama yine de nasıl bu hale geliyorlar, hiç anlamış değilim. Sınırı aşmalarını sağlayan, onları arsızlaştıran olayları görmek, bana inanılmaz keyif veriyor. Baştan konuşuyorum ve isteklerini asla kabul etmiyorum. Bazıları, gelsin de mutlaka ikna ederim zannediyor, ikna olmuyorum. Aşırı uçuk istekleri olan insanların geçmişlerini daha çok merak ediyorum. Onların yaşamları, çocukluk zamanları, yaşadıkları olaylar ve onu bu hale getiren zaman çizgisi benim ilgimi daha çok çekiyor. Hadi bir tanesini anlatayım size…

Bir gün telefonum çaldı. Otuzlu yaşlarda bir erkek masaj yaptırmak istediğini söyledi. Baştan sınırlarımı belirttim ve işi kabul ettim. Oturduğu eve, yaşadığı muhite şöyle bir göz atmanız yeterli aslında. Çok zengin, bekâr bir işadamı. Odasında hazırlanınca beni çağırmasını söyledim ve bir süre sonra içeriden davet geldi:

"Hazırım baba!"

Baba mı? "Ne diyor bu," diye kısa bir süre düşündüm. İçimdeki merak duygusu acayip kabardı ve odaya girince göreceğim tablo beni iyice tedirgin etti. Üstüne basa basa sordum:

"Hazır mısınız M. Bey?"

Ses yok, sessizlik var ve sonra yine bozulan sessizlik:

"Hazırım baba!"

İçeri girdim, kocaman yatağın ortasında çırılçıplak, cenin pozisyonunda uzanan, ürkek, tedirgin birini gördüm. Bana kapıyı açan, boylu poslu, özgüvenli adam çoktan gitmiş. Yatakta bir şeylerden korkmuş küçük bir çocuk vardı. Dayanamadım!

"İyi misiniz?"

"Senden bir ricam olacak."

"Tabii ki."

"Ben sadece kalça masajı istiyorum."

"Tabii ki."

"Ama daha iç kesimlere."

"Bunu konuştuk M. Bey."

"Tamam, sorun yok, dediğin gibi olsun."

Merakım iyice depreşti. Neydi bu adamın içindeki? Bu korkmuş çocuk neler yaşamıştı? Babası kimdi? Ve masaj başladı. Önce ayak parmaklarına dokundum. Parmak aralarına dokunduğumda, görüntüler de ardı ardına gelmeye başladı. Beş yaşında bir erkek çocuğu, parmak arası sandaleti ayaklarında, evin bahçesinde oynuyor. Oyun oynarken sürekli duruyor ve evin camına bakıyor. Cama baktığı an sandaletin içindeki parmaklarını büzüp ayakucunda duruyor. Bir ses ile görüntüden çıktım:

"Direkt kalçaya mı çıksak?"

"Sabredin lütfen, yavaş, yavaş."

"Tamam."

Ayak bileklerine masaj yapmaya başladım. Görüntü tekrar geldi. Annesi sandaletlerini giydiriyor çocuğun. Gergin, mutsuz bir kadın, çocukla göz kontağı kurmuyor. Kocaman evde, küçücük kelimeler bile yok. Her yer bembeyaz, tüm karanlıklar saklanmış gibi. Fazla düzgün, fazla simetrik, fazla özenli o tabloda, sadece çocuk özensiz bırakılmış. Annesi sandaleti giydirirken çocuğun gözlerine bakmıyor. Çocuğa mı öfkeli, kendinden mi geçmiş bilmiyorum ama ev, içinde yaşayanlar hariç, çok güzel. Kadın, hafifçe ayak bileklerine dokunuyor çocuğunun. O an gözlerine bakıyor ve dudağının bir kenarı ile tebessüm edip, diğer kenarı ile tiksiniyor. Böyle anlar, durumlar, vücudunun her yerinde iz bırakır insanın. Anne baba bunu pek bilmez. İnsanlar, bedene kodlanan anıların farkında olmazlar. *Ruh bedenin ülkesidir.* Geçip gittiğini düşünürsün ama yaşanmışlıkların izi sende az veya çok kalır. Biz geçmişe döner ve onların sadece kötü birer anı olduğunu sanırız, oysa vücut o anın duygularıyla doludur. Bedenimiz, babamızın, annemizin, kardeşlerimizin, arkadaşlarımızın, öğretmen ve akrabalarımızın bıraktığı duygular ile sarmalanmıştır. Sırtınızda babanız, kulağınızda anneniz, avuçlarınızda ilk sevdiğiniz kedi, parmak aralarınızda dedeniz, dizlerinizde arkadaşlarınız vardır. Beden bu duyguları bazen saklar, bazen kilitler, bazen de doya doya yaşar. İşte bu nedenle bazı insanlar kimseye dokunmaz ya da kendine dokunulmasını asla istemez.

Aklınıza geldikçe, mutlu, mutsuz, öfkeli, nefret dolu, huzurlu, âşık, saldırgan, hırslı, korkak, sevgi dolu insanların ellerine bakın. Çünkü eller, o duyguların saklandığı ya da özgürce yaşandığı yerlere ilk dokunandır. *Kişi bunu bilmez, ama eller ruhun gözleridir.* Eller, siz hiç farkında bile olmadan bir duygu anında, bedendeki yeri tespit eder ve oraya doğru hareket eder. Eller, çoğu zaman bir çift gözden bile daha iyi görür. Bir duyguyu anlayabilmek için karanlıkta da görebilmek şarttır çünkü. Gözlerin kör olduğu yerde, eller devreye girebilmelidir ki dokunduğu yeri görebilsin. Eller nereye dokunursa orayı görür, hatta onu zihninde resmeder. Bu nedenle *körlük yoktur, gerçekten dokunmamış eller* vardır.

Sizler, sevdiğinizin boynuna, ellerine, dizine, kulağına, sırtına ya da ayaklarına dokunup ne hissettiğini görenlerden misiniz, yoksa birinin gözlerine bakıp anlamaya çalışanlardan mısınız? Şarkılardaki gibi değildir; gözler yalan da söyler, kaçar ve hatta saklanır da ama beden hep oradadır. Bu nedenle el ele sevmek kadar güzel bir şey olamaz.

Fakat göreceklerinizle baş edebilecek gücünüz de olmalı. Çünkü eller bir güzelliğe dokunduğu kadar pisliğe de dokunmuştur, kirlidir. Elin yıkanması, kirli olmadığı anlamına gelmez.

Bu yüzden bir çift göze baktığınız zaman, temiz olma hissini yaşarsınız ama sabun neleri sildi götürdü asla bilemezsiniz. Ben gördüklerimi anlatacağım size, ellerimle gördüklerimi.

"Artık kalçaya mı gelsek?"

"Az kaldı."

"Süper."

İnsan korktuğu yere gidip neden tekrar korkmak ister? En çok ağladığı zamana dönüp hüngür hüngür ağlamayı neden ister? İlk tokat yediği anı hatırlayıp, yine o tokadı arzulamanın nedeni nedir? İnsan neden aynı acıyı tekrar tekrar yaşamak ister? Kalçalarına doğru çıktıkça gördüğüm tek fotoğraf babasıydı. Masaj bitti.

"Nasılsınız?"

"İyiyim teşekkürler."

"Beğenmenize sevindim."

"Vaktiniz var mı?"

"Ne için?"

"Biraz sohbet etmek istiyorum."

"Şey…"

"Çok uzun sürmez, bir iki kadeh…"

"Ben alkol almıyorum."

"Çay, kahve?"

"Uykumu kaçırır."

"Süt?"

"Ben bir bardak su alayım."

"Harika, duş alıp salona geliyorum."

Adamdaki yalnızlık hissi, bir bardak su içimlik sohbete duyduğu ihtiyaçtan belli. Evin içini çığla kaplı, buz gibi bir yalnızlık hissiyle doldurmuş. Bu yalnızlık ve peşi sıra gelen çaresizlik duygusu, galiba pek çoğumuzda da var. Her boşluğu işle, parayla, hırsla, geçici heveslerle doldurmak da bu yüzden değil mi?

"Geldim, buyur."

"Teşekkür ederim. Vücudunuz stres yüklüydü."

"Hissettin değil mi?"

"Evet."

"Vaktini alıyorum, kusura bakma"

"Rica ederim, sohbet etmeyi severim."

"E, anlat Yusuf. Kimsin, neler yapıyorsun?"

"Sıradan bir insanım, masörüm. Pek renkli bir hayatım yok, siz anlatın."

"Renkli derken?"

"Sade biriyim, nerede olduğum, ne yaptığım bellidir."

"Sadelik ne güzel, huzurlu mu?"

"Çoğu zaman."

"Benim de aradığım o galiba."

"Huzur mu?"

"Evet."

"Neden?"

"Çok renkliyim ondan olabilir mi?"

"Fark ettim."

"Nasıl?"

"Vücut saklıyor her şeyi."

"Neyi saklamış benim vücudum?"

"Sanki çocukluğunu."

"Kimsin sen psikolog mu?"

"Ben inanmam öyle şeylere."

"Bilim ama..."

"Herkes için geçerli mi bu bilim?"

"Evet."

"Sizde geçerli oldu mu? Paranız, imkânınız var, gittiniz mi psikoloğa?"

"Uzun yıllar. Aslında pek yol alamadım."

"O bilim bile, parası olana çalışıyor. Parası olmayanın psikoloji ile ilişkisi pek olmuyor."

"Neyse ya, demek vücudumda çocukluğum gizli. Nereden anladın?"

"Kalça mahremdir. Gizlenir. Orayı erken yaşta, anne babalar görür ve biz onların gözünden kendi penis ve kalçalarımıza, vajina ya da göğüslerimize bakarız."

"Sen psikologsun kesin."

"Hayır, iyi bir okuyucu ve gözlemciyim, diyelim."

"Bana bakınca ne görüyorsun o halde? Nasıl bir yaşamım var sence?"

"Zor birisin, istedikleri olsun isteyen, olmayınca sinirlenen birine benziyorsun."

"Çok klişe, başka?"

"Yalnız ve mutsuzsun, belki de o yüzden hayatın çok renkli."

"Yani!"

"Cinsel hayatın karışık, babanı sevmiyorsun, annen pasif bir kadın."

"Bunları yüzüme bakarak mı, kalçalarıma dokunarak mı anladın?"

"Sen bir şeyler içelim derken, her şeyini görmemi istedin."

"Ne alaka?"

"Çırılçıplak olduğun kişiye başka ne söylersin?"

"Ne?"

"Gerçek. Ben seninle cinsel ilişkiye girseydim, hemen gitmemi isteyecektin."

"Evet."

"Ama kalmamı istedin."

"Evet."

"Çünkü ruhun okşansın istiyorsun."

"Evet, falcı gibisin ya... Ne okuyorsun genelde?"

"Önüme ne gelirse."

"Nasıl yani?"

"İnsanın önüne genelde aradıkları düşer. Mesela, para istiyorsan, paraya götürecek insanlar, kitaplar çıkar karşına. Cinsellik istiyorsan ona göre, ilim istiyorsan ona göre, kendini bulmak istiyorsan ona göre olay ve kişilerle karşılaşırsın. Ancak genellikle insanlar kitaplara değil, asıl amaçları olan para, şöhret ve arzularına odaklanırlar. Çünkü sonuç her zaman süreçten zevklidir. Yorulana kadar devam eder insan."

"Ben de çok yoruldum."

"Su için teşekkür ederim, gitsem iyi olacak."

"Lütfen biraz daha kal."

"Geç oldu."

"O zaman bana bir şey söyle.""Ne mesela?"

"Bana beni anlattın, peki ne yapmam lazım?"

"Size bir soru!"

"Tabii."

"Kal demenizdeki amaç duymak istedikleriniz mi, yoksa kalırsa 'cinsel ilişkiye ikna ederim,' beklentisi mi? Dürüst olun!"

"İlk kal, dediğimde cinsellikti, ama şimdi duymak istiyorum."

"O zaman on beş dakika daha kalayım."

"Hemen başla lütfen. Uzun bir on beş dakika olsun."

"O ne demek?"

"Şaşırıp hayrete düştüğümde bir dakika, on beş saat gibi oluyor."

"Haklısın birkaç saniyede kötü zamanlar geçmez. Gerçek bir yüzleşme ise zordur. Birkaç dakika bile çok uzun bir yol gibi hissettirir."

"Seni dinliyorum."

"İnsan şehvete itaat ederse, çirkeflik, hayâsızlık, hırsızlık, çekememezlik, başkalarının üzüntülerinden memnun olma, acelecilik ve çıkarcılık onun kişiliği olur. Ama şehveti yönetebilir yani ondan özgürleşebilirse, kanaat etme, kendini tutabilme, sabır, hayâ, zarafet ve huzur kişiliği olur. İnsan şayet öfkesine itaat ederse, kibir, pervasızlık, pislik, münakaşa etmek, zulüm, başkalarını küçük görme, hor görme ve saldırganlık kişiliği olur. İnsanda iki ses vardır: Biri hep şeytanidir. Şehvet ve öfke, şeytanın sesidir. İnsan bu sese hizmet ederse, aldatmak, kandırmak, hile yapmak, hamur bozmak, kötü kalpli olmak gibi huylar edinir. O sese kulak vermez ise, zekilik, marifet, ilim, hikmet, insanların arasını bulmak, efendilik, onun huyu olur."

"Anladım."

"Ne anladınız?"

"Bende şehvet ve öfke yüksek."

"O zaman huzur yok."

"Kesinlikle ama bunların sebebi çocukluğum."

"O çocukluğunuzun sebepleriydi. Şimdi yetişkinsiniz. Hâlâ çocukluk sebepleri ile yaşamak garip değil mi?"

"Ne güzel konuşuyorsun Yusuf."

"Teşekkür ederim."

"Sen yaptığın işi nasıl değerlendiriyorsun?"

"Bu da benim şehvetim."

"Sence ne yapmam gerekli?"

"Her insan ne yapması gerektiğini bilir ama yapmaz."

"Bu kesin bir yargı gibi…"

"Ve bazı insanlar, bu yargıların içinde olmamak için şeytanını terbiye eder. Sen?"

"Ben ne?"

"Şeytanınla aran nasıl?"

"Sen şeytan mısın?"

"Aynı şeyi yapıyorsunuz."

"Neyi?"

"Öfkelendiniz, üstünlük taslamak istiyorsunuz."

"Hayır."

"Teşekkür ederim su için."

"Rica ederim. Yanlış anlamadın değil mi beni?"

"Hayır, ben sadece sizi anladım."

"Tekrar görüşmek isterim."

"Umarım kalça masajından uzaklaştığınızda ararsınız."

"Nasıl olacak ki o?"

"Babanızı kabul ederek."

"Zor."

"Kolay olsa sınav olur muydu?"

"Ben sınava falan inanmam."

"Düşük not alacak herkes aynı şeyi düşünür. İyi geceler."

"Sana da…"

Çocukken fark etmiştim bu yeteneğimi. İnsanlara sarılmak, dokunmak, inanılmaz iyi geliyordu ama ciddi sıkıntılar da yaşıyordum. O zamanlar, en sevdiğim arkadaşlarım Engin'le Sinan'dı. Her ikisi de dediğim dedik, kuralcı, kolay kolay mutlu olmayan, kavgacı tiplerdi. Sinan'ın şarkı söylemeyi çok seven, her şeyle dalga geçen ama bir o kadar da saldırgan bir mizacı vardı. Diğer mahalleden arkadaşımdı ve hafif de mafyavari işlere bulaşırdı. Engin ise başına sürekli dert açan, aşırı huysuz, huysuz olduğu için de pek sevilmeyen bir çocuktu. Onları ben tanıştırdım. Bu arkadaşlık her ikisine de çok iyi geldi. Engin, onca huysuzluğuna karşın dişini geçiremediği Sinan'ı çok sevdi. Sinan, Engin ile disiplini; Engin, Sinan ile esnemeyi öğrendi. O kavgacı, küheylan çocuklar birbirine yoldaşlık etti.

Küsmek, kavga etmek çocukların, ergenlerin çok istediği olaylar değildir aslında. Bulundukları ortamın bir parçası olmaktan gayet mutlu olurlar. Kavga etmek, savaşmak doğası gereği çocukların, ergenlerin, sınırları zorlama arzularından kaynaklanır. Ne kadar cesur olduklarını ve gelecek hayatlarında, ne kadar cesur davranabileceklerini o yaşta belirlemeye başlarlar. Biz de öyleydik tabii ama benim sınırları zorlama şeklim onlardan epey farklıydı. Ben o yaşta bu iki arkadaşı bir araya getirmeyi nasıl düşünebildim, merak ediyorsunuz değil mi?

Engin'e dokunduğumda kuralsız, sorumluluk almayan, inatçı bir baba gördüm. Babası ona ciddi sıkıntı veriyordu. Sinan'a dokunduğumda ise anne babasız, evde sürekli ağlayan bir çocukla karşılaştım. Öfkeliydi her ikisi de ve her ikisinin de hayata karşı öfkelerinin sebebi farklıydı. Benim içinse tek bir yol vardı: İki zıt olanı ortak bir zevkte buluşturmak, arkadaşlık! Dedim ya, benim sınırları zorlama şeklim, hayata bakışım, ta o zamanlar bile farklıydı. Hâlâ da öyleyim. Birbirlerine iyi gelecek insanları tanıştırırım. Arkadaşlarımızın, dostlarımızın mutlaka kötü huyları vardır. Çoğunun problemi konuşmakla, nasihatle de çözülmez, en azından ben öylesini görmedim; ama sağlam arkadaşlıkların ilaç olduğu pek çok ilişkiye şahit oldum. Bu nedenle, katıyı yumuşakla, kötüyü iyiyle, tembeli çalışkanla, korkağı cesurla, zengini fakirle, isyankârı şükredenle, dinsizi inananla, namusluyu namussuz ile tanıştırmak gerekir. Her zehrin panzehri diğer insanda vardır. *İnsan insanda iyileşir...*

Yusuf

Evde mutlu olmayan,

elde mutlu olamaz...

Çocukluğum buna benzer onlarca deneyimle geçti. Hep bir perdem vardı, insanlar sevmek ile çekinmek arasında yaklaşırdı bana. Yeteneğimi gizli tutardım ama bazen ağzımdan çıkan cümleler bile onları tedirgin edebiliyordu. Tuhaf bir çocukluk, garip bir ergenlik geçirdim. Ailem ile de pek mutlu olduğum söylenemez. Bizde dokunmak, temas pek olmazdı. Annemin ve babamın sevgi dili biraz farklıydı. Babam her akşam eve gelmeyi, annem de ev işlerini yapmayı sevgi zannediyordu. Belki de birçok ailede olduğu gibi, evi güvenli hale getirmek, evin içindeki bireyleri de sevmek anlamına geliyordu. *Saçımı süpürge ettim, sizin için çalıştım,* cümleleri evi ve bizi sevme şekilleriydi, yanlıştı. Sarılmamış, dokunulmamış insanların sevildiklerine inanmıyorum. Dokunmak, sürtünmek, adına ne derseniz deyin, mutluluk hormonlarını yükselten deneyimlerin başında geliyor. İlginç bir araştırmadır mesela, kalabalıklar arasında yürümek, tanımadığınız insanların size değmesi sosyalleşme diye bilinir. Aslında, korktuğumuz yabancılarla yakınlaşmamızı, tehditlere karşı güçlenmemizi sağlar. Hiç düşündünüz mü? Neden dünyada elektronik müzik tavan yaptı? Neden gece kulüpleri tıklım tıklım? Neden insanlar herhangi bir konuda sokağa çıkıp eylem yapmaya meyilli? Neden her eğlencenin sonu halay çekmek ile bitiyor? Neden stadyumlar tıka basa insanla dolu? Neden sosyal sorumluluk projesi adı altında sürekli kalabalık davetler düzenleniyor?

İnanın, çoğu insan evinde mutlu değil ve bu nedenle sürekli dışarıda başkalarıyla zaman geçirerek gerginliğini azaltmaya çalışıyor. Çünkü böyle ortamlarda yaşanılan dokunma ve sürtünme deneyimleri, insanın stresini azaltıyor. Normalde gündüz gözü ile birbiriyle oturup hayatta çay, kahve içmeyecek insanlar, gece kulüplerinde manasız yakınlaşmalar yaşıyor.

Çoğu zaman bilinçdışımızda yabancılara karşı öfkemiz vardır. Sürtünme yoluyla bunu yok ederiz. Tabii ben bu deneyimleri cinsel davet için kullanan insanlardan bahsetmiyorum. İki kadeh içip, ona buna sürtünen insanları konu dışı bırakıyorum. Benim meselem, anlatmak istediğim insan tipi onlar değil. Ha, belki ben de masaj yolu ile farklı hayatları izleyerek kendimi tatmin ediyorumdur, kim bilir.

Ergenlikten itibaren tüm gücümüzü, "mutlu olmak" için harcarız; hedefimize, amacımıza yön veren duygu "mutlu olma" isteğidir. Hatta baba ocağını bir an önce terk edip, yeni bir evde, yeni bir yaşam kurma hevesinin altında yatan yegâne sebep, mutlu olma çabasıdır. O halde, gerçekten mutlu olabiliyor muyuz? İstediğimiz kadar zengin ve güçlü olalım, sayısız arkadaş ve dostumuz olsun, zor bir duruma düştüğümüzde karşılaştığımız tek bir gerçek vardır: *Kimse bilmez ama içimizde yaralı bir çocuk yatar.* Yastığa başımızı koyduğumuzda içine kapanan, kimseyle tanıştırmadığımız bir çocuktur o. Belki biraz ürkek, belki sevgisiz ve kendini güvensiz hisseden, belki bir parça ihmal edilmiş. O zor durum başımıza geldiği anda, aklımızda bir sürü konu döner durur. Yalnız olmadığımıza kendimizi ikna etmeye çalışır, paramızı, işimizi, dostlarımızı, imkânlarımızı düşünmeye başlarız. Ama içimizdeki o çocuk için bunlar önemli midir? Para, kariyer, dostlar, yetişkin arkadaşlar istediğiniz kadar sayın. Çocuğu bu gerekçelerle avutabilir misiniz?

Ağladıkları zaman çocukları teselli etmek için şunları söylesek mesela: *Çocuğum paramız var, çocuğum çok dostumuz var, çocuğum istediğin yere gidebiliriz, çocuğum kariyerimiz var, çocuğum hayallerimiz var.* Hiçbiri işe yaramaz. Bizler yirmili yaşların ortalarından itibaren, yaşadığımız olumsuz olaylara da kimseye belli etmeden çocukça bakarız ve ne yazık ki o içimizdeki çocuğa yetişkin yaşlarımızda, sahip olduklarımızı ilaç diye vermeye çalışırız. İşe yaramaz, yaramayacak! Çocuklar dokunulmayı, sarılmayı, sevilmeyi ve güveni isterler. Hiçbir çocuğu gelecek hayalleri ve para ile kandıramazsınız. Belki tıpkı emzik gibi geçici haz olabilir, ama ana sütü gibi hiçbir zaman güvende hissettirmez.

Çok ağlarmışım bebekken. Annem durup durup ağlardın, der. Çok sinirli bir bebekmişim. Bir ruh neden sinirli ve memnuniyetsiz gelir ki dünyaya? Bırakıp geldiği yeri ya çok sevmiştir, oradan uzaklaşmak öfkelendirmiştir onu ya da geleceği dünyayı önceden biliyordur. O dünyada yaşayacağı öfkeyi, kızgınlığı, huzursuzluğu, tatminsizliği, reddedilmeyi prova ediyordur. Doğarken ağlamak, belki de dünyada nasıl yaşayacağımızın provasıdır kim bilir. İşte o yüzden tüm gözyaşları kurur. Kimininki yanakta, kimininki düşen toprakta, çünkü her insan ağlamayı doğuştan bilir; sevmeyi ise doğduktan sonra öğrenir. Dünyaya geldiğinde sen ağlarsın, öldüğünde kalanlar ağlar. Çünkü mezarın başındakiler ölen insan için değil, ölen insanı yeterince sevemediği için ağlar. Kafamda cevaplandıramadığım onlarca soru var. Mesela o bebeğin taşıdığı ruh, neden çok sevdiği yeri bırakıp geldi? Neden istemediği bir yerde yaşamayı seçti? Aklımın almadığı, cevabını bulamadığım sorular sorduğumda, akıl dışı kalmaktan rahatsız oluyorum. Belki de hâlâ aklın ne olduğunu arıyorum. İnsan o "*aklı*" bulduğu zaman doğru soruları da sorabiliyor. Belki de o yüzden bütün pişmanlıklarım aklımı başıma getiriyor. Neyse anneme bir gün sordum:

"Anne, ben öyle durup durup ağladığımda sen ne yapıyordun?"

"Ağlıyordun. Kucağıma alıyordum seni. Emzik veririm yok, gezdiririm yok, öperim yok. Ben de bırakıyordum yatağına seni, kendi kendine ağlayıp susuyordun."

"Bu böyle ne kadar sürdü anne?"

"Emekledikten sonra ağlaman kesildi, uslu bir şey oldun."

Yıllar sonra kitaplardan, uzmanlardan öğrendim. Güvensiz bağlanmışım anneme, aslında annem haberi olmadan reddetmiş beni. Kendi acıları, annelik duygusundan daha fazlaymış belli ki. Düşünsenize, kendinize o kadar ağır geliyorsunuz ki bebeğinizi taşıyacak gücünüz de olmuyor, büyük bir ıstırap gibi.

Bu bağın çok önemli olduğunu düşünüyorum. Çoğumuz henüz daha bebekken terk ediyoruz ailemizi, çoğumuz da çocukken. O yüzden felsefeciler *insan ne değildir?* sorusuna, *insan çocuk değildir, bebek değildir,* derler. Çünkü akıl, insanın taşıyabileceği bir mertebedir ve insan, yaşadığı acıları aklı ile değerlendirir. Bebekler ve çocuklar acı yaşadığında ise, onlar insan olmadığı ve aklını henüz kullanamadığı için, bu olumsuz duyguların hemen hepsini büyüdüklerinde hatırlarlar. Yani, siz bir bebeği ya da çocuğu ihmal ederseniz, ona hak ettiği sevgiyi vermezseniz, aklı olmadığı için o anda hiçbir şey anlayamaz. Güler geçer, oynar geçer, düşer geçer ama büyüdüğünde yani, aklı başına gelince, üzüntüsüne güldüğünü, yalnız bırakıldığı için oynadığını, güven verilmediği için düştüğünü hatırlar. Bu nedenle genç, yetişkin, yaşlı fark etmez, insanların gözyaşlarına dikkat edin. Hepsi çocukluktan gelir.

Düşünsenize! Bebeklik döneminde sadece yeme, içme, uyuma ve en önemlisi güven duyma arzusu duyarken, bu kadar erken terk edildiğimizi yıllar sonra hatırlıyoruz. Tüm kurduğumuz hayallerin ve oynadığımız oyunların aslında başka dünyalarla olduğunu fark ediyoruz. Başkalarıyla oynuyoruz ama oyun arkadaşlarımızın hepsi hayali. Gerçek dünyamızla, hayali dünyamızı farkında olmadan birbirinden ayırmaya başlıyoruz. Mesela bir çocuk resim çizmek istese, annesini, babasını ve kardeşlerini çizer, oysa oyunlarını başkalarıyla oynar. Hele de yaralı bir çocuksa, kimselere görünmek istemez. Çizdiklerini görme ihtimalleri var diye, aile üyelerini resmine dâhil eder, ama hayallerini ve oyunlarını kimse göremeyeceği için, istediğiyle paylaşır. Bilmemiz gereken şey şudur; *her bebek, o yuvaya ait olup olmadığını, annesiyle kurduğu göz temasıyla anlar.* Annesinin gözlerinden kendine bakar. Eğer annesinin gözlerinde görünen:

"Uyu da rahatlayalım," ise,

"Offf yine başladı," ise,

"Nasıl büyüteceğim bunu," ise,

"Ne olur yeter artık," ise… O eve ait olamıyorsunuz ve oynadığınız oyunlar sadece kendi kendinize yetmeyi öğretiyor. Böyle annelerin gözlerindeki bakış, çocukları büyüdüğünde değişiyor. Yerini pişmanlık ve özlem alıyor. Sonra tek bir şey kalıyor size: *Bu bakışla ne yapacağınız!* Ya affediyorsunuz ya kabul ediyorsunuz ya da reddediyorsunuz.

Ben bu anlamda daha şanslıydım. Anneme dokunduğumda neyi, neden yaptığını görebiliyordum. Gerçek sevgi, bilmediği bir duyguydu. Hak ettiği gibi o da sevilmemişti. Ailesi ne onun oynadığı oyunlardan anlamış ne de annem korktuğu için, hak ettiklerini ailesinden isteyebilmişti. Kalabalık bir ailede, onun gözyaşlarına sıra gelinceye kadar annesi ona:

"Sen de başlama şimdi, abini zor susturdum," dermiş.

O yüzden annem hep susardı ve hayatta sıra ona hiç gelmeyecekmiş gibi yaşardı. Dolayısıyla mutluluk sırasını da hep başkalarına vererek büyümüş. Yani kendini bu kadar değersiz, mutsuz hissederken, bana da ancak birkaç ay dayanabilmiş, çünkü öncelik sırasında ondan ve benden önce babam, akrabalarımız, komşularımız varmış. Bu sıranın bitiminde, herkesten ve her şeyden yorulduğunda ise gözlerinde kalan bakışı bana aktarmış: Başlama şimdi!

Sonuç olarak şunu söylemeliyim, insan önce evinde mutlu olmalı. İlk önce evinde kabul görmeli, çünkü öyle olmadığında hayatı boyunca hep kabul göreceği yerler arıyor. Böyle yetişenler fazla iyi, fazla fedakâr insanlara dönüşüyor. Çok sevmelerinin nedeni de kabul görme ihtiyaçları yüzünden oluyor. Ait olmak istediği yere ödediği kira misali, kendinden fazla fazla veriyor. Çıkarımlarım size çok acımasız gelebilir, ama belki de sırf bu gerçeklerden kaçtığımız için bu denli acı çekiyoruz. Yoksa insan sevmekten neden yorulsun ki?

Kendinden geçecek kadar sevmek de bana biraz abartılı geliyor. Aşkı bu bahsin dışında tutuyorum çünkü aşkta sadece vermek var. Aşk, iki tarafın da verici olarak eşitlendiği geçici bir duygu durumudur. İnsanlar alırken değil, verirken eşitlenir ve sadece benciller veremez. Bu nedenle de bencil bir insandan âşık olması beklenemez. Mesela sen âşık olduğun kişiye gülüyorsun, tebessüm ediyorsun, o bu gülüşü alıp kendine saklamıyor. İçine kendinden bir şeyler katıp yine ortaya döküyor. *Aşk, iki kişinin aynı toprakta, aynı başkentte belediye başkanlığı yapması gibidir.* Şehri güzelleştiren tüm yatırımlar iki âşığın yüzde yüz vermesinden kaynaklanır. *O yüzden herkesin gerçek vatanı doyduğu yer değil, âşık olduğu yerdir.* Çünkü sen yediğin lokmayı bile sınırlarsın. Fazlası kilo aldırır, azı ise kilo verdirir. Aşk ise tam anlamı ile bir denge halidir. Âşık, sakladığı bütün sevgiyi, hoşgörüyü, pozitifliği, iyiliği, kabullenişi, affedişi, fazlasıyla kullanır. Normalde herkese yansıtılmayan ne kadar güzel duygu ve davranış varsa, âşıklar hepsini birbirine verirler. Her aşk acısının içinde ise tek bir cümle çok önemlidir: *Birbirimizi gerçekten çok sevdik, kıyamazdık, nasıl bu hale geldik?*

Aslında aşk acısı diye bir şey yoktur. Çünkü acı, aşkın içinde olandır. İlk acı, âşık olduğunda başlar zaten. Kontrolün karşı tarafa geçtiğini hissedersin ama şunu bilmezsin: O da kontrolün sana geçtiğini düşünüyordur! İki tarafın da yaşadığı bu rahatsız edici özgürlük duygusu, aslında en büyük acıdır. Çünkü insan, doğduğu an özgür olmadığına inanır. Bu inancı kıran tek şey ise, aşktır. O yüzden, aşk acısı diye bir şey yoktur. Öyle olsaydı, aşk bittikten sonra tekrar âşık olmak istemezdi insan. Kim bile bile acıya düşmek ister ki? Hep söylerim aşk, Allah'ın hediye ettiği tatlı bir cezadır ve ceza kelimesi en temel anlamda karşılık demektir. Böyle bir karşılık başına gelecekse insanın, o zaman Allah herkesin cezasını versin. Bu ceza bittiğinde, âşıklar, artık yüzde yüz veremediği için üzülür. O güzel duyguları, bir daha bu kadar korkusuzca hissedemeyeceğine inanır. Bu öyle bir gerçektir, öyle bir deneyimdir ki, bir daha aynısı olamayacağına inandığı için acı çekiyordur. Çünkü insan hayatında belki de ilk defa hesap kitap yapmıyordur.

Tabii bu zamanda aşk var mı diye sorarsanız, tek cevabı verecek olan aynada baktığınız kişi, yani kendi suretinizdir. İstifçiliğin, sahip olma arzusunun, bencilliğin artış gösterdiği bu yüzyılda aşk yok, desem yanlış olmaz. Görünüş ve maddiyata hayranlık vardır. Bu ikisi de çoğunluğun arzusudur. Hayran olmayı, âşık olmak zanneden insanlarla dolu dünya. Oysa kimimiz bedenen, kimimiz de ruhen âşık olmak için gelmişiz bu dünyaya. Kime âşık olacağımızı belirleyen ise iki yaşına kadar annemizle kurduğumuz ilişkidir. O ilişkide hangi rollere girdiysek, ileride bizi o rollere sokacak kişiyi arıyoruzdur aslında.

Ben acı çekmekten korktuğum için kendimi bırakamadım aşka, çünkü âşık olursam çaresiz *olacağım, acı çekeceğim ve sonunda yalnız kalacağım,* diye düşündüm. Bebekliğimdeki yalnızlığımı yaşarım, kaygılarım tetiklenir, tıpkı annemin sevgisinden emin olamadığım gibi onun sevgisinden de emin olamam, diye düşünüp korktum hep, aşktan kaçtım.

Yaşadığınız aşkları hatırlayın. Âşıkken hangi duyguları yaşadıysanız, aynı duyguları bebekken de yaşadınız aslında. Bebeklik zamanımızdan kalan zayıflıklarımız yaşamdaki sınavlarımız olarak çıkıyor karşımıza. İşte o zayıflıklarımızı tetikleyecek kişilere tutuluyoruz. Neden böyle olduğunu bir gün çözersek, neden bu çekim yasasının işlediğini anlarsak, işte o zaman gerçek aşkı da bulacağız. Yoksa hep aynı hikâyeleri, başka başka insanlarla yaşayıp duracağız.

O yüzden annesi insanın ilk evidir, orada mutlu olamayan gerçek aşkta yer bulamaz. Bebekliğimiz bizim evimizdir ve bebeklerin o evde sakinleşmeye ihtiyacı vardır. Ev gibi aşk da sakinleştirir. Bir bebekle dışarı çıktığınızda, çiçekle konuşur, kediyle şakalaşır, kuşlara dikkat kesilir, yani onun herkese verebileceği sevgisi vardır. Yer, içer, uyur, sarılır, emer, yalar, dokunur, ağlar, güler, gıdıklanır. İşin garip tarafı, âşık olduğumuzda da az önce saydıklarımı yaparız. Bir insan aşka küsmüşse, bebekliğine küsmüştür ama haberi yoktur. Küskün kişi, suçlu olarak hep âşık olduklarını hedef gösterir. Oysa önemli olan âşık olduğumuzda nasıl biri olduğumuzdur. Bebekliğimizi bulursak, nasıl âşık olduğumuzu da buluruz.

Ve artık hepinizi bebekliğiniz ile baş başa bırakıyorum!

Yabancı Durum Testi'ni Duydunuz mu?

Çocuk gelişimi ve bağlanma teorisi üzerine çalışmalar yapan İngiliz psikiyatrist, psikolog ve psikanalist John Bowlby'ın bu çalışması çok ilgimi çekmişti. Onun çalışmalarına, yaptığı başarılı testler ile Mary Ainsworth de farklı açılar getirdi. Ugandalı anne ve bebekler üzerinde yaptığı çalışmada geliştirdiği *Yabancı Durum Testi* ile bebeklerin çeşitli durumlardaki tepkilerini değerlendirdi. Bu testte bebeğin yeni girdiği bir ortamda, üç dakikalık yedi aşamada, özellikle tek başınayken, annesi odadayken, yabancı birisi varken, nasıl davrandığı ve annenin odaya dönmesine bebeğin ne tür tepkiler verdiği kaydedildi. Bu çalışma sonucunda üç tip bağlanma örüntüsü tanımlandı: 1) Güvenli 2) Güvenli dirençli 3) Güvensiz kaçınan

Güvenli bağlanan çocukların, anneler odaya girdiğinde araştırma ve keşfetme isteklerinin olduğu, anne babadan ayrıldıktan sonra kaygı ve gerilim yaşadıkları, anneleri tekrar yanlarına geldiğinde ise çabucak rahatlayarak tekrar keşfetme ve keşfettiklerini paylaşma istekleri içinde oldukları saptanmıştır. Güvensiz dirençli örüntü gösteren çocukların ise, anneleri ayrıldığında keşfetmeyi ve oyun oynamayı kestikleri, yoğun kaygı ve ruhsal gerilim yaşadıkları, anneleri odaya dönse bile ruhsal gerilimin azalmadığı ve rahat olamadıkları görülmüştür. Güvensiz kaçınmacı bağlanma örüntüsünde ise bebeğin, anne geldiğinde anneden uzak durduğu, annenin iletişim kurma çabasına direnç gösterdiği saptanmıştır.

Ben güvensiz kaçınanım, umarım siz güvenli bağlanmışsınızdır. Anlayacağınız ana ocağım olmadı benim, ocağın ateşi ısıtmadı beni. Bu kadar geçmişe gidip çözmek zor değil mi? Evet, bana da öyle geliyor. Bu yüzden kaçıyorum. Çünkü biliyorum:

Evde mutlu olmayan, elde mutlu olamaz...

Cumartesi Geceleri

Kimi çıkar kendini kaybeder,
kimi çıkar gelir; kendini bulur.

"Alo, efendim."

"Merhaba masaj için aramıştım."

"Tabii buyurun."

"Şehir dışına geliyor musunuz?"

"Nerede yaşıyorsunuz?"

"İzmir."

"Bu benim için zor olur."

"Ücret neyse karşılarım."

"Teşekkür ederim, ama gelemem."

"Sadece masaj mı?"

"Evet, hanımefendi sadece masaj."

"O zaman teşekkürler."

"...."

Sadece masaj mı? Ne garip soru değil mi? Direkt *seks istiyorum,* diyemiyor. Bu saçma utangaçlık, bence arkasında büyük arzu ve öfke barındırıyor. Karanlığı çok olan insanların saçma sapan, yersiz utangaçlıkları ve gerginlikleri olur. Mesela küfre karşıdır ama küfür ederek cinsel ilişkiye girmek ister.

Bu insanların "ben" ile başlayan cümleleri çoktur. Yani zannettiğin gibi ahlaksız değilim, demek isterler. Ben sizin ahlakınız ile ilgilenmiyorum ki. Benim merakım, insan nasıl bu hale gelir? Netflix ile tanıştığımdan beri yaşadıklarımın ne kadar çok insan tarafından tecrübe edildiğini, bu tip pek çok insan olduğunu fark ettim. İnsanların gizli bahçelerine giriyorum, bastırdıkları bilinçdışının patlak verdiği yerlere. Bu bahçelerde utanma yok. Zincirinden kurtulmuş arzu ve öfkelerini serbest bıraktıkları, geçmişten intikam aldıkları, kimliksiz kaldıkları bahçeler buralar. Tamamen bilinçdışı. Böyle insanlar normalde beni görseler, masör olduğum için yüzüme bakmazlar, ama her insanın maskesini çıkardığı bir cumartesi gecesi vardır. Yaşamlarında zorla kabullendikleri ne varsa öfkeyle dışarı attıkları, tüm hayırların evete dönüştüğü, zorla söylenmiş evetlerin öfkesini kustukları ve bazı insanlara karşı bir intikam ateşi yaktıkları bir cumartesi gecesi...

Hani yapmam, dediklerinin kıyısına gelirsin, karşılığında ödemen gereken bedele, uçurumun kenarından bakarsın da o korktuğun şeytanı görüp şaşkınlık, heyecan ve saldırganlık hissiyle dolup taşarsın. Öyle bir cumartesi gecesinden bahsediyorum. Hemen her insanın hayatında böyle bir zaman dilimi olmuştur aslında ve o gecenin sınırlarını her insanın kendi şeytanı ve karakteri belirlemiştir. Büyük şeytanlar ve küçük şeytanlar buradan gelir. O yüzden günah şehri diye bir şey yoktur. Günah günleri vardır. Benim gibi insanlar da bu geceleri hevesle beklerler. Kimileri için, daha çok para ya da bedava seks, demektir cumartesi geceleri. Çünkü bu gecelerde insanlar arzularının zirvesine çıkar ve ödeyecekleri bedel gözlerinde küçülür. Ben ne para ne de seks için istiyorum bu geceleri. Ben, bilinçdışındaki o bahçede gezinirken göreceklerimi merak ediyorum. Ne çok masumun içinden canavarlar çıktı ve ne çok katil aslında masumdu o gecelerde bir bilseniz. İlk cinsel yakınlaşmayı anne ve babası ile yaşamak zorunda kalanlar, bulunamayan cesetler, yanlış bulunan bedenler gördüm. Münafık denilen insanlardan çok gördüm, en çok günahsız ateistlere şaşırdım ve günahkâr dindarlarla karşılaştım. Erkek bedeninde kadınlar, insan görünümlü canavarlar, iyiyle kötünün karıştığı siluetler gördüm. "Hiç mi iyi bir şey görmedin Yusuf?" diye soracak olursanız eğer, maalesef çok da olumlu bir yanıt veremeyeceğim. Size demiştim susmaz cumartesi geceleri telefonum. Saat 01.00, telefon çalıyor:

"Alo."

"İyi geceler hanımefendi."

"Hanımefendi mi? Hahahaha."

"Pardon."

"Canım ya, ne hanımefendisi?"

"Buyurun sizi dinliyorum."

"Allahım ya, buyurun, diyor. Ya sen masör Yusuf değil misin?"

"Evet."

"Tamam işte, masaj istiyorum."

"Tamam."

"Yalnız hemen istiyorum."

"Ben kiminle görüşüyorum?"

"Cemre."

"Memnun oldum."

"Adresi mesaj atıyorum, görüşürüz."

"Birkaç sorum olacak..."

"Geldiğinde sorarsın."

"Alo..."

Mesaj geldi, adres Cihangir. Hiç sevmem! Orada hep iki tip insan olur, biri yerlisi Cihangir'in, diğeri özentisi. Son zamanlarda özentiler daha çok sanki. Aslında ne yerlisi ne de özentisi olanlar da yok değil. Onlar da misafiri. Cihangir'in tadını da bu misafirler çıkarıyor bence. Sıraselviler'den Cihangir Camisi'ne kadar benim de bir süre gidip geldiğim semttir. Kırık bir kalp işi idi, aslında ben kalp tamircisiydim. Hayatımda hiç âşık olmadım ama bir dönem aşkı beklemekten çok sıkıldığımda, sevmeye karar verdim. İşte o dönem aşındırdım yollarını.

İyi tanırım kedilerini, delilerini ve kahvelerini. Ha, bir de eski binalarının kapılarını çok beğenirim. İnsanların pek de merak etmediği o kapılar, aslında en derinlerimize doğru açılıyor. Evlerimizin içindeki her kapı, içimizle, en kuytu, en mahrem alanlarımızla ilgili. Mesela tuvalet kapısı, dışkılama eylemini ve tamamen çocukluk dönemimizi anlatır. Yaptığımız eylemin "çok pis" olduğunu düşünür ve onun ayıp olduğunu anlayarak kapıyı kilitlemek isteriz. Çünkü en karanlık yanımız, en arzulu, en sapkın, insanlıktan çıkıp tamamen ilkel bir hayvana dönüştüğümüz yerdir tuvalet. İnsan bir tuvaletini yaparken ve bir de orgazm olurken hayvanlaşır. Ancak bu söylediklerime hayvan gibi yaşayanları katmıyorum, onları ayrı tutuyorum.

Tuvaleti sürekli temiz tutmaya çalışırız. Çünkü zihnimiz oranın mikrop yuvası olduğunu daima bize hatırlatır. En takıntılı olduğumuz alan da burasıdır. Tuvaletteki objelerin sürekli düzgün olmasını isteriz, tuvaleti temiz ve tozdan arınmış görmek, içimizi rahatlatır. İçindeki malzemeleri simetrisi bizim için önemlidir. En karanlık ve en aydınlık yanlarımızın iç içe olduğu bir alana gider tuvalet kapısı.

Bir de yatak odasına açılan kapı vardır. Bizdeki karşılığı, Âdem ile Havva'ya kadar uzanır. Yasak elma yenir, perde kalkar ve sonunda utanma duygusu gelir. İnsanda hemen örtünme isteği oluşur. Bütün yatak odalarındaki yataklar örtülü ve düzgün olmalıdır, diye düşünürüz. İlk günahı işlediğimiz yerdir. Yatak odasının kapısı, arzularımızı şeytan sandığımız bir dünyaya açılır. Cinsellik ve üreme ihtiyacını hapsettiğimiz, bilinçdışımızı yansıtan bu odadır. Gençlik döneminde ilk günahını rüyanda işlersin ve o rüyadan sonra kapına kilit vurmaya başlarsın. O ilk günahtan sonra, defalarca, günah işlemek için girdiğin kapı olur yattığın odanın kapısı. Bazen geçtiğin kapı senin odandır, bazen başka insanların yatak odasına o kapıyla geçiş yaparsın, ama hepsinde fark ettiğin şey yatak örtülerinin düzgün oluşudur. Bu şekilde o günahların üstünü de örttüğünü düşünürsün.

Yatağını düzelttiysen, artık salon kapısından da içeri adım atabilirsin. Kimliğini, kültürünü, aklındakileri yansıttığın, bazen tek başına, bazen de başkalarıyla paylaştığın odaya açılır salon kapısı. Sevdiğin, sevildiğin, kalabalıklara karıştığın ya da yalnız kaldığın, ağladığın ya da güldüğün, düşündüğün, konuştuğun, aslında nefes aldığın yerdir salon. Yatak odasında küstüğünde soluğu yine salonda alırsın. Salon kapısı, aynı zamanda geçiş kapısıdır. Bu odanın kapısı genelde açık olur ve içinde kıymetli eşyalar nadiren bulunur. Değerli her ne varsa, en gizli odanda, mahreminde, yatak odanda saklarsın. En kıymetli sırlarını ve arzularını da yanı başında bekletirsin.

Ben çocukken, annemle babamın yatak odasının kapısı daima kilitliydi ve oraya girmek yasaktı. Sürekli girme oraya, diyerek bizi uyarırlardı. Sabah akşam, kavga sesleri duyduğum o odayı çok merak ederdim. Girmeden gördüğüm tek odaydı diyebilirim. Duvara çarpan annemin kafasının sesini duyardım, sonra babamın canavar gibi bakan gözleri gözümün önüne gelirdi. Hayal meyal hatırladığım bir görüntü de yabancı bir erkeğe ait. Öğlen güneşinin gölgesinde, yatak odasında, kavgasız gürültüsüz birbirine sarılan iki kişi görürdüm. Bu sadece bir sarılmaydı, öyle hatırımda kalmış. Yatak odası kapısı bende böyle bir yere çıkar işte...

Neyse, sonra mutfak kapıları vardır. Biliyor musunuz önceden mutfaklara kapı koymazlarmış. Kim gelirse gelsin, evde ne pişerse pişsin saklanmadan misafire ikram edilir, mutfakta bir şey yoksa da o misafir mutfaktan aç gönderilmezmiş. Şimdi mutfakların kapıları var ve içini görmeyelim diye kapısı sürekli kapatılıyor.

Mutfak emzirildiğimiz, anne sütünü aldığımız döneme açılan bir kapıdır. Bazen gece kalkar ve bu kapıdan mutfağa girersiniz. Nedenini hiç düşündünüz mü? Korkmuşsunuzdur, işler yolunda gitmemiştir, üzülmüşsünüzdür ve her şeyi unutmak istercesine, tekrar bebek olmayı diler, sadece mama yemek ve başka bir şey düşünmemek istersiniz. Yeryüzündeki her insan ömründe bir kez de olsa, gece mutfak kapısından geçmiştir.

Bir kerecik de olsa, sütün içinde bisküvi ezmiştir ya da almıştır eline bir dilim böreği, yasak bir tatlıyı, mutfak ışığının altında, tüm odalar karanlık ve herkes uyurken yememesi gereken şeyleri yemiştir. Çünkü insan, hatalı bir davranışta bulunduğunda kimseye görünmek istemez. Şayet yakalanırsa ya durumla dalga geçer ya öfkelenir, küser ya da kendini anlatmaya çabalar. Eğer yakalayan kişi böyle bir deneyim yaşamamışsa, karşısındakini ya anlamaya çalışır ya da duruma itiraz eder. Gece yenen tüm yemekler, susmamız için bize verilen emzikler gibidir. Doyurmaz, ağlamayalım diye ağzımıza tıkıştırılır.

Anne göğsü kadar gerçek olmadığı gibi, bebeğe o an yalancı bir doyum hissi yaşatır. Memeden sonra gelen tüm yemekler de böylece geçici birer emziğe dönüşür. Bu nedenle sevgiye, ilgiye, şefkate doy diye değil, bunları sık sık isteyip sızlanma diye ağzına sokarlar emziği. Sen de hayatın boyunca, sevgiye, ilgiye, şefkate, aşka doyamadığın her günün gecesinde soluğu mutfak kapısının önünde alırsın. Buzdolabı senin emziğindir artık, anne memesinden tek farkı da içindekileri yiyebilmek için bedel ödemek zorunda oluşundur. Çalışmak ve para kazanmak tek ihtiyacın olur ve artık paraya ulaşabilmek için sosyalleşmek zorundasındır.

Bu yüzden bir kapıdan daha geçersin. Bir kapıdır ki bu, tuvalet ve mutfaktaki hallerini saklamak, daha çok yaşamak, belki ehlileşmek ya da özgürleşmek için onu kullanırsın. Seni dış dünyaya bağlayan sokak kapısıdır bu, yani dış kapı. O kapıdan kimi çıkar para kazanır, kimi çıkar ilim sahibi olur. Kimi çıkar kendini kaybeder, kimi çıkar gelir, kendini bulur. Dış kapı, daima kilitli olmak zorundadır. Bu kapı, rollerimizi en iyi şekilde sergilemeye çıktığımız sahneye, dış dünyaya açılır. *Kalabalık, milyarlarca oyuncunun olduğu bir sahnedir bu ve bu oyuncuların çoğunluğu sahnenin bir sahibi olduğuna inanır.*

Sahibinin gönderdiği kutsal kitaplara ve kutsal insanlara bazen samimiyetle bazen samimiyetten uzak şekilde kulak kabartır. Hangi şekilde yaklaşırsa yaklaşsın, aklında kalan gerçek, yaradanın da en önemli sözüdür: "Hepiniz öleceksiniz!" İnsan dünyaya fani olduğu gerçeğine inanarak gelir. Yaşadıkça beyni ölüm bilgisini tanımaz, onu aklından ve kalbinden uzaklaştırır. Etrafındaki herkes ölse dahi o, kendisinin öleceğine bir türlü inanamaz. Çünkü bu acıyı bilmez, sadece korkar. Oysa hayatta bütün korkuların kaynağı da ölümdür. İster parasız kalmak ister yanlış anlaşılmak ister aldatılmak ister yalnız kalmak hepsinin kökeni ölüme dayanır. Bir yandan da insan hiçbir şeyden korkmaz aslında, o "şeylerin" yarattığı çaresizlik duygusuna teslim olur. O yüzden uçurumlar, canavarlar, yalnızlık gibi haller tekinsizdir. İnsan o "hali" tekinsiz buldukça kendini çaresiz hisseder. Çaresiz hissettikçe korkusu artar. Çaresizliğe açılan tek bir kapı vardır: Mezar taşı. Bir ismi de şahit kapısıdır. İnsan, mezar taşına baktıkça gidenlere de şahitlik eder, ölüm gerçeğiyle yüzleşir. Belki de bu yüzden zamane insanı, en sevdiklerinin bile mezar taşını uzağa koymak ister.

İnsan bulunduğu bu dünya sahnesinden düşmemek için en sahte, en gerçek, en güçlü, en canlı, en kötü ve en iyi oyununu, rolünün hakkını vererek canlandırır. Kiminin insan olabildiği, kiminin de insanlıktan bihaber olduğu bir sahnedir burası.

Dünyanın şöyle bir çalışma sistemi var; sevginin var olabilmesi için korkunun olması gerekiyor. Bir annenin bile evladını çok seviyor olmasının asıl nedenidir bir gün onu kaybedebileceğini bilmesi; çünkü ölüm diye bir gerçek var. Ölüm olmasaydı kimse kimseyi sevmezdi. İnsanlar hep yakınları ile ilgilenmeyi sonraya bırakırlardı. Düşünsenize sonsuzluk diye bir şey var, kim takar sevgiyi, kim takar güveni? Biri canınızı yaksa üç, beş sene sonra alırım intikamını dersin, ama ölüm olduğu için intikamı hemen istersin ve ölüm olduğu için yaşarken çok sevmek istersin. İnsan sevdiğini kaybetmekten korkar ve bu duyguyu birine çok yüksek hissettiğinde bir gün gidecek olması onu korkutur. Düşünsenize bütün davranışlarımız bu dünyaya kazık çakmak için değil mi? İz bırakmak istiyoruz hiçbir şey bırakamasak ağaca, taşa adımızı yazıyoruz. İyi ki ölüm var. Bir dakikalığına şunu hayal edin; ölüm yok ve korku diye bir duyguyu bilmiyorsunuz. Kaybetmek ile ilgili endişeniz yok. Yok olmak ile ilgili endişeniz yok, pişman olmak diye bir şey yok. Böyle bir durumda insanın yapacağı tek şey haz için diğerini sömürmektir. O yüzden en büyük sömürücüler gücü elinde bulunduranlardır ve tüm dünyayı onlar yönetir.

Öyle hayatlar gördüm ki dış kapıyı yatak odasına bağlayan, tuvalet kapısını dış dünyaya açan... Galiba yine öyle bir eve gidiyorum şimdi. Gecenin bu saatinde, Cihangir'de, alkollü, genç bir kadın. Tahminimce şımarık ama gerçekte utangaç biri çıkacak karşıma. Benim merak ettiğimse o utanç duygusunun nerede başladığı olacak. Gecenin bir yarısı, başka bir kapıya gitmemin nedeni de bu, ben başkalarının kapılarında gördüklerimden mutlu oluyorum.

Kapı

Geçmişteki çocukluklarına
gidiş yoluyum ben.

Neyse geldim. Önce binaya bakıp masaj yapacağım kişinin nasıl biri olduğunu anlamaya çalışayım. Umarım tuhaf istekleri olmaz, çünkü onları reddettiğimde gözlerindeki hayal kırıklığı beni de üzüyor. Büyük bir beklentiyle beni davet edip ben gelene kadar içlerindeki arzu kabardıkça kabarıyor, hayal dünyaları inanılmaz bir boyuta ulaşıyor. Bu arada birçok insan için, bu durumun bir nevi bağımlılık olduğunu da söylemeliyim. Beni karşılarında gördükleri zaman, en büyük korkuları arzularının karşılanmama ihtimali oluyor, geçmişle en hızlı şekilde böyle bağ kuruyorlar. Geçmişteki kendi çocukluklarına gidiş yoluyum ben. Bir an önce eve girip müşterimle tanışmamı bekliyor olabilirsiniz, ama benim aklımdan zile doğru uzanırken bakın neler geçiyor.

Cihangir'deki yapıların başlıcaları, gayrimüslim ve Levanten mimarlar tarafından tasarlanan ve inşa edilen Avrupai apartmanlarmış. Bu yapılar, yer yer dört-beş katlı, yığma kâgir sistemle inşa edilmiş. 1880-1930 yılları arasındaki dönemin özelliklerini yansıtıyormuş, yani neoklasik bir tarz. Bu tarzı beğeniyorum ve bence gayet de hoş. Neoklasisizmi ilk duyduğumda, size daha önce bahsettiğim arkadaşla birlikteydim. Onun Cihangir'de oturduğunu öğrenince beni iki şey tedirgin etmişti; zengin mi, entelektüel mi? İkisi de değilmiş, sonradan anladım. Ama Cihangir'e ilgim azalmadı ve araştırmaya devam ettim. Sizinle paylaştığım bilgiler de bu araştırmalarıma dayanıyor işte.

Neoklasisizm on sekizinci yüzyılın ortalarında başlayan bir akım. Bu akımın doğmasındaki en büyük sebep, önceki dönemlerde Barok ve Rokoko Sanatındaki aşırı süslemeciliğe karşı doğan tepkinin ortaya konulmasına dayanıyor. Roma dönemindeki görkemli sadeliği örnek almışlar. Simetrik binalar, güçlü, görkemli sütunlar. Tıpkı orada yaşayan insanlar gibi. Buranın insanında da aynı hava yok mu? Aşırı süslenmeye, gösterişe ve basitliğe bir tepki gibiler. Semtin sakinleri sade, farklı ve herkesi hemen içine almayan cinsten.

Dışarıdan bir yabancı buraya geldiğinde hemen anlaşılır. Bir şeyler hep eksik kalır, çünkü yerlisinden selam alamazsın. Semtin yabancıları kabul görme arzusuyla neşeli görünmeye çalışsa da nafile. Açık konuşmak gerekirse, önünde durduğum bu neoklasik binanın içinde eğer bir yabancıysan Ikea'dan alınmış koltuk gibi kalırsın. İlla buraya ait hissetmek istiyorsan, yapacağın şey belli: Koltuğu kedilerle süslemek zorundasın. Tek geçiş biletin onlar. Cihangir insanı, kedilerle konuşabilen herkesi kabul eder.

İşte böyle bir kapıdan giriyorum şimdi, otomatiğe basalı iki saniye geçti bile. Bu eski binalarda asansör yok, o yüzden en zoru da üst katta olmak. Gecenin bu saatinde, bu yüksek müzik sesi nereden geliyor, kimse de çıkıp bir şey demiyor mu, ilginç. Ev partisi falan mı var acaba? Yukarı çıktıkça ses artmaya başladı ve ben de korkuluklara yavaşça dokunmaya başladım. İnsan, bir durumdan rahatsız olduğunda ya da emin olmadığı duygular hissettiğinde bir yere dokunup güç almak ister ya, benimki de öyle bir şey. Hımmm, ses benim gideceğim daireden geliyormuş, kapısı açık ve içeriden ışık yükseliyor. Umarım evde başka birileri yoktur. Neyse... İşte ev sahibi kapıda göründü bile.

"Hoş geldin."

"Hoş bulduk, merhaba."

"İyiyim, sağ ol."

"Kedi mi var, anlamadım."

"Buyur içeri geç, diyorum."

"Teşekkür ederim de rica etsem biraz sesini kısabilir misiniz, sizi duyamıyorum."

"Nasıl güzel mi şarkı?"

"Biraz kısarsanız... Hah, teşekkür ederim, evet, değişik bir şarkı."

"Değişik?"

"Yani tarzım değil, ondan galiba farklı geldi."

"Tarzı değilmiş. Pardon tarzınız ne?"

"Bence konuyu değiştirsek iyi olur Cemre Hanım."

"Adımı nerden biliyorsun sen?"

"Telefonda söylediniz ya!"

"Ben ismimi mi söyledim telefonda?"

"Evet, neden? Söylemiyor muydunuz genelde?"

Ben de bunu anlamam, gecenin karanlığında biriyle yatağa girecek kadar yakınlaş, ama adını değiştir. Kimden saklanır insan, neden korkar?

"Neyse, eee şarkı nasıl?"

"Güzelmiş, beğendim."

"Yaaa, çünkü benim şarkım."

"Siz mi yazdınız?"

"Hayır, ben söylüyorum."

"O zaman sizin değil."

"Ne demek benim değil, parasını verdim, aldım."

"Ha, anladım. Sesiniz güzelmiş."

"Sen beni tanımadın mı?"

"Tanımam için geldiğimden beri çabalıyorsunuz ama..."

"Efendim?"

"Hayır, tanımadım."

"Cemre ben, şarkıcı."

"Kusura bakmayın, televizyon izlemiyorum on yıldır."

"Sosyal medya?"

"Sadece masajla ilgili bilgilerimin olduğu web sitem var, sosyal medya hesaplarım yok."

"Aaa, demek ondan!"

"Ne ondan?"

"Ondan tanımadın beni."

"Evet olabilir."

"Şeyi tanıyor musun? Tancu Alacalı."

"Evet, biliyorum."

"İşte onun, 'Bu Ses Kimin?' diye bir yarışması var, ben de geçen senenin birincisiyim."

"Maşallah ne güzel."

Belli ki konu giderek ilginç bir hal alacak. Doğrusu bu kadının hikâyesini daha çok merak etmeye başladım.

"Ne içersin?"

"Su alabilirim."

"Soğuk, dışardan?"

"Fark etmez."

"Alkol?"

"Kullanmıyorum."

"Ot, kokain falan mı kullanıyorsun?"

"Hayır."

"Hiçbir şey içmiyor musun?"

"Hayır, içmiyorum."

"Ne garip adamsın. Sosyal medya hesabın yok. Alkol yok, uyuşturucu yok. Sadece su içiyorsun."

"Biraz garip kaçıyor bu zamanda galiba."

"Evde televizyon da yoktur."

"Hı hı, evet."

"Ama geceleri tanımadığın çıplak bedenlere dokunuyorsun."

Hah, başladık yine. Bu muhabbet hep olur, çünkü kendilerinden bir parça görmek isterler. Sınırlarını ne kadar zorlayacaklarsa, seni de o kadar denerler. Çünkü sen de bir şey içmelisin, bu kadar "geri kafalı" olamazsın! Oysa bu geri kafalılık değil ki, sevmiyorum, sağlıklı bulmuyorum o kadar. Konu biraz daha uzarsa kesin din, inanç oralara kadar varacak. Amaç aslında içimde bir yerlere dokunmak, bir zaaf yakalamak, beni kırmak. Kırsın ki istediklerini harfiyen yerine getireyim.

"Efendim?"

"Biraz sakin ve sağlıklı yaşamayı seviyorum, hepsi bu."

"Hımmm..."

"Ev çok karanlık, değil mi?"

"Böyle seviyorum."

"Tamam, sorun yok."

"Tamam."

"Başlayalım mı?"

"Olur. Yatak odası şurada. Duş falan alacak mısın? Banyo şurada."

"Elimi yıkasam yeterli, duş alıp geldim."

"Okey."

Banyonun kapısı açık, tüm malzemeler düzenli. Belli ki ben gelmeden toz bezi ile yarım yamalak tezgâhın tozu alınmış, temiz havlu ve diş fırçası konmuş. Misafire sunar gibi bir hazırlık ama inanın, ben evden çıkınca ilk yapacağı şey, her şeyi ya çöpe atmak ya da çamaşır suyu ile yıkamak.

"Sen neden giyiniksin?"

"Ben bu şekilde çalışıyorum Cemre Hanım."

"Hanım, diyerek koyduğun mesafenin farkındayım."

"Ben telefonda soracaktım aslında ama siz, geldiğinde sorarsın deyince..."

"Tamam, sen de 'ya ben seks yapmıyorum' diyenlerdensin."

"İsterseniz başlamadan bırakabilirim."

"Masajın iyi galiba."

"Kendime güveniyorum."

"Güvensen iyi olur. Madem diğer işi yapmadın, masajda iyi performans bekliyorum senden. Sen başla, olmazsa söylerim zaten."

"Tamam, siz hazırsanız başlıyorum."

"Müzik iyi mi böyle?"

"Evet, iyi."

Çok heyecanlıyım, dokunduğum an göreceklerim için sabırsızlanıyorum. Bakalım... Ayakları ne kadar küçük, minicik, dolu dolu parmaklar.

"Ellerin ne kadar yumuşak."

"Teşekkür ederim."

"En sevdiğim şey ayak masajı."

Ben neden bir şey göremiyorum? Neler oluyor böyle? Birazdan görürüm herhalde. Nasıl olur? Hiçbir şey görmüyorum, bu imkânsız, imkânsız!

"Evet, çok iyiymişsin masajda."

"Teşekkür ederim?"

Ne iyisi ya! Hiçbir şey görmüyorum kızım, kimsin sen?

"Titriyor musun?"

"Hayır, size öyle gelmiş olmalı."

"Ellerin buz gibi oldu."

"Üşüdünüz mü?"

"Hayır, sadece ellerin soğudu bir anda."

Evet, çok haklı! Masaj sırasında insanların geçmişini görmeye başlayınca ellerim daha çok ısınırdı. İlk defa üşüdü. Neler olduğunu anlayamıyorum, bilmiyorum. Yoksa artık göremeyecek miyim? Anlayamıyorum, neler oluyor?

"Offf!"

"Efendim?"

"Nasıl?"

"Bir şey mi dedin?"

"Hayır, müziktendir."

"Hımmm."

"İyi misiniz?"

"Bir şey söylemem lazım. Soğuk ellere rağmen, ilk defa bu kadar güzel bir masaj yaptırıyorum."

"Keyfini çıkarın."

"Öyle yapıyorum, ama fikrini değiştirirsen hazırım."

"Böyle iyi."

Ne yapacağım ben? Bu kadını mı göremiyorum, yoksa hiç kimseyi mi göremeyeceğim artık? Ne yaparım ben bu şekilde?

"Sırt ve omuzlarınız bayağı yorgun."

"Hiç sorma, omuzlarım dolu."

"Streslisiniz galiba."

"Benim adım stres. O dokunduğun sırtım var ya..."

"Evet."

"Neyse, boş ver."

"Boş ver, deyip buralara biriktirmiş gibisiniz."

"Nasıl?"

"Önemli değil."

"Lütfen, bir daha söyle."

"Sanki zor bir geçmişiniz olmuş, çok susmuş, içinize atmış bir haliniz var."

"Öhö öhö öhö!"

"İyi misiniz?"

"İyiyim, sağ ol, kusura bakma."

"Ağlıyor musunuz?"

"Hayır ya alkolden, neden durdun?"

"Ağlıyorsunuz."

"Bir şey rica edebilir miyim?"

"Tabii ki."

"Mutfak, sağdan ilk kapı. Bir bardak su getirebilir misin?"

"Tabii, bulabilirsem..."

"Benden başka kimse kaybolamaz bu evde."

Kafamda onlarca soruyla odaya geri dönüyorum. Neden bu kadına dokunduğumda görüntüler belirmiyor hâlâ anlamış değilim.

"Buyurun, ama iyi değilsiniz Cemre Hanım, Cemre Hanım..."

Hıçkıra hıçkıra ağlıyor...

"Evet, omuzlarım, sırtım dolu, anlıyor musun?"

"Sakin olun lütfen," diyerek onu sakinleştirmeye çalıştım ama bu kez bağırarak ağlamaya başladı.

"Defol, git!"

"Tamam, gideceğim ama lütfen sakin olun, siz sakinleşince gideceğim."

"Defol, dedim sana. Siktir git, sen de sahtekârsın."

"Tamam, öyleyim. İçin lütfen bu suyu."

"Defol ya, kimsin sen? Su iç falan! Babam mısın, sevgilim mi?"

"Anne babanız varsa yakınlarda, arayabilirim ya da başka birini isterseniz, arayabilirim. Yalnız kalmamalısınız."

"Ya, adama bak! Git! Git! Git! İyiyim ben."

"Tamam, gidiyorum."

Hiç böyle bir durum yaşamamıştım. Tanıyamıyorum da bu duyguyu. Kimsin, neden göremiyorum seni?

"Dur!"

"Efendim?"

"Kaç para istiyorsun?"

"Yo, para istemiyorum, masaj yapmadım."

"Onun için değil."

"Ne için?"

"Ben uyuyana kadar dokun sırtıma lütfen, kaç para istersen veririm."

"Cemre Hanım..."

"Cemre, de."

"Şey..."

"Bana hanım dediğinde dokunmanı istemiyorum."

"Cemre Han... Cemre, tabii ki kalırım, ama paraya gerek yok."

"Teşekkür ederim."

"Bir şey soracağım. Bana nasıl güveniyorsun da sen uyuyunca gitmemi istiyorsun?"

"Hırsız olmadığın belli. Olsaydın, önce bedenimi soyardın."

"Nasıl yani?"

"Hak etmediğin bir bedeni alırdın, hem de sahibinin haberi olmadan."

"Ama sen istedin, yani sahibi ikram etti."

"Sabah uyanıp utancından unutmak isteyeceği şeyi hatırlar mı bedenin sahibi? Ayrıca sen paragöz de değilsin."

"Bunu nereden anladın?"

"Seks artı masaj, hemen hemen üç katı."

"Ağlıyorsun..."

"Kalacak mısın uyuyana kadar?"

"Tamam, sen uyuyunca çıkarım. Kimliğimi bırakmamı ister misin?"

"Neden?"

"Ne bileyim, güvende hissetmen için."

"Lütfen, uzan yanıma."

"Geldim."

Neler olduğunu hâlâ anlayabilmiş değilim. Tüm bedenine dokunuyorum Cemre'nin, hiçbir şey görmüyorum. Kimsin sen Cemre? Nasıl da hıçkıra hıçkıra ağlıyor! Ne yaşadın be kızım bu kadar seni üzecek? Çok merak ediyorum karanlık bahçeni. Of, bu nasıl bir ağlama! Allahım ben bu kadar derin bir sızı hiç hissetmedim. Kimsin sen Cemre, kimsin, ne yaşadın?

"Tamam, geçti, sakin ol, geçti. Şimdi iki kolunu yavaşça kaldır. Evet, şimdi kendine sarıl. Güzeel."

Hıçkıra hıçkıra ağlıyor...

"Çok yalnızım, çok."

"Tamam, sakin! Şimdi iyice sarıl kendine. Evet, aferin, sakin ol. Derin nefes al, yavaş yavaş."

Ağlıyor... Çok yalnız...

"Tamam, derin nefes! Evet, şimdi küçük Cemre'yi görmeye çalış. Çocuk Cemre'yi.

Ağlıyor...

"Babamın yanında oynadığım bir an vardı, o geldi gözümün önüne."

"Tamam, şiiişşş, derin nefes al, Cemre. Şimdi, babanın yanındasın, mutlu musun?"

"Hayır, üzgün ve yalnızım."

"Anladım. Şimdi, o yalnız, küçük Cemre'ye sarıl. Derin nefes al ve onun kulağına şunları söyle: Sakin ol, sen değerlisin, her şey geçecek..."

"Sakin ol, sen değerlisin, her şey geçecek..."

"Evet, güzel, devam et. Küçük kız sakinleşene kadar devam et."

"Sakin ol, sen değerlisin, her şey geçecek. Sakin ol, sen değerlisin, her şey geçecek..." "Aferin, şiişşşşşiş..."

"Sakin ol, sen değerlis..."

Uyudu! Kalkıp gideyim, ilk defa başıma böyle bir olay geldi. Kim bu kız? Allahım hiçbir şey görmedim, göremedim. Bu merak bende hiç olmazdı? Ben kime dokunsam, merakımla kalmaz masaj yaptığım kişinin başına gelen her şeyi görürdüm.

Şimdi yanında uyusam, sabah tanımayacak belli. Olay çıkar, başım belaya girer. Ne diyorum ben ya ne demek kalmak, nasıl ya? Ben neden burada kalmak istedim ki az önce? Neyse, toplayıp eşyalarımı çıkayım. Not mu bıraksam? Notu boş ver, sabaha zaten hiçbir şey hatırlamayacak. Belki arar… E, arasa ne diyecek? Of Allahım kim bu kız? Neyse telefonu bende var, benimki de onda. Eğer isterse bana yazar. Ya ne isteyecek ki benden? Zaten ne diyorum ki ben? Neyse gidiyorum.

Bir şey unuttum mu? Kapılar, evet kapılara bakacaktım. Tüm kapılar açık. Yo, bir dakika! Kapı yok, evet, odalarda kapı yok! Nasıl? İnanmıyorum… Tüm kapılar sonradan yerinden çıkarılmış, banyonunki de çıkarılmış. Tamam ya, bana ne, geç oldu artık, hemen eve gitmeliyim.

Cemre

Benim iki kulağım da tıkalı.

"Alo..."

"Cemre uyuyor musun hâlâ?"

"Evet."

"Ya inanmıyorum sana, yine takıldın değil mi gece?"

"Merve, başlama yine. Kendime gelmedim daha... Sabah sabah..."

"Sabah mı? Saat iki."

"Nasıl iki?"

"Bildiğimiz iki Cemre, neyse, ben arayıp toplantıyı başka bir güne alıyorum."

"Hayır, dur."

"Hiçbir şey söyleme Cemre, bunu konuştuk."

"Merve bak, beni dinle. Lütfen, bana gel, konuşalım, lütfen!"

"Ha, bir de ayağına geleceğim."

"Merve saçmalama, sen benim dostum, menajerimsin, ne demek ayağına gelmek?"

"Seninle şu an dostun olarak konuşmuyorum. Menajerin olarak zaten konuşamıyorum."

"Ne demek istiyorsun?"

"Bu son şansındı, binlerce kez konuştuk bunu."

"Neyi?"

"Senin alkol bağımlılığını Cemre."

"Yine mi alkol?"

"Neyse, geliyorum ben. Bir şey lazım mı?"

"Kahve."

"Soğuk, şekersiz?"

"Evettttttttt..."

"Kapat şu telefonu."

"Aşkımmmmmmmmmmmmmm..."

Nasıl bu kadar uyudum ben ya? O kadar fazla da içmedim, ne oldu gece, evi bir kolaçan edeyim. Bakayım eksik bir şey var mı? Masaj iyiydi, evet, iyiydi. Eksik bir şey yok gibi. Derin uyumuşum, uzun zamandır bu kadar derin uyumamıştım. Başımda ağrılarla uyanırdım, ondan da eser yok, mis gibiyim. Adamın elleri gerçekten iyiydi. Kaydedeyim şunun numarasını, arada masaja çağırırım.

"Alo."

"Yaklaştım, senin kahveden yok."

"Nasıl yok?"

"Bayağı yok, başka ne istersin?"

"Al kafana göre."

"Tamam, bu arada yalnızsın, değil mi?"

"Evet, neden sordun?"

"Neden mi? Dün cumartesi gecesiydi Cemre."

"Başlama yine, yalnızım gel."

"Tamam."

"Annem arıyor arkadan, dur, hadi bye."

Bir pazar günü, annemin araması işkillenmeme yeter de artar bile. Bu aramanın altında kesin bir bit yeniği var.

"Efendim anne."

"Ne o ses yine?"

"Efendim anne, söyle ne oldu?"

"Kızım, bu nasıl konuşma, kendine gel."

"Pazar sabahı kalkabilmişsin ve bana kızım diyorsun, kesin bir şey isteyeceksin."

"Bana bak, ben her pazar kediler için erken kalkarım. Hem ne demek kızım, diyormuşum, ne diyeyim oğlum mu?"

"Tamam, neyse anne, ne istiyorsun?"

"Seni merak ettim, iyi misin diye?"

"Hayırdır anne?"

"Ne yani seni merak edemez miyim? Annenim ben."

"Yüz kere söylüyorsun zaten, unutmam mümkün değil, biliyorum."

"Cemre!"

"He şimdi konuşabilir hale geldik, kızım gitti, geldi Cemre. Efendim anne."

"Bana para lazım."

"Ne kadar ve ne için?"

"Geçen ay gönderdiğin kadar olsa, iyi olur."

"Anne, o parayı üç ay idare et, diye verdim sana. Ben de her gece sahne almıyorum biliyorsun bunu."

"Ne oldu senin şu albüm?"

"Anne bırak ya, gerçekten merak ediyormuş gibi davranmayı, ne yapacaksın o kadar parayı?"

"Kediler."

"Anne."

"Borcum var."

"Tekel'e mi?"

"Evet."

"Anne, bu kadar içme, içme, içme! Kaç kere söyledim sana."

"Başlama yine!"

"Param yok."

"Ne demek param yok?"

"Yok, iş yok kaç haftadır."

"Cemre."

"Görüşürüz anne, bye."

Sevmiyorum seni be kadın, sevmiyorum. Of, içine sıçtın günümün ya. Bıktım senin alkolünden, kedilerinden. Allahım bu nasıl sınav, nasıl? Ah babacığım erkenden gittin, bıraktın beni bu belayla. Sen varken ağzına alkol koymaz, bir kedisiyle oyalanırdı. Aman, yine kötüydü, yine bencildi o zamanlarda da ne konuşuyorum ki boşuna. Seni de yedi bitirdi, kanser etti. Ah baba ah…

"Hoş geldin canım."

"Bir saattir kapıdayım."

"Annemle konuşuyordum."

"He, anladım."

"Kusura bakma, duymadım; gerildim sabah sabah."

"Yine para mı istiyor?"

"Sence?"

"Bak Cemre, sana bin kere söylediğim şeyleri yapmadığını fark ettim."

"Neymiş onlar?"

"Annene para verme, alkolü bırak, eve masör çağırma."

"Üçü de benim bağımlılıklarım yalnız, farkında mısın?"

"Farkındayım."

"Üçü de zararlı, ama onlarsız da yapamıyorum."

"Aman, boş ver tamam."

"Anne kelimesi, alkol ile masör kelimelerinin arasında nasıl da tuhaf kaçtı değil mi?"

"Bugünkü toplantı hakkında ne düşünüyorsun?"

"Gidip gitmemekle ilgili mi?"

"Cemre bak, tek bir şarkılık bütçemiz var ve sadece bir şarkı alabiliriz. Tek kurşun kızım, tek."

"Tamam, biliyorum."

"Ülkenin en iyi şarkılarını yapanlardan biriyle toplantı ayarladım. Hem de araya birini bulup soktum, fazla para istemesin diye."

"Şebnem Sungur!"

"Evet ve kadın bugün dörtte bizi bekliyor, saat üç."

"Yani?"

"Bir saatte nasıl hazırlanacaksın?"

"Bekle ve gör, duşa giriyorum hızla."

"Tamam, bekliyorum."

Merve benim hem dostum hem de menajerim. Bu müzik yolculuğuna onun sayesinde çıktım. Ben Eskişehir'de barlarda şarkı söylerken, Merve de yerel organizasyonlar düzenleyen bir firmanın ortağıydı. Tek hayali menajer olmaktı. Bir akşam beni dinlemeye geldiğinde tanıştık, aradan birkaç ay geçince de bana iş teklif etti. Böylece şimdi üçüncü yılına girdiğimiz İstanbul maceramız başlamış oldu. Ha, bu arada kendimi tanıtmayı unuttum, Cemre ben. Çabuk sinirlenirim, öfkem büyük olur, önce dağıtırım ortalığı sonra da toparlarım. Şarkıcıyım. Yıllarca büyük isimlerin arkasında vokalistlik yaptım. Artık kendi albümümü yapmak istiyorum. Annem, babam öldükten sonra İstanbul'a taşınmıştı, ben işim gereği Eskişehir'de kalmıştım. Ayrıca annemden uzak kalmak bana iyi geliyordu. Şimdi anlıyorum ki annemden kaçtıkça aslında ona yaklaşmışım. Hayallerimi de bu şehrin üzerine kurdum, başka türlü İstanbul'a nasıl dayanırdım bilmiyorum.

Herkesin annesi gibi bir annem yok benim. Saçma sapan bir insandır. Evet, saçma sapandır çünkü mantığını asla kullanmaz. Neden, diye sormayın, ben de bilmiyorum. İnsan neden bakamayacağı bir şeyi ister, doğurur sizce? Özgüveni mi fazladır ya da nasılsa kendi başına büyür, diye mi düşünür? Doğur ama yoğurma, ne kolay iş valla! Bırak öyle bir kenara, çocuk kendi kendini yoğursun, kendi başına öğrensin, neyi seviyor neyi sevmiyor, neden korkup ne ile sakinleşiyor hep başkalarına bakarak çözsün. Yazık değil mi? İşte bu yüzden yanlış anne babanın çocukları, yaşamın zorluklarını da güzelliklerini de çoğu zaman acı çekerek öğrenirler. Oysa doğru bir anne babadan olan çocuk, hayatın zorluklarına da güzelliklerine de önceden hazırlanır, yaşam konusunda önceden haberdar edilir. Doğru anne ve babalar çocuklarının bir kulağına sevgilerini fısıldarken, esas güzelliğin kendi içinde olduğunu evlatlarına öğretirler. Diğer kulağına da "biz her zaman buradayız," diyerek daima güven tazelerler. *Benim iki kulağım da tıkalı.*

Henüz yirmi yedi yaşındayım. Annem için hiç batmayacak bir bankadan farkım yok. Kendime iyi bakmalıyım ki, anneme de en iyi şekilde bakabileyim. Geçenlerde ciddi bir rahatsızlık geçirdim ve bana *"Bak kızım, güçlü ol, iyileş. Biraz zorla kendini. Sana bir şey olursa, ben ne yaparım? Bana kim bakacak, ben de yaşayamam,"* dedi. Bir anne evladına bunu der mi? Bir anne evladına hesap cüzdanı gibi bakar mı? Eğer çocuğunu yatırım için doğurduysa evet, söyler. İyi de Cemre, neden hâlâ onunla görüşüyorsun, neden onunla ilgileniyorsun, diye bir soru gelebilir aklınıza. Ben de bu soruyu kendime çokça soruyorum, inanın. Neden annemle görüşmeye devam ediyorum? Galiba, bana ihtiyacının olması, beni en derinlerde mutlu ediyor.

Siz yorum yapmadan söyleyeyim, kötü bir kızım ben. Cumartesi geceleri iyice kötü kız oluyorum. Annemin her hatamda haykırarak söylediği "orospu" kelimesinin hakkını vere vere kötü kız oluyorum. Nefret ediyorum bu tavırlarımdan, işin içinden çıkamıyor sürekli aynı çarkın içinde dönüp duruyorum ama yine de kötü kız olmaktan kendimi alıkoyamıyorum. Annem, para kazanıp ona bakmaya başladığım günden beri bana "orospu" demiyor. İlk paramı kazandığımda on üç yaşındaydım, üzerinden bir on dört yıl geçmiş işte. Rahmetli babam annemi aldatırdı ve annem için bütün kadınlar orospuydu. Bana da öfkelenmeye görsün, hemen yapıştırırdı "orospu" yaftasını. Çünkü onun gözünde ben de bir gün kadın olacaktım.

"Ben hazırım."

"Cemre inanmıyorum, beş dakika bile sürmedi."

"Demiştim."

"Hadi o zaman."

"Çok heyecanlıyım."

"Sorma, ben de."

"Ne diyorsun, var mıdır elinde şarkı?"

"Galiba evet."

"Dur neyse, daha fazla konuşmayalım, heyecan yapıyorum."

"Cemre, ben toplantıdan sonra Sapanca'ya gidiyorum."

"Neden?"

"Nasıl neden kızım? Dedim ya, şu otelde bir sahne ayarlamaya çalışıyorum diye."

"Ha, evet tamam canım. Hadi inşallah olur ya. Haftada bir akşamdı değil mi?"

"Evet."

"Harika olur."

Evet, gerçekten harika olur, çünkü para kazanmam lazım. İş olmazsa daha ne kadar dayanabilirim bilmiyorum.

"Dün akşam bir şey olmadı, biliyor musun Merve?"

"Nasıl yani bir şey olmadı?"

"Yani, birlikte olmadık."

"Gerçekten mi? Nasıl başardın bunu?"

"Ben değil, o istemedi."

"Helal olsun! Böyle adamlar da varmış ha?"

"Ben bu kadar iyi masaj yapan birini daha görmedim."

"Adam işinde çok iyiymiş, adamlıkta da öyle."

"Atacağım bizim çocuklara numarasını, onlar da bayılacak."

"Sen ve masör seven arkadaşların."

"Tamam be, sana da bir şey söylenmiyor."

"Kızım bak, yarın öbür gün ünlü olduğunda bunlar ortaya çıkarsa ne olacak?"

"Olsun, reklam olur."

"Bu ülkede orospuyu bile affederler, ihtiyacı vardır, der, acırlar. Onu kabul ederler, ama senin gibi hem adamı çağırıp hem de üstüne para vereninden tiksinirler. Hayatta kabul etmezler. Orospuluk, kadın erkek her insanın içinde vardır ama herkes yapmaz. Yapsa bile isteyerek yapmamıştır, zaten böyle bir iş isteyerek yapılamaz."

"Durum ciddi, diyorsun."

"En başından beri."

"Bu sefer söz."

"Söz verme artık, yap."

"Tamam, senin arabayla mı gidiyoruz?"

"Evet, neden?"

"Yo, öylesine söyledim. Çok yük oluyorum sana son zamanlarda."

"Yük ne demek ya! Menajerinim ben senin, işlerimiz yoluna girene kadar birbirimize destek olacağız."

"Senden aldığım parayı da veremedim daha. Şu annem var ya..."

"Bak Cemre, para önemli değil ama annen konusunda ciddi kararlar alman gerekiyor."

"Farkındayım, ben de düşünüyorum artık ciddi ciddi."

"Hava sıcak bugün."

"Ooo, arabanın içi yanıyor."

"Şimdi düzelir. Koy başını sen yine cama, kapa gözlerini, gelince haber veririm."

"Nasıl biliyorsun beni."

"Önceleri kendi kendime konuşuyordum, baktım meğer hep arabada uyuyormuşsun. Alıştım valla."

"Ne yapayım hep böyleydim, kullanmıyorsam uykum geliyor."

"Uyu, uyu canım. En az yarım saat var."

Yeni fark ettiğim bir huyum var. Eğer kontrol bende değilse, aracın içinde uykum geliyor, çok garip değil mi? Uçak, tren, otobüs, araba hiç fark etmiyor, hepsinde aynı. Sanırım bende de tıpkı annemde olduğu gibi, her şeyi kontrol etme isteği var. Annemle de tek ortak noktamız bu aslında. O da ben de yönetmeyi seviyoruz, ama birbirimizi yönetemediğimiz için sürekli çatışma halindeyiz.

"Telefonun çalıyor Cemre."

"…"

"Telefonun Cemre!"

"Aaa evet, bu kim ya?"

"Yabancı numara mı?"

"Evet."

"Dün akşamki mi acaba?"

"Olabilir, neydi adı? Yusuf."

"Yusuflar sakin olur, açmayacak mısın?"

"Neden açayım, altı üstü bir masör."

"Ayıp."

"Kapadı zaten."

Annem on üç kediyle yaşayan yalnız bir kadın. Babamı yıllar önce kanserden kaybettik. Ailemin içinde tek şükrettiğim insandır babam, çok iyi kalpli biriydi. Anneme ben bile dayanamazken senelerce katlandı, sesini çıkarmadı. Annem öncelikle bencildir. Bu temel özelliğinin yanında, hiçbir şeyi kolay kolay beğenmez, ağzı bozuktur, sevgisini göstermek istemez, hayatla sürekli kavga halindedir. İnanın abartmıyorum, her bindiği uçağı, gittiği mağazayı, yemek yediği yeri şikâyet etmeden eve dönmez. Mutlaka kavga edecek bir konu bulur. Yemek soğuk geldi, diye bir saat boyunca kavga ettiğini bilirim. Oturduğu apartmanda da tahmin edersiniz hiç seveni yoktur, her daireyle tek tek kavgalı çünkü. Bir tane arkadaşım dediği insan da bulamazsınız. En iyi arkadaşım, diye iddia ettiği kişi kedilerini götürdüğü veterineri Mustafa abi. Ona da ilk zamanlar ters davranmış ama adam taviz vermeyince yelkenleri suya indirmek durumunda kalmış. Veterinerden her döndüğünde Mustafa Abiyi bana şikâyet etmeden duramaz. İşte onun arkadaşlık, dostluk dediği ilişki de bu kadar. Babam öldüğünde ağlamadı bile. Onu birkaç kez ağlarken görünce, acaba içine mi atıyor, diye merak edip sordum:

"Anne, babamı mı hatırladın?" Bana ne cevap verdi dersiniz?

"Yoo..."

"Neden ağlıyorsun o zaman," diye sorduğumda da *"Kendime ağlıyorum. Yüzüm hiç gülmedi şu dünyada,"* diyerek yanıtladı.

"Çok şükür bir eksiğin yok," diye çıkıştığımda ise, bana ne dese beğenirsiniz:

"Eksiğim yok ama fazlalığım da yok Cemre."

Annem hep fazlasını ister hayattan. Evin bir odası istiflediği eşyalarla dolu. Hiçbir şeyi atmıyor, her şeyi saklıyor. Sorsanız lazım olur diyor ama bitmiş ampullerden, yoğurt kaplarına kadar her şey var odada. Bildiğin istifçi! Bir ara istifçiliğin neden kaynaklandığını araştırmıştım internetten.

"Toplumda her kesimde ortaya çıkabilen istifleme hastalığı kişinin sahip olduğu eşyaların gidecek olması ile hissettiği panik duygusudur," diye yazıyordu.

Peki, neden eşyaları biriktiriyor ve bir türlü onlarla vedalaşamıyorlar? Çünkü eşyalarını atarlarsa kendilerini huzursuz hissediyorlar. Ev ne kadar kokarsa koksun, yaşanacak alan ne kadar daralırsa daralsın, bu eşyaların gidecek olması onlara dehşet duygusunu yaşatıyor. Yıllar içinde bu birikim daha da artıyor ve aile üyelerini tek tek kaybetmeye başlıyorlar, bu kaybedişe kendileri de dâhil elbette.

Annem depresyonda da olabilir, sevgi eksikliği de duyuyor olabilir, ama kesinlikle bir sorunu olduğu aşikâr. İnanın pek üzülmüyorum, kalbi kötü çünkü annemin. Babamın hastalandığını ilk öğrendiğimizde, babama dönüp *inşallah elden ayaktan düşmezsin*, dedi. *Anne ne diyorsun*, diye üstüne atlamak istemiştim.

Babamın ardından, onunla aramızdaki tek bağ kediler kaldı ve onları da bana karşı kullanmaktan geri durmuyor. Kedilerin masraflarını bahane ederek kendi masraflarını da bana yükledi.

Anneme bakmak bana yük olmuyor, yanlış anlaşılmasın lütfen. Kendi evinde oturuyor, emekli maaşı var ve verdiğim tüm parayı içkiye harcıyor, derdim o. Bir yandan da alkolik yani. Merve'nin ona para vermemi istememesi de bu yüzden. Beni anlamanızı beklemiyorum, beni ancak anne ya da babasıyla arası iyi olmayanlar anlar, biliyorum.

Aile bağı dediğimiz şey de ne acayip ikilem. Ne bir arada yaşayabiliyorsun ne de sana zarar vermesine rağmen bağını koparabiliyorsun. Belki de bu yüzden geçmişten alacaklı gibi yaşıyorum. Sanki annemi her gördüğümde ondan bir alacağım varmış gibi. *Kızım ben seni çok seviyorum ve sen benim en değerlimsin*, diyecekmiş gibi. Alacaklı olduğum iki duygu var ondan, biri sevgi, diğeri de değer. Alamadıkça her defasında daha da artan bir ümitsizlik duygusuyla sarmalanıyorum, eskiden içimi kaplayan öfkenin yerini her geçen gün ümitsizlik sarıyor. İşin kötü tarafı, iyice elden ayaktan düştüğünde bu kez de bir acıma duygusu saracak beni, yani sevgiye hiç sıra gelmeyecek. Alacaklıyım annemden, ama o hakkımı vermeye hiç gönüllü değil. Hal böyle olunca, yani ailede geçmişten gelen bir sorun varsa, geçmişte kapatamadığımız tüm hesapların beklentisini geleceğe yüklüyoruz. O sevgiyi başkalarında arıyor, çok arıyor, çok çok arıyor, bulmaya çabalıyoruz. Birini sevince de haddinden bile fazla seviyoruz. Hep çok sevmek ve sevilmek isteği. Geçmişin acısını çıkarır gibi, çok çok...

"Mesaj geldi Cemre. Niye bakmıyorsun şu mesajlarına?"

"Sadece senin mesajlarını hemen okuyorum."

"Telefonun okunmamış mesaj dolu farkında mısın?"

"Evet, önemliyse arasınlar."

"Neyse, iki dakika kaldı konuma."

"Hadi bakalım! Of Allahım, lütfen, çok sevelim şarkıyı ve de parasını."

"Âmin."

"Sabah Instagram'da bir söz paylamıştı."

"Kim?"

"Şey diyor, hayatta neyin bedelini öderseniz kıymetliniz olur."

"Kim demiş?"

"Ve kendi bedelinizi biraz yüksek tutun ki, pazarlık payınızı kullandığınızda, yine kendi değerinize gelsin."

"Güzel sözmüş de kim yazmış?"

"Aşkım Kapışmak."

"Sen de bu adamla yatıp kalkıyorsun."

"Hayatım değişti onun sayesinde."

"Pek değişmemiş, bak iş güç yok."

"Menajer olmaya onun sayesinde karar verdim. Hayatımın dönüm noktasında başladım seminerlerine."

"*Günaydın canım*, diyorsun yani."

"Aaa sen de biliyorsun, *günaydın canımları*."

"Herkes öyle canımlı konuşmaya başladı da ondan, sağ olsun."

"Ve Şebnem Sungur'un en yakın dostudur."

"Yani?"

"Bedelini yüksek tut, yazısı geldi aklıma da... Şebnem de dostu, anladın mı?"

"Ya boş ver, her şey güzel olacak."

"Bu sözden çok sıkıldım, sanki öyle dedikçe, daha da kötüleşiyor gibi."

"O zaman sen de her şey daha da güzel olacak, de."

"Hâlâ aynı duygu değişmedi. Neden biliyor musun?"

"Neden?"

"O cümle sanki sadece tanrıya ait gibi. Çok kesin, emin, güçlü, sonsuz bir cümle gibi. İnsanın dilindeyken değeri düşüyor bence. Bir de sakız ettik sanki dilimize."

"Aşkım Kapışmak ne der bu duruma?"

"*İnsan dilini ısırmayı bilmeli, yoksa sürekli kendisini ve diğerlerini kandırır,* diyordu bir sözünde."

"İyiymiş, geldik mi?"

"Evet."

"Hadi bismillah."

"Gel, şu bina Cemre."

"Kapısı ne güzelmiş? Böyle eski yapılara bayılıyorum. Çok heyecanlıyım, içimde çok güzel bir his var, olacak, diyor, olacak."

Yepyeni Bir Şarkı

Telefonum okunmamış
mesajlarla dolu...

M: "Şebnem Hanım merhaba."

Ş: "Hoş geldiniz."

M: "Hoş bulduk, ben Merve."

C: "Ben de Cemre."

Ş: "Buyurun, nasılsınız?"

M: "Teşekkür ederiz, siz?"

Ş: "İyiyim, ben de sizi bekliyordum şarkımla."

M: "Ay evet, biz de çok heyecanlıyız, değil mi Cemre?"

C: "Ben uyumadım gece. Yalnız gözleriniz ne güzelmiş..."

M: "Maşallah."

Ş: "Teşekkür ederim. Eee, anlat Cemre, neler yapıyorsun? Sesini dinledim, gerçekten inanılmaz. Bunu içten söylüyorum."

C: "Çok teşekkür ederim Şebnem Hanım."

Ş: "Lütfen Şebnem de."

C: "Şebnem, sahnelerim oluyor. Vokal geçmişimi biliyorsunuz zaten. Artık çok iyi bir şarkı okumak istiyorum."

Ş: "Galiba o şarkı hazır Cemre."

C: "Yaaa. Çok heyecanlıyım, hemen dinlemek istiyorum."

Ş: "Tabii olur."

C: "Harika! Ne diyorsun Merve?"

M: "Dur Cemre. Şebnem Hanım adı ne şarkının?"

Ş: "Okunmamış Mesaj."

M: "Nasıl?"

Ş: "Okunmamış Mesaj."

M: "Cemre!"

C: "Evet, ben de aynı şeyi düşünüyorum."

Ş: "Ne oldu, hayırdır, neyi düşünüyorsunuz? Bana da söyleyin."

M: "Yolda gelirken Cemre'ye telefonun okunmamış mesaj dolu, dedim. O da evet, dedi. Çünkü Şebnemciğim, Cemre mesajları okumaz ve sürekli telefonunda okunmamış mesaj yazısı görürsünüz."

Ş: "Şaka!"

C: "Gerçekten öyle."

Ş: "O zaman buyurun dinleyin bakalım."

M: "Bu nasıl bir şarkıdır! Cemre dinlerken seni hayal ettim. Cemre sen ağlıyor musun?"

Ş: "Canım duygulandın mı?"

C: "Bu benim şarkım, benim hayatım Şebnem. Resmen beni yazmışsınız. Nasıl bir ruhsunuz?"

Ş: "Ah canım benim, çok sevindim sevmene."

M: "Şebnem, gerçekten Cemre'yi yazmışsın."

C: "Söz veriyorum, şarkı stüdyodan çıksın, gelen her mesajı hemen okuyacağım."

Ş: "Şimdi neden okumaya başlamıyorsun?"

C: "Şebnem totem yaptım kendimce. Çünkü konu sadece telefonumdaki mesajlar değil, hayatın içindeki mesajlar. Şarkının sözlerinden bunu hissettim, Okunmamış Mesaj... Bir daha dinleyebilir miyiz?

Ş: "İstediğin kadar canım."

C: "Günaydın canım, diyorsun."

M: "Hahahaha."

Yusuf

İnsan nasıl bu kadar güzel gizlenir?

Arasam mı bir daha acaba, ama sonuçta istese açardı telefonu ya da mesaja cevap yazardı. Oğlum kendine gel, tanıyorsun bu insanları. Çoğu, sabah uyandığında hiçbir şey hatırlamaz. Bir yerde okumuştum, günahkârların hafızaları zayıftır, çabuk unuturlar, yazıyordu. Neyse ne ya… Ama merak ediyorum, neden bir şey görmedim? İlk defa yaşıyorum bu durumu. İzlemediğim videosu kalmadı. Ne güzel sesi varmış, Cemre'nin… Kimsin sen Cemre?

Hayatımda kimseyi ikinci kez görmek istemedim ama seni mutlaka tekrar görmem gerekiyor. Bence birini özlediğin zaman, aslında ona kendini göstermek istiyorsundur. İnsan hep onu görmek istediğini söyler ama içten içe arzulanan, onun tarafından görülüp fark edilmektir. Yine kendimiz için özlemiş oluyoruz yani. Bu söylediklerime göre benim fark edilmeye ihtiyacım var. Peki, kim tarafından? Henüz sebebini bilmediğim bir nedenle geçmişini göremediğim ama merak ettiğim kişi tarafından.

Bu yüzden sosyal medyaya girmiyorum. Orada keşke anlarını görmesem dediğim binlerce hayat var. Çünkü bir insanın her anını gördüğünüzde artık onu merak etmiyorsunuz. Bir nevi heyecan azalması. Sosyal medyada evlerinin bütün odalarını, akrabalarını, dostlarını, ailesini, aldığı karnelerden başardığı işlere, herhangi bir olaya verdiği tepkiden giyim tarzına kadar, hayallerinden burcuna, ettiği dualardan beddualara kadar her şeyini gösteriyor insanlar. Bir de kullandıkları benzer filtrelerle hepsi aynı mevsimde, aynı toprakta, aynı sokakta, aynı binada, aynı evde, aynı telefona bakıp aynı şeyleri söylüyor gibiler. O yüzden hiç merak etmedim sosyal medyada olanları. Bir, iki arkadaşım *gir şu dünyayı takip et, olayları, haberleri öğrenirsin,* dese de alakası yok bence, sosyal medyada olanlar gerçek hayatta olanlarla kesinlikle aynı değil.

Sayfalardaki yazılara, kelimelere, seslere, videolara baktığında dersin ki nasıl güzel insanlar var bu dünyada. Herkes ne kadar mutlu, içten, samimi, fedakâr. Her sayfada aforizma içeren sözleri, biri evlendiğinde kendi evlenmiş, biri doğurduğunda kendi doğurmuş gibi sevinenleri, arkadaşının başarısını göklere çıkaranları, her hafta bir kitap okuyanları, birbirlerine iyilik yapanları, ihtiyaç sahipleri için toplanan bağışları, ailesini çok sevenleri, evlenip mutlu olanları, sağlıklı beslenip yaşayanları, komik videoları, din adına, bayrak adına, tarih adına türlü söylemleri görürsün ama... Kadın cinayetleri, aile içi şiddet, aldatma, boşanma, kitap okuma, tüketim, yalnızlık, mutluluk konularında durumumuz ortada. Yani sosyal medyada tam tersi bir dünya var.

Cemre seni bir kez daha görmem gerekiyor, ama nasıl? İnsan nasıl bu kadar güzel gizlenir? Bence farkında değil ama bu bir yetenek olmalı. Nasıl göreceğim onu bir daha? Masaja gitsem yine yanından masör olarak ayrılacağım. Ertesi gün mesajlarımı dahi okumayacak. Dokunmadan, gözlerine bakarak onu dinlemem, onunla arkadaş olmam lazım. Hatta bir yemek yiyip hesabı da ödemeliyim, böylece arkadaş hanesine eklesin beni. Neler diyorum? O kim, ben kim? Arkadaşı olup da ne yapacağım ki zaten? Niye öyle düşünüyorum, biz de adamız, çok da iyi arkadaş oluruz, hatta belki dostu bile olabilirim.

"Efendim."

"İyi günler. Yusuf Bey'le mi görüşüyorum?"

"Evet, benim, siz kimsiniz?

"Ben Özkan, Cemre'nin arkadaşıyım. Dün akşam masaja gittiğin."

"Ha, evet evet buyurun."

"Ya, Cemre sizi öve öve bitiremedi. Cemre'yle birlikte biz yedi yakın arkadaşız. Hepimiz düzenli masaj yaptırırız, malum sürekli en iyisini istiyor insan."

"Teşekkür ederim, sağ olun."

"Müsaitseniz ben de masaj yaptırmak isterim bu hafta sonu."

"Tabii ki."

"Cumartesi gecesi diyelim mi?"

"Benim için uygundur."

"Teşekkürler, memnun oldum, tekrar görüşmek üzere."

"Görüşürüz."

Seni tanımak için bütün arkadaşlarına gideceğim. Hepsinde seni göreceğim, seni izleyeceğim. Her defasında bir sonraki görüşmeyi düşünsünler diye, hayatımın en iyi masajlarını onlara yapacağım. Ta ki, seni iyice tanıyana kadar Cemre.

Özkan

Aşırı yenen yemeklerin içinde
hep başkalarının hakkı vardır.

"Efendim Özkan Bey."

"Geliyorsun değil mi Yusuf?"

"Evet, yarım saate sizde olurum."

"Tamam o zaman, bir buçukta bendesin. Süper, görüşürüz."

"Görüşürüz."

Gün içinde kaç kere aradın, sordun... Demek çok aç ve sabırsız birisin. Belli ki takıntılısın da. Bu kadar ısrar acaba çok istediğinden mi, yoksa obsesif bir takıntıdan mı kaynaklanıyor? Bugün birkaç kez arayıp geleceğim saati sorup durdun. Demek ki ciddi bir hazırlık da yaptın benim için. Ben gelene kadar tüm işlerini de programlayıp halletmişsindir. Ya ağır hareket ediyorsun ya da fazla dikkatlisin. Bir planının sarkması en büyük korkun olabilir. Yönetememek seni çılgına çevirebilir. Göreceğiz... Neyse geldim.

"Hoş geldin Yusuf."

"Hoş bulduk Özkan Bey."

"Lütfen, Özkan de."

"Tamam, teşekkür ederim."

"Buyur lütfen, bir şeyler içer misin?"

"Teşekkür ederim, sadece su alsam yeterli."

"Olur mu? Bak bir sürü şey var, hem masada atıştırmalıklar da var."

"Elinize sağlık ama bu saatte pek yemiyorum. Su bana yeter."

"Neyse ilerleyen saatlerde o zaman, ben de bir sürü hazırlık yaptım."

"Zahmet olmuş, elinize sağlık."

"Ne zahmeti! Baksana halime, her gece böyleyim ben. Hahahaha."

"Evet, ama sağlığınız için tehlikeli değil mi?"

"Yüz otuz kilo olunca tehlikeyi anladım ben de ama işte diyet, doktor gidip geliyorum be Yusuf."

"Siz bir şeyler yiyecekseniz yiyin lütfen, ben de bir lavaboya giderim."

"Tabii ki, şurası. Temiz havlu da koydum."

"Teşekkürler.

Bakalım nasıl bir hikâyesi var ve bakalım Özkan Bey sayesinde Cemre'yi görebilecek miyim? Allah yardımcısı olsun bu kadar kilo ile nasıl yaşıyor? Zor gerçekten.

"Ne tarafa geçiyoruz?"

"Buradan."

"Aaa, şey Cemre Hanım söylemiştir belki."

"Evet, biliyorum sadece masaj."

"Tamam, teşekkürler. Bu zamanda sadece masaj isteyeni bulmak zor."

"Bu saatlerde sadece masaj yaptıracak kişiyi araman da ayrı bir konu bence."

"Öyle, haklısınız."

"Hiç mi olmadı?"

"Ne, hiç mi olmadı?"

"Şey işte canım, bu kadar yakışıklısın, nasıl bıraktılar seni böyle?"

"İnanın her önüme gelenle bir şeyler yaşamıyorum."

"Aaa gey misin?"

"Hayır."

"O zaman aseksüel?"

"Hayır heteroseksüelim."

"Hımmm, anladım. Fantezi falan, ne bileyim grup falan?"

"Hayır, Özkan Bey. Sevmediğim, hoşlanmadığım kimseyle olmadım, olmayı da düşünmüyorum."

"Yani bizden hoşlanmadın öyle mi?"

"Ben insanlara, bununla yatarım şununla şöyle yaparım, diye bakmıyorum ki. Bir kız ile bile birlikte olacaksam, uzun bir zaman geçirmem lazım."

"Kıyafetlerini buraya bırakabilirsin Yusuf."

"Tamam."

"Dindar mısın yoksa?"

"Merak ettiğim için bir şey sorabilir miyim? İnanın sizinle alakası yok."

"Tabii ki."

"Neden insanlar, mesela biri içki içmiyorum, seks yapmıyorum falan dediğinde 'dindar mısın yoksa', diye soruyor?"

"Şey, yani ne bileyim. Dindarlar hani içmez, onu yapmaz, bunu yapmaz derler ya, o yüzden herhalde."

"Yapıp yapmadıklarını bilmiyorum ama içki içmemek sağlık açısından, herkesle seks yapmamak da bedene olan saygıdan olamaz mı? Bu duygu ile ilgili bir durum."

"Yani…"

"Açıkçası, bedenim özel ve bir şeyler hissetmediğim kişilerle ona saygısızlık yapamam. Bir gün birini çok seversem eğer, onu öptüğümde ya da birlikte olduğumuzda, zihnimde başka fotoğraflar olsun istemiyorum. O olsun hem kollarımda hem ruhumda."

"Sen yalnızlıktan ölürsün."

"Hahahahaha neden? Herkesin içinde binlerce fotoğraf var. Şimdi tövbe etmeye başlasak kıyamete kadar bitmez. Bence tövbe ve günah düşüncesi ile değil, kendine değer vermek, sevmek, kendine saygı duymakla ilgili. Çünkü günah deyince tahrik ediyor, tövbe deyince zor geliyor, ama kendimizi sevip saydığımızda her şey kolaylaşıyor."

"Yok, valla tek ölürsün."

"Öyle olsun bakalım. Siz uzanın şöyle. Herhangi bir özel durumunuz var mı?"

"Ne gibi?"

"Yani bir ağrı, sakatlık, ameliyat gibi. Şunu yap ya da yapma, diyeceğiniz bir şey."

"Yok, canım benim. Tek sakat yerim kafam. Hahahaha."

"İyi o zaman, buyurun başlayalım."

"Ayaklardan mı başlıyorsun?"

"Evet, siz rahatlayın lütfen, müziğin sesini de ayarlıyorum sizin için."

"Oh, mis, harika."

"Kapayın gözlerinizi ve izin verin bana."

"Tamam."

"Ayaklarınız çok şişmiş."

"Evet."

Ayaklarına dokunduğum an hayatı gözlerimin önüne gelmeye başladı. Cemre'den sonra ilk dokunduğum beden onunki ve görüyorum. Demek ki sadece Cemre'yi göremiyorum.

"Sol bacağınızın şurasında sık sık ağrı hissediyor musunuz?"

"Evet, çocukluğumdan beri, nasıl anladın?"

Çünkü çok yalnız bir çocuksun ve uzun saatler boyunca kendi dizlerinin üstünde durarak büyümek zorunda kalmışsın. Sol dizinin ağrısı da oradan geliyor. Yalnızlık duygun bir ağrı olmuş, vücutta hissedilen bir acıya bürünmüş. Bu, o kadar derinmiş ki adeta bedeninde can bulmuş ve ne yazık ki ne ruhta ne de bedende taşınacak gibi de değil. Sert bir baba, pasif bir anne ve sessiz bir çocuk. Her korktuğunda annesini arayan ama elindeki ekmeği yalayan bir sübyan. Annen çok problemliymiş be Özkan, çok üzücü. Bebekken bile kucağına pek almamış seni. Her ağladığında, ağzına ye diye bir şeyler tıkan biri olmuş. Tatsız şekerler, tatsız bir anne.

Keşke babanın bu kadar parası olmasaydı Özkan. Gerçi önceden, anne baban da oldukça fakirmiş, çok açlık çekmişler, zor bir hayatları olmuş. Baban büyük yemin etmiş, hırslanmış, gözü kararmış, içinde bir türlü onarılmayan aşağılık kompleksiyle devleşmiş. İçinden küçüldükçe dışından büyümüş, değerlerini yitirmiş. Çok yemek, çok ekmek. Her şeyi fazla fazla yığmış sofraya. Kazandıkça acıkmış, acıktıkça kazanmış. Bitmeyen bir hırsmış onunkisi ve sen, tam da babanın dev gibi gözüküp karınca kadar küçük olduğu dönemde doğmuşsun. Gün gelmiş, babanın günahları evi vurmuş. Ne tadı ne de tuzu kalmış sofranın. Annenin cinayet listesine başka başka kadınlar eklenmiş.

Baban annenin etlerini parça parça koparmış. Annenin canı çok yanmış be Özkan, o yandıkça da sen yok olmuşsun. Kedi gibi bir kenarda sadece yemek yiyen ve kendi kendine oynayan bir çocuk. Ekmeği baban, kolayı annen yapmışsın. Her korktuğunda bir parça babandan ekmek, bir yudum annenden kola içmişsin. Onların veremediği mutluluğu, huzuru versin diye, onlardan duyamadığım *seni seviyorum*'un yerine geçsin diye, sadece emmiş, içmiş ve yemişsin. Hem sarılmamışlar sana hem de seninle konuşmamışlar. Tam kiloların artmaya başladığında da ikazlar gelmiş onlardan. Neden yediğime içtiğime karışıyorlar diye düşünüp bu ikazları önce tuhaf bulmuşsun. Sonra bakmışsın ki, onlar seninle en çok, seni ikaz ettikleri zamanlarda ilgileniyor. Böylece, yeterli duyguyu alamadığın anne ve babanla aranda ilginç bir ilişki başlamış. Sen yanlış yapıyorsun, onlar gelip ilgileniyor. Bir yanlış daha yapıyorsun, bir daha seninle ilgileniyorlar. Sonra her mutsuz olduğunda yemeye devam ediyorsun, onlar da uyarmaya devam ediyor. Aslında sen onlara 'ben size açım,' diyorsun ama duymuyorlar.

Sen de az değilsin Özkan. Tamam, zor bir çocukluk geçirmişsin ama sonuçta maddi durumun iyi. Peki, nedir bu yaptıkların?

"Kalça masajı yapıyorsun değil mi?"

"Özkan Bey, siz bana bırakın lütfen."

"Baldırlarıma geldin ya sorayım dedim."

Evet, baldırlarının arasına sıkışan cinselliğini görebiliyorum. Erken yaşta kadınlara küsen ve babasını arayan o çocuğu görüyorum. Babanın tıpkı annene küstüğü gibi senin küsmeni izliyorum. Ama baban annene küsmüş, kadınlara değil ki. Nasıl bilebilirdin ki bunu çocuk yaşta, haklısın. Almışsın araya cinselliğini saklamışsın. Aynaya her baktığında küsmüşsün bacak arana. Annene öfken, babana özlemin artmış.

Hatta annene öfken beş yaşında daha da artmış. Genelde hep olmadık yerlerde yemek istediğin için çimdiklemiş seni, bu yüzden sağ kolun hep mor. O sağ kolun morluğu senin doğum leken olmuş Özkan. Eminim en sevdiğin yerdir sağ kolun, hele de biri sarılıp dokunduğunda nasıl iyi geliyordur. Bu kadar masaj yaptırmanın sebebi de bu belki. Biri en azından haftada bir gelse, çimdiklenen yerlerini sevse, iyileştirse keşke. Gitmese, ama gidecek... Madem gerçekten seven biri hiç gelmeyecek, bari parasıyla gelsin görevini bilsin, diye bu kadar masaj değil mi?

Evde kabul görmemişsin, hayatta da öyle. Bu kadar hırs yapmanın sebebi de bu olsa gerek. Çok çalışmışsın. İyi bir üniversite, iyi bir kariyer. Buna rağmen içinde büyük bir öfke var, sanki *elime bir güç geçsin de siz görürsünüz,* der gibi. Herkese gülüp neşeli gözüken bu adamın içinde nasıl da öfke ve kızgınlık var? Oysa kilolular hep neşelidir derler, meğer ne büyük bir kızgınlıkla yaşıyormuşsun. İyi de bu neşeli maskenin nedeni ne?

Herkesin en iyi arkadaşı Özkan, dostları ona danışır, başarılı bir organizatördür, iyidir, akıllıdır. Başkalarının düşünmediği ayrıntıları düşünür. Çoğunun seni gerçekten değil, onlara iyi geldiğin için sevdiğini de biliyorsun. Bu seni çok kızdırıyor çünkü aklına yine yalnızlığın geliyor. Annesinin çimdiklediği çocuk neden yemek yiyordu? O zaman, biraz daha kızsın annem, deyip hemen yemeğe başlıyorsun. Yedikten sonra pişman oluyorsun, kendine kızman azalınca insanlara neşeli görünmek için maske takıyorsun. Çünkü maskeyi çıkarırsan sevilmeyeceğini sanıyorsun.

"Kollarımdan çok huylanırım Yusuf, özellikle sağ kolumdan."

"Biliyorum."

"Biliyor musun?"

"Hissettim. Yani oralara dokunduğumda ayaklarınız gerildi."

"Aslında gerilmedi."

"Ne oldu?"

"Sana bir sır vereyim mi?"

"Tabii ki."

"Ben sağ kolumdan tahrik oluyorum."

İnsan çimdiklendiği yerden tahrik olur mu? Olur, başa döner durur. Acıyan yanımızı unutmayız, çünkü bitmeyen acıların bitmeyen hatırlatıcıları vardır, tahrikler. Peki, ne oldu da kötüleştin, bencil ve düşüncesiz oldun?

"Neden sağ kolunuz sadece?"

"Bilmem sağcı da değilim ama... Hahahaha."

Çocukken sevilmemiş, ihmal edilmiş çocuklar büyümezler. Yaş aldıkça çocuk kalır şakaları. Sağcı değilim, derken nasıl çıkıyor içindeki o çocuk bir görsen, şaka yapmayı öğrenememiş, başkası nasıl güler diye düşünecek kadar kalabalığı olmamış çocuğu bir görsen...

"Garip bir özellik Özkan Bey."

"Bey deme, ya! Sen nerenden tahrik olursun bu arada?"

Bu da kötü yanın işte Özkan. İstediğini almak için bencil olduğun, anlamadığın, karşı tarafın ne istediğini düşünmediğin an. O kadar büyük ki yalnızlığın, cesaretinin ayarı kaçmış, ama onun da adına özgüven deyip satmışlar sana.

Çimdiklendiğin yere dokunulduğunda çıkıyor içindeki bencil ve obur insan. Anne ve babanı istiyorsun aslında ama onları yanlış yerlerde arıyorsun. Zamanla kötü olmuşsun. Şirkette altında çalışanlara yaptıklarına bakıyorum da inanamıyorum. Zayıf gözükenleri, güçsüz olanları sevmiyorsun, belli. Çünkü her güçsüz ya da zayıf zannettiğin kişi, sana kendi geçmişini hatırlatıyor. Sen de tıpkı annen gibi, gücünün yettiğini çimdikliyorsun, gücünün yetmediklerini ise *seni seviyorum,* deyip kendine bağlıyorsun.

Kişiyi kendine muhtaç ediyorsun ve bir başkasının onu kendisine getirmek için çimdiklemesine izin vermiyorsun. Ne olursa olsun hayatlarında kalmaya gayret ediyorsun. İnsanın tek ihtiyaç duyduğu formülü de bulmuşsun, anlaşılmak. Herkese o sihirli kelimeyi söylemeyi ihmal etmiyorsun: *Seni anlıyorum!* Bu onları sana daha çok bağlıyor. İlgiyi ve sevgiyi daha çok içine çekiyorsun. Zamanında çok aç kalmıştın, bir daha aç kalmamak için onların ilgisini ve sevgisini sürekli yemek, içine çekmek istiyorsun. Yalnız kalmaktan ölesiye korkuyorsun.

"Sırtım."

"Evet?"

"Ya, ben sırtımdan biraz gıdıklanırım da."

"Tamam, dikkat ederim."

Bu rahatsız oluşunun, gıdıklanmanın sebebini şimdi görüyorum, ne zaman kötü olmaya başladığını da... O ana kadar umudunu da gördüm ama kötü bir yerde kırılmış. Babanın elinde evin kablolu telefonu, amcanla konuşuyor. Evde kimse yok sanıyor ve sen on üç yaşındasın. Eve geliyorsun. Geldiğini duymayan babanın sesine doğru gidiyorsun. Kendi ismini duyduğun an, yanına gitmekten vazgeçip salon kapısının yanına yaklaşıyor, sırtını duvara yaslıyorsun. Sırtın kaşınmaya başlıyor. Kaşıntısı gitsin diye sırtını duvara hafifçe sürtüyorsun. Rahatlamak için bir aşağı bir yukarı kaşırken babanın amcana söylediklerini duyuyorsun:

"Abi bu çocuğa her baktığımda sırtıma yük biniyor ya. Vallahi bıktım, yeminle bıktım. Evladım olmasa yüzüne bakmam abi, bıktım."

Şimdi gördüm öfkeni. Gözlerindeki öfkenin sebebini önce, sırtını kanatırcasına sürttüğün duvarın acısı zannettim. Sonradan anladım, kötü olmanın sebebi babanmış, çünkü kötü olmayı ondan öğrenmişsin.

"Biraz bastırır mısın?"

"Gıdıklanmıyor muydunuz?"

"Evet, ama bastırınca geçiyor. Biraz acı verir gibi yani."

"Anladım."

"Anlaşmak güzel şey."

"Cemre Hanım nasıl?"

"Hanım mı? Vallahi dediği kadar varsın."

"Ne dedi ki?"

"Şey işte, garip ve fazla utangaç."

"İyi biri."

"Cemre mi?"

"Evet."

"Öyledir, delidir ama iyidir."

Evet, biraz daha düşün ki göreyim Cemre'yi. Ellerimi başına götürdüm yavaş yavaş, boynuna masaj yaptıkça Cemre'yi fısıldadım kulağına.

"Ne güzel sesi varmış."

"Evet, çok güzeldir. Kuzum ne mücadele verdi bir bilsen, hâlâ veriyor ama işte …"

"İşte, derken?"

"Ah sorma, ya bak aklıma getirdin. Of of! Boş ver ya."

Tamam, iyice duygusallaştın, şimdi görüyorum. Her yerde uğurböcekleri var, neresi burası? Evet, Cemre'nin odası. Her yerde uğurböceği resmi, heykeli. Demek çok seviyorsun uğurböceklerini! Bu ev senin olmalı. Özkan gelmiş sana, ağlıyorsun. Peki, Özkan sen neden gizli gizli zevk alıyorsun kızın ağlamasından? Kıskanıyorsun onu! Güzel olmasını, kadın olmasını hem kadın hem de güzel olmasını. Ağlıyor, bu da hoşuna gidiyor.

Cemre'ye bu kadar kızgınken, nasıl bu kadar yakın olabiliyorsun? Bencilsin Özkan, kendi çıkarını onun çıkarından üstün görüyorsun. Alacağın gizli haz için bencillik ediyorsun. Özkan'la yine bir ağlama sahnesi... Yine Cemre'nin evinde. Demek kötü gün dostuyum, diyorsun. İyi de kötü gün dostu olmaz ki!

Gerçek dost, iyi günde yanında olandır. Senin iyi olmandan mutlu olacak tek gerçek kişi, dostundur. İyi gününde yanında olmayıp kötü gününde yanında olanlar, genelde kötü olmanı beklenlerdir. Yanındayım mesajı verip gizli gizli haz duyanlardır. Sen busun Özkan! Ah Cemre, sen neden ağlıyorsun? Anlıyorum, annenle problemin var, para için her şeyi yapabilecek bir kadın. Kediler var her yerde, annenin mi bu kadar kedi? Sen neden uzaktan seviyorsun kedileri? Çünkü annen onları senden daha çok seviyor. Kedilere kızgınsın, hayır onları kıskanıyorsun. Bir de senden alıp onlara yedirmiyor mu, iyice çıldırıyorsun. Ah be Cemre, Özkan senin dostun değil, bir görsen. Çok zengin adam, Cemre'ye verdiği borç da çok büyük bir miktar. İyi de Cemre neden bu parayı aldığı için kızgın? Dışardan bakılınca bir dostluk varmış gibi ama ben gerçekten yaşananı yazayım buraya. Aklıma Engin Geçtan'ın İnsan Olmak kitabı geldi. Orada okuduklarımı yaşıyorum şu an. Ey gidi Engin Hoca, mekânın cennet olsun. Ne güzel yazmışsın. Buyurun bakın gerçekte neler oluyor:

İnsanlar birbirlerine bir şeyler vermekten ve almaktan zevk duyarlar. Ancak bir insanın diğerine kendi gücünün çok üstünde bir şeyler vermesi, karşısındaki insanda olumsuz duygular yaratabilir ya da birinden karşılığını veremeyeceği bazı şeyler alması, onu tedirgin edebilir. Bu duygular alınan şeyin kimden geldiğine, verilen şeyin kime verildiğine, verilen ya da alınan şeyin ne ya da nasıl bir davranış olduğuna göre değişebilir.

Evet, Cemre maddi durumun o kadar da iyi değil. Bu yolculukta Özkan'ın senin için anlamı ne? Gerçekten seviyor musun onu, yoksa çıkarlarınız karşılıklı mı?

Bazı insanlar sürekli bir şeyler vererek kendilerini kabul ettirme ya da tam tersi, diğer insanlarla ilişkilerinde asalak yaşantı sürdürme eğilimindedir. Özkan'ın insanlara sürekli bir şeyler vermesinin sebebi de bu. Herkes onu iyi bir dost, yardımsever ve paylaşımcı biri sanırken o büyük bir bencil aslında. İnsanlara vermesinin nedeni, onları kendine bağımlı hale getirmek ve daha fazlasını da geceleri kendi yemek.

Bağımlılık eğilimi her insanda vardır ve bu, onun toplumsallaşmış olmasının doğal bir sonucudur. Bir insanın kendi kendine yeterliliği ve başkalarına bağımlılığı arasında belirli bir denge olması gerekir. Eğer bu denge, bağımlılık yönüne doğru fazlaca kayarsa ortaya bazı sorunlar çıkabilir. Bir insan, diğer bir insana aşırı oranda bağımlıysa, bu onun kendi varoluş sorumluluğunu üstlenmekten kaçındığını gösterir. Böyle biri diğer insana muhtaç olduğu oranda, ona yönelik düşmanca duygular da taşır.

"Cemre çok şekerdir ama biraz şanssız ya."

"Şanssız derken?"

"Yani, çok güzel sesi var ama bir türlü patlamadı, olmuyor bir şeyler eksik."

"Belki de patlamaması gerekiyordur."

"Nasıl yani? Ahhh, sırtımdaki yoğunluğu hissettin mi?"

"Evet."

"İşte yıllardır biriktirdiğim yüklerim."

"Klima gibi geldi bana."

"Nerden biliyorsun? Klima bağımlısıyım."

Çünkü aşırı kiloların yüzünden sürekli terliyorsun, her yerin yapış yapış oluyor ve kokuyorsun. Bu durumdan nefret ediyor, istemeye istemeye klimayı çalıştırıyorsun.

"Yani, klimanın neden olduğu tutulma çok farklı ve belli ediyor kendisini."

"Ah be Yusuf, ne tatlı adamsın. Lütfen, masajdan sonra gitme, bir şeyler içip sohbet ederiz."

Dostluklarda, ilişkilerde kendi sorumluluğunu üstlenmiş iki kişinin birbirine bağlı olması güzeldir ama Özkan ve Cemre arasındaki arkadaşlıkta bağımlılık var. Genelde insan, bağımlı olduğu kişiye karşı geliştirdiği olumsuz duyguların farkında olmaz. Üstelik karşısındakini sevdiğine inanır, oysa sevmeden sevilmek ister. Demek Özkan, Cemre seni sevsin diye çaba gösteriyorsun, ama bu seni yoruyor. Bağımlısın Özkan. Çevreni iyi bir insan olduğuna inandırmaya çalışıyorsun. "*Kendi isteklerini ortaya koyamadığı gibi istemediği şeylere de karşı çıkamaz.*" Ne güzel demişsin Engin Geçtan.

Seni izliyorum Özkan! Sürekli insanları dinlemen, istemediğin şeylere karşı çıkamaman, insanlar kötüyken yanlarında olman, sevilmek için rüşvet vermen, herkes seni iyi bilsin diye çabalaman bağımlı olmandan kaynaklanıyor. Bu yüzden geceleri öfkeni, kızgınlığını, üzüntünü, yalnızlığını yiyerek gidermeye çalışıyorsun.

Bu kadar olumsuz durumla yüzleşmek cesaret ister, yüzleşmek en zor olanıdır. Çökersin, bitti sanırsın, çaresizce kaçtığın şeye bulanırsın, çünkü bu gerçekle ne yapacağını bilemezsin. Tüm bildiğin gerçeklerden kaçmak için bulduğun yollar olur. Öyle bir şeydir ki kendinle yüzleşmek, anlattığın kadar bile güçlü olmadığını anlarsın. Geçtiğin tüm yollardan bir şeyler öğrendiğini sanırsın ama hiçbir şey öğrenmediğini fark edersin. Bu duyguyla baş etmek de zordur. *Biraz sinirliyim, şöyle iyiyim, böyle safım* diyerek kendini tanımladığın tüm sıfatların gerçek olmadığını anlarsın. Gerçekler senin en dibindir. Kimsenin bilmediği kadar kıskanç, arzu dolu, utangaç, kötü, mağdur, yalnız olduğunu anladığın andır yüzleşmeler. *Güçlü değil zayıf, iyi değil kötü, sevecen değil bencil olduğunu kavrarsın.* O yüzden zor ve bedeli ağırdır. Olman gereken kişiye dönüşmen, bunun için değişmen gerekir. Böyle bir derin yüzleşme kimini deli, kimini de veli eder.

İnsanın alın yazısında acı çekmek vardır ve her insanın eşit olduğu andır acı çekme hali. Kimse acı çekerken poz veremez. Acı çeken insan çaresizlik yaşar. Bu çaresizliktir insanı eşitleyen. Dünyada bir salgın olduğunu düşünün. Bir virüs salgını bu ve insanları öldürüyor. Zengini, fakiri, Türk'ü, Arap'ı, Çinli'yi, Amerikalı'yı, Alman'ı herkesi, Müslümanı, Hıristiyanı, inananı inanmayanı, hatta ineğe tapanları bile. Bir anda aynı çaresizlikle eşitlenmez miyiz?

İnsan çaresizdir ve öyle olmadığını kendine ispatlamak için yaşam boyu mücadele eder. Para kazanmak, büyümek, güçlenmek, çoğalmak ister, tek bir sebebi vardır, çaresiz hissetmemek. Şimdi diyeceksiniz ki:

Basit bir telefon almak istiyorum, bunu çaresiz kalmamak için mi alıyorum yani?

Evet, çaresiz kalmamak için alıyorsun. Çünkü yokluk en derin çaresizliktir. Bir şeyin sende olmadığını, eksik kaldığını idrak etmek derin bir çaresizlik hissi yaşatır. Elindeki telefonu düşün... Diyelim ki şu an elinde on yıl önce satın aldığın bir telefon var ve etrafındaki herkes 2020 model telefon kullanıyor. Herkeste son model telefon olması seni rahatsız etmez, seni rahatsız eden sende olmama duygusudur. *Yokluk hissi en derin çaresizliktir.*

İnsanın Allah ile ilişkisinin en derin yeri de burasıdır. Çünkü yaratıcı, bir yokluktan, yok oluştan ve bitişten bahsetmiyor; tam tersine iyi ya da kötü bir şeyler var, diyor. Yani cehenneme de gitsen cennete de gitsen varsın ve sen var olduğun için hesaba çekileceksin. Çünkü yokluk hissi yok, varlık hissi var. İnsan çaresiz kalmak istemez ve insanın yaratıcısına inanmasındaki en önemli sebeplerden biri de budur. Çünkü vaat edilen şey, var olmaya devam etmektir ve varlığının birileri tarafından bilinmesi insana iyi gelir. Var olduğumuzu hissetmek için severek, nefret ederek, özleyerek, unutarak, öfkelenerek, sakin kalarak, vazgeçerek, kabul ederek, hoş görerek, zalimlik ederek, silip başlatarak yaşamımız boyunca ilişkiler kuruyoruz. Yaşadığımız her deneyimle var olduğumuzu da hissediyoruz.

Yokluk hissini bazı insanlar daha derinden hisseder çünkü hayatlarına, var olmaya çalışan çok fazla insanı dâhil ederler. O yüzden Özkan sen, var olma hissini yaşamak için geceleri mutfaktasın. Yemeğin yokluğu hissi seni çıldırtıyor. Küçükken alamadığın sevgiyi, yiyeceklerden aldığında ikaz edildin ve seni uyarmaları, sürekli engellemeye çalışmaları sana var olduğunu hissettirdi.

Bir çocuk hangi davranışıyla daha çok ilgi çekiyorsa o davranışını pekiştirir. Eleştirdiğiniz çocuğu, ölene kadar eleştirmek zorunda kalırsınız. Küçükken, *aman yanlış yapmasın, doğru olsun,* diye eleştirirsiniz. Büyüdüğünde eleştirdiğiniz gibi olur, bu kez de zamanında lafınızı dinlemediği için eleştirirsiniz. İlgiyi nereye çekerseniz çocuğu aslında ona yönlendirirsiniz.

"Ailenizde kilolu var mı, genetik mi Özkan Bey?"

"Yok be yavrum, bir ben böyleyim. Çok yiyorum. Hahahaha."

"Anladım."

"Ay, ne anladın Yusuf?"

"Yani, ailenizde kimsenin kilo problemi yokmuş."

"Alakası yok. Tamam, benim gibi problemli değiller, ama kilolarına benden daha çok takıntılılar. İki kilo alıp verecek olmak onlar için ölmek demek."

"Evet, yeniçağın depresyon sebebi artık."

"Boş işler."

"Ama sağlık sonuçta."

"Öyle de ne yapayım, söyle?"

"Yüzleşmek gerek."

"Ne gerek?

"Yüzleşmek."

"O nasıl oluyor?"

"Bu şekilde anlatabileceğim bir şey değil."

"Pozisyon mu değiştireyim? Hahahaha."

"Yani karşılıklı oturarak konuşmak gerek, demek istedim."

"Anladım canım. Şaka yaptım sen de! Eee, kal dedim sohbet edelim diye, hayır dedin."

"Eğer siz de uygunsanız bir yarım saat oturabilirim."

"Harika! Ellerine sağlık, çok iyi geldi ya. Cemre'nin dediği kadar varmış, hatta beklentimin üstünde, bravo."

"Teşekkür ederim."

"Diğerlerine de söyleyeceğim, zaten merakla bekliyorlar."

"Nasıl?"

"Cemre hepimize attı numaranı, dedim ya."

"Evet."

"Herkes bana yazdı önce sen, diye."

"Hıımmm."

"Önce ben derken, yani masaj anlamında. Cemre söyledi hepimize zaten."

"Anladım."

"Dedim tamam, ben bakayım önce masajın tadına. Şimdi yazarım gruba zaten."

"Ben bir lavaboyu kullansam?"

"Tabii. Ben diğerine geçeceğim zaten, duş alacağım. Sen de salona geçersin, sonra masada yiyecek içecek var ben gelene kadar ..."

"Tamam, teşekkür ederim."

"Ay yerim seni. Ha, konumuz yüzleşmek, unutmadın değil mi?"

"Tabii ki."

Yaptığım işin çok sağlıklı olmadığını biliyorum. Bir merkezde masör olabilirdim ama olmadım. İnsanlara sormadan özel hayatlarını izliyorum. Onların yaşamlarına bir nevi izinsiz giriş yapıyorum. Yeteneğime ve onun ortaya çıkardığı arzularıma engel olamadım. Belki kendilerinin bile farkında olmadıkları yaşamlarını izlemek anlatılır gibi bir his değil. Zamanla pişmanlık ve suçluluk duygusu da kapladı içimi ama nafile. Engel olamadım kendime. Hırsızlık yapan bir babanın, *çocuklarım aç onlar için,* demesi gibi. Yaptığı yanlışa iyi bir niyeti sebep kılmak. Bu olsa olsa bir insanın kendi vicdanı için yaptığı bir savunma şekli olabilir.

Zamanla dedim ki kendime, insanların hayatına izinsiz giriyorum, özel hayatlarını didikliyorum; madem öyle insanlara bir faydam olsun, masajdan sonra sohbet edip ihtiyaç duydukları konuları anlatayım; isterlerse çözüme dair de konuşalım. Hem onlara bir iyiliğim dokunur belki hem de vicdanımın sesini kısabilirim. Yaptığım şeyin etik olmadığını bile bile yıllarca buna inandırdım kendimi. Tüm pişmanlığıma, kendime olan kızgınlığıma rağmen biliyorum, tekrar tekrar yapmaya devam edeceğim. Daha ne kadar sürecek hiçbir fikrim yok ama bunun sonunun büyük bir yalnızlık olduğunu da görebiliyorum. İçime bazen bir his doğuyor, sanki bir zaman var, o zaman gelecek ve ben artık insanların özel hayatlarını görmekten vazgeçeceğim. Ya öleceğim perde kapanacak, sahnem bitecek ya da âşık olacağım ve artık kimsenin özelini görmeyeceğim. Çünkü âşıkken sevdiğinin içini göremezsin, kendi içindekini yansıtırsın sadece. İlahi bir armağandır ve insanın herhangi bir yeteneğinden daha güçlüdür.

Neyse, Özkan'ın sorunu oburluk ve bencillik... Cümlelerimi dikkatli seçmem gerekiyor. Çünkü cinsellik üzerine şakalar yaparak içindeki iyi çocuktan kaçıyor. Cinsel şakalar zayıflık göstergesidir. Dilde rahat rahat espri malzemesi yapılabiliyorsa, gerçekte var olan sorunun yıkıcı gücünü azaltmak içindir. İnsan baş edemediği durumu komediye dönüştürür. O yüzden tüm komedyenler önce yaşadıkları ülkedeki yönetim sistemi ile dalga geçerler. Çok güçlülerin, ünlülerin, siyasetçilerin, başarısız ilişkilerin komedisi yapılır. Acınacak halimiz bize çaresizlik hissettirir ve en iyi yolu dalga geçmektir.

İnsanların çoğunda küfür etme, burun karıştırma, laf atma, dalga geçme, şiddet uygulama, ilkel hareket etme dürtüsü vardır. Bu istek sosyal yaşam normları yüzünden engellenir. Karşımızda bunu bizim adımıza yapan birini gördüğümüzde ise beynimizde *şema tamamlama* oluşur. Yani, aslında burun karıştırıp küfür etmeyi istiyoruz ama şemamız açık kalıyor. Recep İvedik gibi karakterleri izlediğimizde ise beynimizdeki şema tamamlanıyor ve gülme isteği oluşuyor. İnsanlar 'ben yaparsam'a gülüyorlar. Çünkü komedyen bir karaktere büründüğünde, o karakter ne kadar çok izleyicinin içinden bir parçaysa, izleyici ona daha çok gülüyor.

Aslında herkes kendi içindekini takip ediyor. Bu yüzden *zengin kız, fakir oğlan* karakterleri çok tuttu zamanında. Bakalım ilerde hangi şemalarımızı tamamlayacağız. İşte bu yüzden Özkan, zihninde senin de tamamlanmamış şemaların var. Sağlıklı bir ilişki, aşk, sevmek, sevilmek, beğenilmek, bu şemalar sende eksik. Hatta böyle ilişkilerle karşılaşınca muhtemelen tepki gösteriyorsundur; çünkü sende yok. Tamamlanmamış herkes böyledir. Hoşlandığınız kişileri, kendi yalnızlığınıza, başarısızlığınıza ve değersizliğinize davet etmek istersiniz. Bunun en iyi yolu da espri yapmaktır. Çünkü biri gülerse diğeri de istemsizce yumuşar. Kimseye *seninle yatmak istiyorum* diyemezsin, çok ilkel ve hayvanca gelebilir. Ama aynı ilkel arzuyu birkaç gülümseten söz, birkaç espriyle söylediğinizde hayvanlığa tebessüm eklemiş olursunuz.

Şimdilerde, tüm cinsel arzular, sosyal medyada içeriklerin içine gizleniyor. Kahkaha attığınız videolara bakın, muhakkak hayatta zorluk çektiğiniz şeyleri birileri komediye dönüştürmüştür. Özkan, hoşlandığı insanları karanlığına davet ediyor ve cinsel deneyim yaşadığında partnerinin mutlu olmadığını da biliyor. Yüzü gülsün diye ona ücret ödüyor. *Para için bile olsa beni düşün, yeter ki aklında bir yerlerde olayım, bir daha aradığımda beni zorlama, hayır deme, istekli görün* demek istiyor. Tüm suçlar bu tahriklerin sonucudur, ya tahrik edersin ya da tahrik edilirsin.

"Eee, bir şey içmiyorsun."

"Böyle iyiyim, teşekkürler.

"Ya, iç bir şey olmaz. Hahahaha."

"Bu kahkahalar gerçek mutluluktan olsa keşke…"

"Anlamadım."

"Yüzleşmek istediğinizi söylediniz az önce."

"Az önceki kahkahanın ne alakası var?"

"Hazırsanız, başlayalım."

"Soru cevap mı, anlamadım."

"Hayır, sohbet edeceğiz biraz."

"Aaa, tamam."

"Biraz hislerim kuvvetlidir ve sizinle ilgili hissettiklerimi paylaşmak isterim."

"Medyum gibi mi? Yoksa medyumlukta mı var?"

"Yok, ne medyumluğu Özkan Bey."

"Hadi ya!"

"Evet, değilim ama hislerim kuvvetlidir ve genelde de pek yanılmam."

"Çok merak ettim, ne hissettin?"

"Ama şunu söylemek isterim, bunlar his sonuçta. Sizi tanımıyorum, yani yanlış da olabilir, doğru da."

"Tamam canım, anlat hadi."

"İnsanlar sizi çok seviyorlar."

"Evet ya, canlarım benim."

"Ama siz onları sevmiyorsunuz, hatta onlara öfkelisiniz."

"Ben mi öfkeliyim?"

"Evet, derinlerde yoğun bir kızgınlık hissi var."

"Yok, canım benim, bilemedin. Hislerin pek kuvvetli değilmiş. Hahahaha."

"Her gün o kadar çok insanla birliktesiniz ki eve geldiğinizde başınız ağrıyor ve her gece üçte mutfağa gidiyorsunuz."

"Üçte mi?"

"Evet, tam üçte, her gece."

"Sen nereden biliyorsun gece üç olduğunu?"

"Hissediyorum, demiştim ya."

"Rakam nasıl hissedilir? Hadi ikiyi hisset, iki deyince görüntüsü gelir, yani sen görüyorsun o zaman."

"Hayır, hissediyorum."

"Tamam canım, işte falcı gibi, var sende de bir medyumluk. İnanamıyorum ya. Bunu sadece ben biliyorum, şoke oldum. Başka ne hissediyorsun? Bu arada üç sayısı benim takıntım, ondan yani."

"Babanız tarafından terk edilmişsiniz."

"Hayır!"

"Yıllar önce bir şey öğrenmişsiniz onunla ilgili ve o an terk edildiğinizi hissetmişsiniz."

"Beni sevmediğini öğrendim ve bunu da sadece ben biliyorum."

"Evet, tüm sırlarınızı sadece siz biliyorsunuz çünkü sır tek kişiliktir. Başkasının sırrı diye bir şey yoktur. Biri, kendi sırrını başkasına anlatıyorsa, en az bir kişinin bilmesini istiyor demektir."

"İnanamıyorum sana. Şu an gerçekten şoktayım."

"Mutlu değilsiniz."

"Ama…"

"Kahkaha mutluluk değildir."

"Nedir?"

"Bastırılmış zayıflığın dışa vurulma şeklidir."

"Hahahaha."

"İşte böyle."

"Ne alakası var? Kendimi hiç de zayıf hissetmiyorum, baksana halime. Hahahaha."

"Zayıf zannettiğiniz için çok yiyorsunuz."

"Anladım bay çokbilmiş."

"Kızdınız mı bana?"

"Evet, kızdım.

"Eğer gerçek değilse neden kızdınız ki gülüp geçseydiniz?"

"Güldüm, ama zayıflıktan dedin susturdun."

"İnsan karşısındakine veya bir duruma güler, kendi esprilerine değil."

"Nasıl yani?"

"Biri bir şey yapar, söyler falan ve siz buna tanık olunca, gülme hissi gelir ve tepki verirsiniz, sizde bir karşılığı vardır. Ama durup dururken gülecek şeyi siz üretirseniz bu hayata olan öfkenizin enerjisidir. Şöyle düşünün, konuşurken her cümlesinde gülen biri var ve konuşmalarının içinde sürekli bir şey söyleyip kendi gülüyor ve diğeri zoraki katılıyor."

"Karnım acıktı."

"Özkan Bey."

"Efendim?"

"Diyet değil, niyet önemli. İnsanlar her hafta niyet ediyor, bu sefer yemeyeceğim, diye. Konu yemek yememeye niyet etmek değil. Yemek yediren şeyle yüzleşmeye niyet etmek."

"Neymiş o yüzleşemediğim?"

"Yalnızlık korkusu! Bu korkuyu sizde oluşturan anne- babanız tarafından ihmal edilmiş olmanız. İhmal edilmek, fark edilmemek demektir. Fark edilmemek, büyük bir yalnızlıktır ve siz fark edilmek için arkadaşlarınıza iyilik yapıyorsunuz. Bu, gerçek sevginin tanımı değil. Rüşvet vermek gibi. Rüşvet alan değil sadece rüşveti veren acı çeker. Çünkü veren sadece kendisidir. Tek taraflı bir alışveriş. Bu da insanda büyük bir kızgınlık yaratır. Eğer öfke şayet kişinin kendisine dönük olursa onu yer bitirir."

"Ne yapmam lazım?"

"Yemeye devam edin ya da etmeyin önemli değil ama kendinizi sevmeyi, değerli görmeyi öğrenin."

"Nasıl?"

"Sadece şunu hatırlayın, insan çimdiklendiği yeri unutmaz, ama o anı nasıl hatırladığı da önemlidir. Çünkü bazen çimdiklenenler başkasına çimdik atmamak için, bazen de başkalarına aynısını yapmak için yaşarlar."

"Ben çimdik atanlardan mıyım?"

"Siz canı çok yananlardansınız. İyi misiniz, bir şey mi oldu?"

"Yo, hayır, bir şey yok. Bir garip oldum."

"Amacım sizi üzmek değildi."

"Çok şaşkınım. Böyle bir gece yaşayacağımı hiç düşünmemiştim."

"Nasıl bir gece?"

"Ben, gece eğlenmek isterim buraya gelen kişiyle."

"İnanın eğlenmiyorsunuz, eğlendiriyorsunuz."

"Hımmm."

"İnsan hem eğlendirip hem de para öder mi?"

"Çok gittim psikoloğa."

"Hiçbir psikolog kişinin kendisi kadar şifa veremez."

"Olmadı da zaten."

"Onlara da kızdınız değil mi?"

"Evet, içten içe."

"Peki, seansa giderken bazen küçük hediyeler alır mıydınız?"

"Yuh, nerden bildin bunu?"

"Sevilme ihtiyacı."

"Bu da mı?"

"Evet ve benim gitmem lazım artık."

"Eee, yüzleşmek için başka diyeceğin bir şey yok mu?"

"Yüzleşme aklımıza geldiğinde değil içimize sindiğinde olacak. Ben gidince başlayacak. Kendi kendinize kalıp aynı şeyleri bir de bensiz konuşacaksınız. Yüzleşmenin içinde cesaretle kalırsanız başarılı olacaksınız. Bir süre bu ağırlık yüzünden keyfiniz kaçacak, insanlar enerjin gitmiş, ne oldu sana, diye soracaklar. Çünkü gerçekleri fark ettikçe, hayatınızdaki her şeyin anlam derecesi değişecek, herkese ve her şeye karşı bir nötr olma haline geçeceksiniz. Biraz daha anne-babanıza yaklaşmanızı sağlayacak ve zamanla kendinizi öncelik sırasında başa koymayı öğreneceksiniz. Yine de söylemiş olayım, eve birini çağırmak hiç içinizden gelmeyecek."

"Nasıl yani?"

"Kendinizi sevmeye, önemsemeye başladıkça bedeninizin ne kadar değerli olduğunu da anlayacaksınız ve aklınıza o gecelerin sabahındaki ağırlık gelecek; kusar gibi olacaksınız. Bir ara diplerde yalnızlığa düşeceksiniz. O yalnızlık kuyusuna inerken öğrendiğiniz her ne varsa, onlara baka baka da oradan çıkacaksınız. İhmal ettiğiniz, öfke duyduğunuz, kızdığınız herkesle, her şeyle yüzleşeceksiniz. Zamanla, insanları ve kendinizi sevmeye başlayacaksınız. Yeni bir ben, yeni bir çevre, yeni deneyimler. İnsan her yaşında yeniden doğar. 20-30-40-50 fark etmez. Her yüzleşme, o yaşta tekrar doğmanızı sağlar.

"Sen dostum olur musun?"

"O zaman tadı kaçar."

"Çok teşekkür ederim. Benim karnım acıktı diyecektim, sonra gülerim diye korktum."

"En azından gülmenin önüne bir düşünce aldınız. Bakın ne güzel. Gitmem gerek, çok memnun oldum."

"Ben de ama ara ara çağıracağım."

"Görüşmek üzere."

Cemre

Eşiği atlamadan eşini bulamazsın.

"Alo, Mervem."

"Söyle canım."

"Eee, haber gelmedi mi, aldık mı şarkıyı?

"Yaaa..."

"Ne oldu Merve?"

"Galiba aldık."

"Galiba derken?"

"Aldık be dostum!"

"Gerçekten mi?"

"Evet."

"Allahım, sana şükürler olsun. Oley be! Merve, kutlayalım bunu."

"Ben de aynı şeyi düşündüm."

"Akşam rakı balık o zaman."

"Harika! Ben rezervasyonu yaptırırım."

"Tamam canım, görüşürüz. Seni seviyorum."

"Ben de dostum."

Sözlerin güzelliği peki…

Okunmamış Mesaj

Bir gece daha sensiz geçemez buralarda,
Bizimkisi senli benli bir dava.
Yanımda ya da uzakta olmuyoruz işte,
Senden gitmiyor, ben de bitmiyor anla.
Ne emekler gözümde ne de koynunda geçen geceler,
Düşündüğüm an geçiyor dudağımdan öpücükler.

Bir adet okunmamış mesajsın,
İçime düşüp saklanmışsın,
Açıp okusam gidecek gibisin,
Kalbimde kal, çünkü aklımda yasaklısın.

Eşik

İnsan neden katil olur?

Sürekli başladıkları yere dönmekten başka bildikleri bir yol yok. Hayatlarında ilerledikçe ki bu ilerleyiş, iş ve sosyal anlamda olur, içlerindeki yaralı çocuktan uzaklaşmanın tek yolunu dıştan büyümekte bulurlar.

Dünyadaki tüketimin artmasının tek sebebi budur. İnsan, ne kadar çok şeye sahip olursa, geçmişle baş edecek gücünün de o kadar arttığını düşünür. Bu yaklaşım akılla, düşünceyle olursa iyidir, yoksa gidiş yolu karanlıktır. Çünkü insan sadece karanlıkta şeytana dönüşür. Şeytan, kendisini insanla kıyaslayıp kibre düştüğü gibi insan da kendisini iyi halleriyle kıyaslayıp kötü olmak ister, bir anda şeytan olur. Ancak insanın tövbesi de hazırda bekler. Bir yanımız affedildikçe kul olduğunu anlar. Bu yüzden affedilmeyi unutmamak için sürekli başa döneriz. *İnsanın tekrar tekrar hata yapması kaderidir* ve irade denilen şey, hata yapmasına engel olmak için değil, pişman olmasını sağlamak için vardır. Dünya iradesizlere, *pişman olmayanlara* kaldığından beri hatalar bitmiyor. Eğer yaşadığınız dünyada şu haberlere tanık olduysanız sona gelinmiş demektir: *Anne bebeğini öldürdü, evlat annesini öldürdü.*

Nasıl öldü ya da öldürüldü çok önemli değil, çünkü bu kısmı magazindir. Önemli olan ölümün ve katilin olmasıdır. İnsan neden katil olur? Tek bir sebebi var, o da tanrı olma isteği. Yaratmayı başaramayan insan kızgındır, çünkü ölümsüzlük arzusu taşır. Başlangıç ve sonda kontrol ister. Elinde sadece öldürme becerisi vardır. Dünyada annesini ve evladını öldüren tek varlık hayvandır. Ancak hayvanların öldürme sebebi tamamen faydacılıktan doğar. Bunu doğanın düzeni için yapar; oysa insan, sadece kendisi için öldürür, bu faydacılık değil çıkarcılıktır. Dünyada iki duygu bitti ve hatta ikisi de gideli bayağı zaman oldu. Erkeğin merhameti, kadının şefkati azaldı. Sevgiler de nefretler de abartılır oldu. Oysa merhamet nefretin azalmasını, şefkat de sevginin gerçek olmasını sağlıyordu.

Yılan

Herkes kibirlidir,
çünkü herkes bir olduğuna inanır.

Âdem ile Havva'yı cennetten kovduran şeytanın yılan kılığına girdiği söylenir. Freud'a göre, yılan penisi simgeler. İnsanların hemen hepsi yılandan korkar ve şeytanı yeryüzünde yılanın sembolize ettiğini düşünür. Eğer yılan penis demek ise, insanoğlunun en büyük korkusu, kendisinin ve başkalarının penisidir, çünkü insanların çoğu, en güçlü penise sahip olmak ister. Güç ve iktidar arzusu da buradan gelir. En çok korktukları şey, kendi penislerinin işe yaramaz olmasıdır. Diğer penislerin yanında işlevsiz kalmak, kıyaslanmak ve bu güç noktasına dikkat kesilmek en büyük ıstıraptır. İnsan, korktuğu şeyi sevmeye başladığında ise onunla yaşamayı öğrenir. Yeryüzündeki insanların bacak arasından çıkan ses, akıllarının sesini susturuyor. Çünkü şeytan insanı genellikle bacak arasından vurmaya yelteniyor. Bir diğerinin senden daha güzel ya da yakışıklı olması, daha zengin ve güçlü olması, daha eğitimli ve sosyal, daha çok sevilen ya da övülen olması, seni rahatsız ediyorsa, eksik ve değersiz, güçsüz ve kimsesiz hissettiriyorsa bu, şeytanın çığlığıdır. İnsan, kendi yılanından korktuğu kadar başka hiçbir şeyden korkmaz. Kimin yılanını ortaya saldığını hemen anlarsınız. Ortamlarda kimlikleri açıkça ortaya çıkar. O küçük yılan, kocaman övgülere ihtiyaç duyar. Kendini öven, ön plana çıkmaya çalışan, herkes beni övsün isteyen, bilinme arzusu duyan kişilerdir onlar. Aslında küçük olan yılan değil, şeytanın sesidir.

İnsanın özelliğidir, içinden küçüldükçe dışından büyümeye çalışmak. Özüne hiçbir şey katmayıp başkalarından bekliyor olmak. İki günde tanıdıklarına canım diye sarılmak, çok mutluyum diyerek geceleri ağlamak, iç kusurunu dış estetikle yamamak, ilimsiz beynini lüzumsuz insanlar ile doldurmak. *Oysa insan dıştan küçüldükçe içten büyüyen tek varlıktır.* Kaybettikçe kendine gelmesi de bu yüzden. Önce yılan konuşur. *Bitti işin gücün, bitti paran, bak tükenmek üzere; ye, iç, yat, boş ver,* der. Aklının sesini kısar. Ah bir izin verse, bir kabul etse insan, kaybedişlerin sebepsiz olmadığını da zamanla anlayacak. İçinden büyümeye çoktan geç kaldığının farkına varacak. Eskiler olgunlaşmak der, kâmil olmak, tekâmül etmek ya da büyümek. Hepsi istenilen tek kader oysa.

Bir labirentin içindeymişim gibi hissediyorum, doğum kapısında bırakılmış, sonu ölüm kapısına doğru giden. O kadar kaybolmuşum ki bir sürü sokak, bina, toprak ve insan arasında, hangi sokağa girsem, acaba ölüm kapısı burada mı diye düşünüyorum. Biliyor musunuz bu gerçeklik istediğim gibi yaşamama izin vermedi, yıllar önce kendime hep şunu sordum: *Öleceğimi biliyorsam, neden yaşamayı sevmeliyim?*

İnsan sevdiği ama bir daha göremeyeceği bir "şeyi" ya da bir "yaşamı" nasıl bırakır? Eğer bitecekse niye sevsin ki? Buna tek bir cevap buldum: *Sorgulamadan kabul etmek!* Bu dünyada sorgulanmaması gereken bir şey varsa o da ölüm. İstediğiniz kadar erteleyin eninde sonunda, ölüm. O zaman ben bu dünyaya tek bir isim koyarım, o da *"büyük bir yılan"* olur. Eğer Tanrı, onun benim ile oynamasına izin veriyorsa, benim de ne yapmaya çalıştığımı bu yılan üzerinden görecektir. Kutsal kitapta okumuştum, *kötüye yakla*şmayınız, diye. O yüzden dünyaya çok yaklaşmadım. Nerede durduğumu ayarladığım zaman, şeytanın kör noktasında kaldım. Bu ne kadar sürüyor derseniz, onun da bir cevabı var: Cumartesi gecelerine kadar.

Ben de tutamıyorum kendimi. Cumartesi öğleden sonraları şeytanın sesini açmaya başlıyorum ve geceyi bekliyorum, bir konum, bir adres gelecek diye sabırsızlanıyorum. Bu yüzden sessizce yapabileceğim uğraşlar bulmaya çalıştım ya! Kitap okuma alışkanlığım işte buradan geliyor.

"Alo."

"Efendim."

"Yusuf Bey ile mi görüşüyorum?"

"Evet, buyurun."

"Ben, Can Atiksoy. Cemre ile Özkan'dan aldım numaranı. Bu hafta sonu müsait misin?"

"Olur, Can Bey. Cumartesi akşamı değil mi?"

"Evet, ama ben gece tam 23.30'da masaja girmek istiyorum."

"Anlamadım."

"23.30 uğurlu saatim, öyle bir takıntım var."

"Tamam, sorun değil, görüşürüz."

Bakalım senin bedeninde neler göreceğim Can Atiksoy. Bu isim bana hiç yabancı gelmedi. Nereden duydum acaba? Google'dan bakayım en iyisi: Can Atiksoy. Evet ya, hatırladım. Ailesi trafik kazası geçirdiğinde ülkede olay olmuştu. Babası Türkiye'nin sayılı zenginlerinden. Hatta babasının ölümünden sonra oğlunun sürekli gece kulüplerindeki çapkınlıkları bol bol haber olmuştu. Hımmm... İki şey dikkatimi çekti. Soyadını vurgulu söylemesi ve saat takıntısı. Böyle insanların pek hızlı olduklarını düşünmüyorum ve tatlı da bir kibir kokusu alıyorum. Kibrini soyadı vurgusundan, güçsüzlüğünü de saat takıntısından anladım. Şimdi iki adet büyük merakım var; ondaki Cemre ve gerçek Can Atiksoy.

Can Atiksoy

Kendinden başkasını görmeyen

için dünya büyük bir aynadır.

İki gün sonra…

"Can Bey iyi günler."

"İyi günler Yusuf."

"On biri çeyrek geçe sizdeyim."

"Tamam, bekliyorum."

"Konum atar mısınız?"

"Tamam, birkaç dakikaya sende olur, görüşürüz."

Konum Sarıyer. Demek gerçekten güzel bir eve gideceğim. Bakalım beni neler bekliyor?

"Hoş geldin."

"Hoş bulduk."

"Lütfen gir içeri, şu taraftan."

"Teşekkürler."

"Ben bir şeyler içiyorum, sen de ister misin?"

"Bir bardak su alabilirim."

"Tamam, ben viski içiyorum."

Gülüyor...

"Afiyet olsun."

"Eviniz güzelmiş."

"Teşekkür ederim, İstanbul'un en iyi evlerinden biridir, diyebilirim."

"Güle güle oturun."

"Duş almayacaksan hemen başlayalım mı?"

"Yooo evde almıştım."

"O zaman şu taraftan."

"Üst kat mı?"

"Evet, manzarayı görünce anlayacaksın."

Sanırım yatak odasına doğru gidiyoruz. İnşallah bir aksilikle karşılaşmam, diye düşünürken hah geliyor galiba bomba...

"Yalnız bir ricam olacak, kabul edersen."

"Tabii, buyurun."

"Bir arkadaşım var, onu da yanımıza alabilir miyiz?"

"İki kişiye aynı anda masaj yapamam."

"O bizi izleyecek."

"Yalnız, ben biliyorsunuz, ilişkiye girmiyorum."

"Biliyorum, sorun yok."

"Zaten öyle bir şey istemiyorum. Dur getireyim o arkadaşı."

Nadiren tedirgin olurum, bu da o anlardan biri. Evde bir kişi daha var ve adam izlenilmekten hoşlanıyor. Hay Allahım ya sapık mı, katil mi nedir?

"Can Beeey!"

"Geldim."

Elinde gördüğüm şeye uzun süre bakıp inanamadım. İçimden gözlerimi ovalamak, avazım çıktığı kadar bir hayret nidası atmak da geçmiyor değil. Can Atiksoy'un elinde koca bir piton yılanı var. Şaşkınlıkla soruyorum:

"Can Bey bu ne?"

"Sana bahsettiğim arkadaş."

"Can Bey ne yapıyorsunuz?"

"Sakin ol Yusuf. Isırmaz, sadece yatağa koyacağım. Sen bana masaj yaparken, o bizi izleyecek."

"Emin misiniz?"

Bir yanım adama dokunup nasıl bu hale geldiğini öğrenmek istiyor, çok merak ediyor; bir yanım yılandan korkuyor. Belki ben de kendi penisimden korkuyorumdur kim bilir. Bunu sonra düşünürüm. Şu an sadece dokunmak ve görmek istiyorum.

"Tamam, siz öyle diyorsanız sorun yok. Umarım bir şey olmaz."

"Hiçbir şey olmaz. Ben şöyle bir koyayım onu yatağa."

"Tamam."

"Hadi, biz de geçelim."

Hayatımın en ilginç anlarından biri. Bu kez masaja başından ve gözlerinden başlayacağım. Neden yılanın izlemesini istiyor acaba?

"Başınız çok mu ağrıyor?"

"Nasıl bildin?"

"Dokunduğumda hissettim."

Başına masaj yaptıkça, babasının kocaman kafasını izleyen bir çocuk görüyorum. Henüz beş yaşında. Babasının etrafında bir sürü erkek arkadaşı var. Hepsi silahlı. Pahalı kumaşlarla bezeli odanın içinde, korkusundan oynayamayan küçük bir Can Atiksoy var. Elinde bir oyuncak silah, babasının arkadaşını vurmaya çalışıyor ve babasının gök gürültüsüne benzeyen sesi ile bir anda ürperiyor:

Bırak lan o silahı elinden, puşta bak! Beş yaşında silah çekiyor bize. Hahahaha.

Babasının bağırmasıyla elindeki silah yere düşüyor ve Can, babasının gözlerinde kendini görüyor. Benim aciz ve eksik ellerim yavaş yavaş boynuna ve omuzlarına indikçe, sanki annesinin tırnakları batıyor. Sevmeyi bilmeyen, ojeleri bozulmasın diye omuzlarına dokunur gibi yapan bir anne. Gözleri makyaj aynasında, parmak uçları Can'ın boynunda, kulağı telefonda bir dostuyla konuşuyor. Yalnız bir çocuk. Sırtından aşağı indikçe, bakıcısıyla oynayan, salıncaktan düştüğünde çaresizce annesini arayan ama bakıcısına sarılan bir çocuk görüyorum. Uykusu geldiğinde, makyaj aynasının kenarından aldığı öpücükle bakıcısının kollarında odasına gidiyor. Dört bir yanında korumalar var. Küçücük boyuyla okula başladığında bile fark edilmemiş. Fark edilmedikçe bağıran, çağıran, kavga eden ve oyuncak silahıyla arkadaşlarını vuran Can.

Her düşüşünde zihninde yarattığı annesini dinliyor, her korktuğunda içinde yeniden var ettiği babasına kulak kesiliyor. Can beş yaşında, altı yaşında, yedi, sekiz ve Can dokuz yaşında. İçten içe onların *sen mükemmelsin, sen en iyisin,* dediğini duyuyor. Kalça bölgesine iniyorum. Gençlik yılları geliyor gözümün önüne. Kendinden farklı olanı korkutan, insanların davranışlarını, kıyafetlerini aşağılayan, ona benzemeyeni ezen bir delikanlı olmuş. Kibrinin farkında değil ve babasını hatırladıkça yere göğe sığdıramıyor.

Baldır kısmına masaj yaparken bugüne kadar hiçbir kadını sevemediğini gördüm. Her kadına sahip olmaya çalışmış ama hiçbirine yüreğiyle dokunmamış. Gece kulüplerinde, yakamozun altındaki teknelerde yanındaki her kadının onu sadece övdüğü bir Can Atiksoy var. Ne yazık ki onu kimse gerçekten sevmiyor. Kimileri ondan korktuğu için seviyormuş gibi gözüküyor, kimileri çıkarı için ona methiyeler düzüyor. Kendisinden daha yakışıklısını, daha zenginini gördüğü zaman, babasının sesi kulaklarında çınlıyor:

Bırak lan o silahı elinden, puşta bak! Beş yaşında silah çekiyor bize. Hahahaha.

En büyük ıstırabı bu olsa gerek... Baldırlarında ne çok "ah" biriktirmiş. Kiminle sözde arkadaşlık etse, ezmiş, aşağılamış. Ben uzun zamandır bu kadar kibirli birine rastlamadım. Peki, bu yılan ne anlama geliyor? Ayak parmaklarında gördüğüm sahne inanılmaz! Kadınlarla ilişkiye girmekten değil, onların çığlıklarından, ona kurdukları cümlelerden haz alıyor.

Sen mükemmelsin Can, hayatımda gördüğüm en iyi erkeksin.

Bu övgüler yoksa ilişkiye de girmiyor. Bilinçaltında bu cümlelerin sahibi, içinde yarattığı annesi olsa gerek. Baba merhamet, anne şefkat demektir, ikisi bir insanda buluştuğunda ortaya hoşgörülü bir çocuk çıkar. Bu ailede, ne yazık ki hiçbiri yok.

"İnanılmazsın Yusuf. Gerçekten dedikleri kadar varmışsın."

"Teşekkür ederim."

"Ben öyle kolay kolay takdir etmem insanları."

"Bu bana kendimi önemli hissettirmeli mi?"

"Ben takdir ederim, gerisi ile ilgilenmem."

"Yılan ne zamandır sizde?"

"Sana bir sır vereyim mi? Çocukluğumdan beri benimle."

"Nasıl yani?"

"Farkında mısın bizi izliyor ve bu bana büyük bir haz veriyor."

"Evet görüyorum."

"Çocukluğumdan beri yılanlara merakım var. Babamın izlediği bir belgeselde dikkatimi çekmişti ve sonra babama yurt dışından bir arkadaşı bir yılan hediye etti. Babam yılanı benden daha çok sevdi. Gözleri gerçekten garip, sanki insan gibi, tanıdık mı geldi?"

"Yooo, benzettim öyle."

"İyi bak gözlerine, kimi görüyorsan onunla problemin vardır."

Kendime dönmek istemiyorum. Biraz daha bakarsam ben de babamı görmekten korkuyorum. Yalnız adam çok zeki. Babasının kitaplığındaki ona buna adam olun, diye hava attığı ama asla okumadığı bütün kitapları okumuş. İnsanları daha iyi tanımak için psikolojiye, felsefeye ve dinlere merak sarmış, okudukça anlamamış ama okudukça insanları daha çok aşağılamış. Bütün kadınları kendini övsün diye, bütün erkek arkadaşlarını kendini görsün, bütün çalışanlarını ona boyun eğsin diye hayatına katıyor. Sanki dünya önünden çekilsin istiyor, öyle yaşıyor. Balondan bir kişilik geliştirip yılan yoluyla her anını babasına izlettirmiş. Babasının bakmayan gözlerini yılana yerleştirmiş.

"Sadece masör müsün, başka iş de yapıyor musun?"

"Evet, sadece masörüm."

"O zaman bayağı iyi kazanıyorsun."

"Para ile ilgili sıkıntım yok."

"Ya, merak ediyorum, bir şey sorabilir miyim?"

"Tabii, buyurun."

"Hiç korkmuyor musun geceleri tanımadığın evlere gitmekten?"

"Siz korkmuyor musunuz, tanımadıklarınızı geceleri eve almaktan?"

"Ben tedbirimi alıyorum."

"Ben de tedbirsiz gitmiyorum zaten."

"Bir şey rica edeceğim ya, tam o bölgeye biraz daha sert masaj yapar mısın?"

"Kuyruk sokumuna mı?"

"Evet, tam başladığın yere."

"Tabii."

Şimdi gerçek Can Atiksoy'un bir başka tarafını daha görüyorum. Kapkaranlık, insanlara karşı öfke ve nefret dolu. Mutsuz, tatminsiz, şükürsüz ama çok zeki bir adam. Sinirli ama bir o kadar da iyi rol yapıyor. Dik yürümesi özgüven sahibi olduğu için değil; dünyaya meydan okumasından, herkesi bir tehdit olarak görmesinden. Hani zayıf ve güçsüz insanları gördüğünde, onların en hassas duygularına hançer saplamaktan keyif alan, onların kötü hissetmesiyle mutlu olan insanlar vardır ya, Can o tiplerden. Arkadaşlarının ve ailesinin yanında çok farklı bir insana dönüşen biri Can Atiksoy. Eleştiri kabul etmiyor, hayatı boyunca ailesi tarafından eleştirildiği için sevgiye inanmıyor. Gerçekten sevilmediği için içindeki intikam duygusuna hâkim olamıyor. Kulaklarından babasının deprem etkisi yaratan sesini silemiyor:

Oğlum zayıfsan ananı sikerler bu hayatta. Ezdirmeyeceksin kendini, ezip geçeceksin. Güçsüz görünmeyeceksin kimseye, öyle olursa sadece ananı değil, babanı da sikerler. Dikkatli olacak, açık vermeyeceksin. Bak bana, her gece 23.30 oldu mu odama çekilirim. Yılanım yanımda, silahım yatakta, her kimse düşmanım kafamda belalarını sikerim. Yani evlat, pusuda bekleyeceksin, daha bir şey olmadan, olmuş gibi hazır olacaksın.

23.30 takıntısını şimdi anladım. O da babası gibi yılanıyla odasına kapanıyor. Muhakkak bir yerlerde silahı da vardır, o da tıpkı babası gibi geceleri düşmanlarını kafasında öldürüyordur. Şimdi yaptıklarını da yılan vasıtasıyla babasına, yani yataktaki yılana izletiyor.

"Çok oturuyorsanız ondan ağrıyor olabilir?"

"Evet ya, birkaç aydır saldım kendimi. Cemre de olmasa hareket etmeyeceğim."

"Cemre Hanım mı?"

"Evet, çok enerjik bir kızdır."

"Herhalde sizi motive ediyor bir şeyler yapmanız için."

"Yaşı küçük ama akıllı kızdır, iyi motive eder."

Tamam, şimdi de Cemre'yi görme zamanı. Hazır onu düşünüyorken ben de Cemre'yi izlesem iyi olacak. Elimle kuyruk sokumuna yoğunlaştıkça Cemre'nin bu eve çok sık gidip geldiğini görüyorum. Sürekli konuşuyorlar. Adam Cemre'ye yakınlık gösteriyor, bence onunla olmak istiyor ama Cemre bunun farkında değil. Yooo, o kadar da değil. Adam ciddi ciddi Cemre'ye tutulmuş ama bu sevgi değil. Hatta Cemre'ye albümünü yapmayı dahi teklif etmiş. Aferin Cemre, kabul etmemişsin. Parası da yok aslında, oysa Can zengin. O zaman bu kız neden her cumartesi farklı farklı insanlar ile birlikte oluyor? Biraz daha görmem lazım.

"Of, fazla bastırdın, ağrıdı."

"Özür dilerim."

"Önemli değil, ama iyi geldi."

"Şimdi nasıl?"

"Vallahi ben her hafta çağırırım seni, ona göre."

"Tabii, konuşuruz, seve seve. Ben de Cemre Hanım sayesinde tanıdım sizi, Özkan Bey'i."

"E, tanıştın değil mi sen bizim şişkoyla?"

"Evet, biraz kilolu."

"Kilolu mu? Biraz mı, dedin sen? Adam oturduğunda şeyini göremiyor ya."

"Sağlık problemi sonuçta."

"Ne sağlığı, yavşağın teki ama güldürüyor. Hayatımızda kalsın."

"Dostunuz zannediyordum."

"Bak, sana bir sır vereyim mi?"

"Bayağı sırrınız varmış, bu iki oldu."

"Allah işte, bak güvendim sana. Bu hayatta dost most yalan, herkes çıkarının peşinde ama sonuçta herkes hak ettiğini yaşıyor. Kimseye üzülmeyeceksin, arada bir çekeceksin kulaklarını kendilerine gelsinler, yeter."

"Herkes aynı şeyi düşünmek ya da yaşamak zorunda değil, ben saygı duyarım."

"Neyse dost most yalan. Bakacaksın, işine yarıyorsa kalacak; baktın götü başı oynuyor yol vereceksin."

Ne samimiyetsiz hayatlar! Kız, dostlarım diye numaramı hepsine vermiş, meğer hepsinin hayatı yalandan ibaretmiş. Biri bencil ve obur, öbürü kibirli ve narsist. Bakalım diğerleri nasıl çıkacak?

"Ve bitti."

"Eline sağlık, teşekkür ederim."

"Rica ederim."

"Dur, ben yılanı odasına götüreyim, vaktin varsa salonda bir şeyler içeriz."

"Can Bey gitsem iyi olacak aslında, geç oldu."

"Sen bilirsin. O zaman geçireyim seni."

"İyi geceler, görüşmek üzere."

"İyi geceler, sırlarım sende ona göre."

"Merak etmeyin."

İnsan neden kibirli olur, neden bir büyüklük maskesiyle gezer hiç düşündünüz mü? Galiba kibir, korkaklar için kalın bir maske, güçsüzler için de keskin bir kılıç. İnsana yukardan bakmak, küçük görmenin bir başka yolu değil mi zaten? Kibir, başkalarının sesini kısıp onları anlayamamakla eşdeğerdir, duymadığın sesi anlamlandıramazsın çünkü. Kibir, empati yoksunluğu demektir. Karşındaki insanı sürekli eleştirmek, yargılamaktır. İnsan insana bu denli eleştirel bakıp nasıl yaşar yahu? Kendi benliğinden bu kadar nasıl uzaklaşabilir? Kibirle kendini bu denli nasıl karartabilir? Bence, bir insan gerçeklerden bu kadar uzaklaşıyorsa, geçmişinde en yakınları tarafından psikolojik şiddete maruz kalmıştır ya çok aşağılanmış ya da gereksiz yere fazlaca övülmüştür.

Aşırı övgü kibri beraberinde getirir, aşırı aşağılanma da. Fakat her insanda olacak diye de bir şey yok. Bazıları kötülük gördükçe daha çok iyilik yapar bazıları da kendisine yapılan kötülüğün intikamını alır. Bunu yaparken intikamını olayları bilmeyen insanlardan alır. Can Bey de yanlış hareket edenlerden ve dünyada bu tip insanlar çok fazla…

Kibirli insanlar parasını, gücünü, bilgi birikimini başkalarına karşı silah olarak kullanmayı seçer; kendinden vermeyi ise acizlik olarak görürler. Küçük tanrılar gibi ortalıkta gezer, kendilerini her şeyin sahibi sanırlar; inanılmaz maniple yetenekleri vardır. Hep haklı olduklarına inanırlar, çünkü zihinlerinde iç sesleri hiç susmaz. İnsanları ayırdıkları şablonları vardır, herkesle ve hayatla içten içe rekabet halindedirler. Başkalarını yok sayma pahasına, kazanmak için her yol mubahtır. Bunun için en yakınlarından başlarlar, çünkü en başta onları bezdirip değersizleştirmişlerdir.

Kendinden başkasını görmeyen için dünya büyük bir aynadır, o aynaya her baktığında yalnızca kendi suretini görür. Kibirli insan kendisinin kırılmasına izin vermez, o yüzden başkalarını kırar. Kırdığı her insanı, yıktığı her hayatı, her kalbi aynasının arkasına sırlar. Aynada kendini gördüğü suret aydınlıkta, kırdığı insanlar karanlıktadır. Bu yüzden bütün aynaların arkası simsiyahtır. İnsan, kendini gördüğü aynayı kırmadığı müddetçe arkasını da göremez. Her insanda biraz kibir olması mümkündür, bunu fark ettiğinde aynasında küçük ama derin bir kırık oluşması da muhtemeldir. Fakat kibirle kaplı bir insanın aynasındaki küçük bir çatlak, domino taşı misali tüm aynayı tuzla buz eder. Kibirli insanda bunun yansıması üzüntü şeklinde değil öfke, utanç ve pişmanlık olarak ortaya çıkar. Kendine dönük bu insanların aynaları kalındır, kırmak zordur. Kibirli insanın ise tek ilacı vardır. Başkalarının aynalarını da kırmamaya çalışmak…

Gün boyunca kimilerinin çıkardığı ses fazla kibirlidir; kimilerinde bu ses öfkeli olur. Kimilerinden çıkan ses huzurdur. Birinde şükür, bir başkasında özlem vardır. İnsanın gün boyunca en çok hangi sesi çıkardığını bilmesi önemlidir. *Her insan yaşadığı günün toplamıdır.* Bunu şöyle anlayabiliriz; yatağa girdiğimizde hangi duygunun sesi daha çok çıkıyorsa o günün toplamı odur. Bu değişir mi, evet değişir. Peki nasıl, derseniz kötü sesi kısmanız gerekir. İnsan en çok çıkardığı sesi kısmaya başladığında başka sesleri de duymaya başlar. Eğer öfkemizi kısıp biraz sabredersek mutlaka bir yerlerden huzurun sesi gelecektir. Burada önemli olan insanların alışkanlıklarını bırakabilme gücüdür. Bazı insanlar en çok çıkardığı sesten beslenir. Bu yüzden huzurun sesini duyduğunda çabuk sıkılır, tekrar beslenmek için öfkenin sesini açar. Kötünün sesi kısıldığında iyinin sesi duyulur.

On Beş Gün Sonra...

İki haftadır Cemre'nin arkadaşlarından ses yok. Tuhaf bir şekilde Cemre'yi de içimden atamıyorum, sanki ona tutuldum. Aşk değil yanlış anlamayın, geçmişini neden göremediğim sorusu içimi kemiriyor. Uzun zamandır ilk defa bir insanı bu denli arzuladığımı hatırlıyorum. Neler söylüyorum ben, aklım duygularım bir gidip bir geliyor. Hani dese ki masaj yapmayı bırakacaksın, onu bile kabul ederim. Bu gidişle beni çağıracağından bile şüpheliyim ya neyse, muhtemelen her hafta başka birine masaj yaptırıyordur. İçimden diyorum ki, arkadaşlarına benim masajımı önerecek kadar beğendi beni, demek ki yine çağıracak, kesin arayacak. Ama haftalar geçti, ondan ses seda yok.

Bugün biraz erken kalktım. Bazı sabahlar garip bir şekilde ezan sesi ile uyanıyorum. Bitene kadar bekliyorum, sonra da uykum kaçıyor, boş boş duruyorum. Sabahın erken saatleri bana çok garip geliyor, o an sadece dünyada ben varmışım gibi hissediyorum. Sanki gökyüzü kulağıma biraz sonra gözündeki perde kalkacak, görmeye başlayacaksın, diye fısıldıyor. Güneşin gerçekleri gösteren ışığının gözlerime doğması gibi, ilk günaydın denilene kadar sanki dünyada kimse uyanmamış, bu ana sadece ben tanıklık ediyorum ve kulağıma ezanla o gün yaşayacaklarım fısıldanıyor sanki. Severim sabahın ilk saatlerini. Erken kalkmışsam muhakkak bir şeyi eksik yapmışımdır. Kırmışımdır kendimi, üzülmüşümdür. Korkmuşumdur belki utanmış, kendimi suçlamışımdır. Nihayet, gece uykuda bile çektiğim ıstırap, ezanın sesiyle sona ermiştir. Erken kalkmak, dışarıda yapacak işi yoksa kendisiyle uğraşmayı öğretir insana. Ben güneşin doğduğu saatlerde o kadar yavaş düşünüyorum ki resmen hızlanan hayata hazırlanıyor bedenim. Bu nedenle erken kalkmalı insan, birkaç saat kendisiyle kalabilmeli, yavaştan almalı yaşamı ve mutlaka sakin kalabilmeli. Gün içinde yapacaklarını enine boyuna sakince düşünmek bile, erken kalkmak için yeterli bir sebep. Güneşin batışıyla duygularımızı, doğuşuyla mantığımızı kullanıyoruz çünkü ve bu yüzden de sabahın ilk ışıkları aklın yolunda oluyor.

Demek biraz üzdüysem kendimi, bu sabah da erken kalktım. İnsan hayatı boyunca kaç kere bu kadar şaşırır, bu denli arzular, bir insanı ölesiye merak eder ki? Bu duygular hayatın akışındaki aynılığı bozduğu için güzel değiller mi zaten? Acaba *Cemre Hanım nasılsınız*, diye bir mesaj mı atsam? Hanım demem ona çok komik gelmişti, belki yine komik bulur da cevap verir. Eğer *iyiyim*, derse ne yazacağım sonra? Sohbete nasıl devam edeceğim, hangi konuyu açacağım? Hayır, bu hata olur. *Masaja geleyim mi*, diye mi soracağım, olmaz. *Arkadaşlarınıza beni tavsiye ettiğiniz için çok teşekkür ederim*, yazayım. İşte bu harika olur...

Cemre

Belki de sadece istediğimiz
mesajları bekliyoruz.

Bugün epey erken kalktım. Şarkıyı aldığımızdan beri çocuk gibiyim. Stüdyoya girmek için sabırsızlanıyorum. Bu kim ya, kendi kendine konuşuyor? Aaa, benim masörmüş. Bir daha masör çağırmayacağım diye Merve'ye söz verdim. İyi de bu çocukla yatmıyorum ki ben, adamın masajını beğeniyorum. Merve'nin istemediği bu değil, o benim sürekli birileriyle olmamı istemiyor. Bu hafta müsaitse çağırayım şunu.

"Rica ederim, işini çok iyi yaptığın için tavsiye ettim."

"Tekrar teşekkür ederim. İyi olmanıza sevindim."

"Ya, ne diyeceğim! Bu hafta müsaitsen gelsene masaja yine."

"Müsaitim, tabii ki gelebilirim."

"O zaman cumartesi akşamı görüşürüz."

"Tamam, görüşürüz. Kendinize iyi bakın."

Ben yine de Merve'ye cumartesi günü masörün geleceğini söylemeyeceğim.

"Alo, Merve ne yapıyorsun?"

"İyiyim canım, Nişantaşı'ndayım. Bir şey mi oldu?"

"Ha, yok öylesine aradım."

"İşin yoksa atla gel, bir şeyler içeriz."

"Yok canım ya, sürekli şarkıyı söylemek istiyorum evde."

"O zaman tamam. Seni en büyük aşkınla baş başa bırakıyorum."

"Dur kapama, bir şey söyleyeceğim. Klipte Kıvanç gibi biri oynasa var ya yıkılır ortalık."

"Hiç sanmıyorum. Ortalığı yıkacaksak Acun Ilıcalı'yı oynatalım."

"He, tamam. Ondan sonra adım çıksın Acun'un yeni sevgilisi diye."

"Neyse, bu kadar dalga yeter. Ben sürekli klibi düşünüyorum."

"E, düşüneceksin tabii. Bu senin en büyük hayalin."

"Tamam, canım. Sen bak işine, öpüyorum seni."

"Görüşürüz kanki."

Okunmamış Mesaj! Okunmamış Mesaj! Çok güzel ya... İçinde ne derin anlamlar gizli. Hayat bize sürekli mesaj gönderiyor ama biz ne kadarını okuyoruz ki? Belki de sadece istediğimiz mesajları bekliyoruz. Bana gönderilen mesajları ben göremiyorum. Diyelim ki o gün moralim bozuk. Gelen her mesajı olumsuz algılamak gibi bir özelliğim var. Her şeye karşı sevimsizleşirim. Sokaktaki kedi bile gözüme kötü görünür. Kedinin ne suçu var, değil mi ama? Garsonun, mağaza çalışanının ya da dostlarımın ne suçu var? Ben duygularımı yönetemiyorum.

Kendimi kötü hissettiğimde tüm hayat da benimle birlikte kötü hissediyor duygusuna kapılıyorum. Öyle günlerde kendimi telkin edemiyorum, kendime akıl veremiyorum. Biraz daha mutlu olmayı, anın tadını çıkarmayı, biraz hayata bırakmayı, akışa güvenmeyi beceremiyorum. Bir insan hayatın sadece tek bir yerinden tutunup mutlu olamaz, olmamalı. Ben de birçok açıdan mutluluğu yakalayabilirim. En azından birine kızdığımda herkese karşı öfkeli olmasam, kötü hissettiğimde insanlara kötü davranmasam bu da yeter. Bana hayatın gönderdiği mesajları okumaya çalışmalıyım. *Sonuçta hayatın kendisi bütünüyle okunmamış bir mesaj, okuyana da helal olsun.*

"Efendim anne."

"Cemre!"

"Efendim."

"N'aptın şu şarkı işini?"

"Aldık, diye mesaj attık ya anne."

"İnsan arar, konuşur annesiyle. Demek ünlü münlü olsan yüzümüze bakmazsın, telefonumuza çıkmazsın."

"Saçmalıyorsun anne!"

"Neyse, aldınız şarkıyı, kaç para verdiniz?"

"Niye soruyorsun anne?"

"Merak ettim."

"Anne ödün kopuyor değil mi?"

"Niye kopsun?"

"Para kalmayacak da sana vermeyeceğim diye."

"Başlama yine Cemre. Beni hep aynı yerden vurup duruyorsun."

"Sen de ayıp ediyorsun be anne! Beni sadece paraya ihtiyacın olduğunda arıyorsun; canım acıyor mu, elim kesildi mi, gece uykum kaçtı mı, üşüdüm mü, terledim mi, âşık oldum mu hiç merak etmiyorsun."

"Aşk mı? Biri mi var yoksa?"

"Of anne kapatıyorum."

"Biri var ve bana anlatmıyorsun ha?"

"Görüşürüz anne."

Eskiden evladın mı var derdin *var*, derlermiş, şimdi *anan baban mı var, derdin var*, diyorlar. Bu sorunu nasıl çözeceğimi hiç bilmiyorum, annemin varlığını hissetmek bile beni rahatsız ediyor. Acaba ölse üzülür müyüm, diye düşünmekten kendimi alamıyorum. Normal bir insana sorsanız *çok üzülürüm, kahrolurum,* diye cevap verir ama ben öyle hissetmiyorum. Ah be anne! Keşke sen öldükten sonra ardından özlemle, sevgiyle gözyaşı dökebilsem, inan çok isterdim bunu. Hani arabada giderken karşı şeritten bir cenaze arabası geçer, gider ya. Aracı gören herkes içinden *Allah rahmet eylesin, ailesine sabırlar versin,* der. Bir on saniye ölümü düşünürsün, geri kalan her şey boş gelir. Çok değil, iki saniye sonra yoluna bakar ve hayatın akışına kaptırıverirsin kendini. Sanki annem ölse onu en çok on iki saniye düşünürmüşüm gibi geliyor. Böyle düşünmek beni kahrediyor ama hislerim bu, ne yapabilirim?

Seni değiştiremeyeceğimi anladım anne, ama sen de beni değiştiremeyeceksin. İşin üzücü yanı, böyle giderse seni ancak öldükten sonra affedeceğim. Oysa ben seni affedip sonra da gözlerine bakmayı istiyorum. Kafam, kalbim çok karışık, bilmiyorum. Bildiğim tek bir şey var, o da elimdeki şarkı, *Okunmamış Mesaj*.

Ben en iyisi bağıra bağıra şarkımı okuyayım.

Yusuf

Cennet şimdide kalabilmektir;
geçmiş ve gelecek cehennemdir.

Allahım şükürler olsun sana, onu bir kez daha göreceğim. Enerjim, gücüm yerinde olsun diye Cemre'ye gidene kadar hiç kimseye de masaj yapmayacağım. Bedenlere dokunurken onların geçmişini görmek müthiş bir deneyim ama çok yorucu. Belki de Cemre'yi göremememin sebebi o gün çok yorgun oluşumdu kim bilir; belki de fazla büyütüyorum bu durumu. Yorgun olmam ya da olmamam hiçbir şeyi değiştirmezdi ki, yine de kime dokunsam görüyordum, tek istisna Cemre oldu. Neyse zihnimin konuşmalarını dinlemeyeceğim. Böyle zamanlarda çıkıp hava almak en güzeli. Bayılıyorum İstanbul'un bilmediğim sokaklarında dolaşmaya.

İnsan çoğu zaman oturduğu evin arka sokağının bile farkında olmuyor? Ben öyle boş boş yürüyüp her yere dikkat kesilmeye bayılıyorum. Yaşayan her şeye tanık olmak çok güzel ya da yıllardır orada olduğu halde ilk defa gördüğümü fark ettiğim şeyleri yakalamak. Mesela bir tabelaya hiç dikkat etmemişim; yeni kondu zannedip şaşırıyorum. Sokakları dolaşırken aklında belli bir konu yoksa daha çok şeyin farkında oluyorsun, daha fazla şey seni şaşırtabiliyor. O yüzden ben başımı kaldırıp yürümeyi çok seviyorum. Yürüyüşleri biraz abartsam da bu şekilde hayata karışıyorum işte. İki köpeğin cilveleşmesini izleyip çok tebessüm ettim. Hayata karışmak dediğin başka ne olacak ki? İnsan bir şey aramadan yürüyorsa, her şeyi buluyor. İşte o zaman gerçekten "anı" yaşıyor.

Şimdi yürürken aklıma sık sık Cemre'nin geleceğinin farkındayım ama hemen kendimi toparlayıp sağa sola odaklanacağım. *Zihnin sesini susturmaya çalışmak önemli.* Sonuçta yürüyüş alışkanlığım Cemre'yle başlamadı, çok uzun yıllardır yaptığım bir eylem ve o eylem esnasında zihnimi olabildiğince dağıtmayı, anda kalmayı biliyorum. Hazır çıkmışken cumartesi gecesi için üstüme başıma bir iki kıyafet mi alsam? Bunca zamandır kimseye yakışıklı görünme isteği duymamıştım. Bindik bir alamete, gidiyoruz kıyamete... Bakalım neler olacak? Kendime engeller koymayacağım, değersizleştirmeyeceğim, olmasını çok isterim ama olmazsa çok da dert etmeyeceğim.

Bunları kendi kendime konuşurken bir yandan da yürüyorum İstanbul sokaklarında. Zihnimde Cemre'yle buluştum, gittim, döndüm bile. Bir tişört almışım, giyip gitmişim, onunla sohbet etmişim, mutlu olmuşum ve geri gelmişim. Zihin böyle bir şey işte. Kontrol edemezsen, seni bulunduğun ortamdan koparıp bambaşka bir mekâna, zamana, insana götürür. Ben en iyisi sağa sola dikkatle bakmaya çalışayım, yoksa daha çoook giderim Cemre'yle buluşmalara.

Ah be Ahmet Abi! Tamam, mahallenin en iyi kasabısın ama biraz hijyen be abiciğim. Olsun yine de seviyoruz seni. Dizi karakteri gibi adamdır, ne yaşarsa yaşasın ertesi gün fabrika ayarlarına geri döner. Yani, haftaya dükkânı kapatacağını bilse, yine de hiç kapanmayacakmış gibi sohbete, makaraya devam eder. Hiçbir şeyi takmıyor mu yoksa öyle mi görünüyor emin değilim.

Kasabın hemen yanında mahallenin yufkacısı Zübeyde Ablamız var. Erişte, mantı, tarhana, yumurta ve yufka gibi ev yapımı ürünler satar, benim de en sevdiğim şeyler ne yalan söyleyeyim. Ablamızın eli de maşallah çok lezzetlidir. Kocası öldükten sonra çocuklarına bakmak için açtı burayı. İnanır mısınız, bu semtin en zengin ailelerinden bir tanesiymiş eşi vakti zamanında. Ölünce herkesin ilk kez duyduğu borçları çıkmış ortaya, ailenin bütün mal varlığına el konulmuş. Zübeyde Abla hiç tereddüt etmeden açmış dükkânı. Bütün mahalle onun mütevazılığına hayrandır zaten. Yıllardır dükkândan kazandığı parayla çocuklarını büyütüyor. Tüm paraları ellerinden gidince, hiç gocunmadan aynı mahallede yaşam mücadelesine devam etmiş. Ne kimseden yardım ister ne de bir desteği var ama ben onun kadar güleç yüzlü, güçlü ve iyi niyetli bir kadın daha tanımadım.

Burası da herkesin özellikle sabahları kuyruk olup sıra beklediği Halk Ekmek büfesi. Bazen ben de sıraya girer, bütün mahallede neler olup bitiyor öğrenirim. Sıra bana gelene kadar, kim ne yapmış, hangi evde ne pişmiş, kimin arası kocasıyla bozukmuş, kim âşık olmuş kulak misafiri olurum. Size de anlattıklarım güzel gelmiyor mu? Keşke İstanbul'da her yer böyle tatlı mahalleler gibi olsa... Bence insanın adım başı selam verebileceği birilerinin olması büyük kazanç. Selam verilen kişi sayısı azaldıkça, insanın yalnızlığı da çoğalıyor. Benim için komşuluk pek kıymetli hâlâ. En azından kahvesi bittiğinde soracağı bir komşusunun olması insana güven veriyor. Bu şehirde binalar yükseldikçe ne yazık ki Zübeyde Ablalar yok oluyor, kasaplar, bakkallar, kuyruklu büfeler de. Bu yüksek binalar her şeyi insanın ayağına çağırıyor, dışarı çıkma isteği binalar yükseldikçe azalıyor.

Evden işe işten eve ya da en fazla bir kafeye, bir arkadaşa uğrayıp tekrar eve gidiliyor. Bu koca binalardan *çoklu yalnız insan sürüleri* çıkıyor. Birine selam vermek için kilometrelerce yol kat ediyor, sessizce içine kapanıyor. Düşünsenize, evden çıkıp iki saatlik bir yola giderken kimse ile selamlaşmayan sessiz ve dalgın milyonlarca insan var. O yüzden mahalleler kıymetlidir, gerçek günün başladığı ve bittiği yerlerdir.

Mahalle birlikte uyanır, güne selamlaşarak başlar. Günaydınlar havada, nasılsınlar cebinde, bir şeyin parçası olma hissi kalbinde başlarsın güne. Bir gün benim mahallem de büyük ve yüksek binaların altında kalacak. Günü geldiğinde herkes kendine sanal dünyada bir mahalle kuracak. Kasabını, yufkasını, ekmeğini bir tuşla evine getirecek. Telefonları onlara bugün nasılsın, suyunu içtin mi, yeni bir şey çıktı denemek ister misin, diye soracak. Halini hatırını soran ve ona yapması gerekenleri hatırlatan yalnızca bir telefon olacak. Bütün mahalle telefonun içine hapsolacak ve iki saatlik sessizlikler yirmi saate çıkacak. İnsanların parmakları, ağızlarından daha fazla konuşacak.

İşte bu yüzden sevemiyorum şehirleri. *Mutluluk vaat edip huzur çalan bir canavar gibi.* Ne yazık ki kaçınılmaz sonu kendim için de görüyorum. Ben de o canavar tarafından yok edileceğim. Beni de kendi taş yığınına bağımlı hale getirecek. O taşlardan birini almam gerektiğini söyleyecek. Belki bir tanesini kredi ile verecek, kendisine borçlandıracak. Ben de birçok insan gibi o taş yığını evlerden birinde oturabilmek için daha çok çalışıp daha idareli olmaya çalışacağım. O borçlar bitip o taş yığını benim olduğunda tünelin sonundaki ışığı göreceğimi, o "mutluluğu" yakalayacağımı sanacağım.

Böyle bir yalnızlık işte şehir yaşamı. Oysa gerçekten ne istediğimizi bir kez daha düşünmemiz gerekiyor. İnsan ne istediğini biliyor ama nasıl gideceğini bilmiyor. Şehirlerin özelliği iş bölümünün olmasıdır. Herkes bir sorumluluğu üstlenir. Anne ve baba para kazanır, bekçi mahalleyi korur, polis düzeni sağlar, öğretmen eğitim verir, böyle böyle iş bölümü belirlenir, zamanla herkes sadece kendi sorumluluğuyla ilgilenir. Köylerde ise durum daha farklıdır. Köyde bir amca ya da teyze hem mahalleyi korur hem evi geçindirir hem eğitime karışır hem de tarlaya, bağa bahçeye gider. Yani bütün köy işbirliği içindedir.

İşbirliği insanı yalnızlık hissinden kurtarır. Bu yüzden büyük şirketler, en çok takım çalışmasına, yani işbirliğine önem verir. Köyde yalnızlık hissi olmadığı için ölüm gerçeğini kabul etmek de kolaydır. Köyde yaşadığınızı düşünün... Evden pazara gidene kadar bir iki mezarlık, toprak, ağaç, keçi, kedi, komşu görüp ayaküstü bir muhabbet edip eve dönersiniz. Evden pazara gidene kadar ölümle yüzleşiyor, doğayla iç içe oluyor, sevdiklerinizi görüyorsunuz. Şehirde bu olmaz. Çünkü şehirde mezarlar şehir dışına yapılır. Doğa yoktur. Pazarların çoğu süpermarketlere teslim olmuştur. Hangimiz AVM'ye giderken komşularımızı görüyoruz ki? Şehirli insan evinden işine giderken sadece tabela görür. Bütün reklam tabelalarında da tek bir şey vaat edilir: "Bana sahip ol, mutlu ol." Köyün manzarası doğadır. Bu yüzden insan köyde doğayı yaşar, şehirde ise doğaya sahip olmaya çabalar. Balkondaki çiçek, apartmanın önündeki minik bahçe sizinmiş gibi gelir, oysa köyde siz doğasınızdır. Ait olduğunuz yer... Umarım ben de birçoğunuz gibi şikâyet edip hayatımı şehirde sonlandırmam. Doğaya kaçmak için içimde çok büyük bir özlem var, ama nasıl ve ne zaman olacak ben de bilmiyorum.

Bu sokağı çok sevdiğimi size söylemiş miydim? Bizim mahallenin en şehirli sokağıdır. Evler de diğerlerinden farklıdır. Birkaç zengin bu sokakta oturuyor, bazen alışık olmadığımız arabalar ve insanlar geliyor. Mahalleye dışarıdan bakan biri, içinden ışık saçan bir nokta gibi görür o evleri. Mahalledekiler ise pek sevmez onları. Burunları havada görürler. Edep yok, adap yok, derler. Bence kendilerinden daha zengin oldukları için rahatsız oluyorlar. İnsanın böyle hileleri vardır. Eğer birini çok eleştiriyorsa, onda kendinde olmayan bir şeyden rahatsız oluyordur ya da kendi yapamadığını bir başkası yapıyorsa bu onu rahatsız etmiştir.

O zaman insan sormalı: *Beni bir şey rahatsız ediyorsa bunun sebebi ne olabilir?* Şunu da sormalı kendine: *Kimin yanında geriliyorum? Kimin yanında içimden sürekli eleştiri yapmak geçiyor? Kimin yanında içimdeki hırs açığa çıkıyor?* Bu soruların cevabını verdiğinizde bilin ki sizde olmasını istediğiniz bir şey görmüşsünüzdür. Aslında o kişiyi eleştirirken, konunun kendiniz olduğunu unutmuşsunuzdur. Bizim mahallede dedikodu yapanlar, bu çıkmaz sokaktaki insanların zengin olmalarından rahatsızlar ama birbirlerine anlatırken hepsinin ortak cümlesi şu oluyor: "Allah çok verip azdırmasın." Ben de hep şöyle derim: "Allah az verip çok olana boş boş bakanlardan etmesin."

Sizce de daha kötü değil mi? İnsan yoldan çıksa, eninde sonunda durulabilir, tövbe edip kurtulabilir, ama başkalarının malına mülküne bakıp dedikodusunu yapanlar, iftira atanlar, kıskananlar bu günahların affedilmesi için tövbe etmez. Kimin hakkında konuştuysa onların affetmesi gerekir. Bu yüzden insan dilini iki kere ısırmalı, öyle konuşmalıdır. *Dil, insanın hayata bakışıdır.*

Maalesef televizyon kanallarında sabahtan akşama kadar dedikodu yapılacak, iftira atılacak, kıskandıracak, linç ettirilecek o kadar çok program var ki. Şehirli insan en çok bunları izler ve kendisinden bekleneni yapar. Dikkat ettiyseniz televizyon programları fenomen olacak tipler yetiştirir. Yarışmalar, programlar halkın seveceği karakterlerle doldurulur. Ortaya bir rekabet konur ve halk bütün karakterlere sarılmaya başlar. Seyirci kimi çok seviyorsa, diğerlerine karşı nefret etmeye programlanır. Birine hayransınız, onu seviyorsunuz, onun için dua ediyor, SMS gönderiyor, bütün güzel duygularınızı ona aktarıyorsunuz. Ona karşı bu kadar sevgi doluyken, yarışmadaki diğer kişilere öfke, nefret besliyorsunuz. Bunun adı da yaşamak işte.

Şehirde insanlar aynı anda hem neşeli, hem üzgün, hem korkak, hem cesur, hem iyi, hem kötü olabiliyor. Duyguları çok hızlı değişiyor. Ama köyde birine bakın, üç saat sonra gidip tekrar bakın, yüzünde hep aynı ifade olur. Modern hayat dedikleri bu garipliği anlamak mümkün değil. Sanki makineler modern de insanlar bir tuhaf. Kimse kimsenin hayatındaki güzelliklere şaşırmıyor yeni bir telefona, teknolojideki bir yeniliğe daha çok şaşırabiliyor. Sanki tanrısından yeni model telefonlar, yeni içerikler ve yepyeni oyunlar bekliyor gibi. Sanal tanrısıyla sürekli bağlantıda olmak istiyor ve aradaki o bağın çekim gücünün hep yüksek olmasını istiyor.

Bence insan kendi tanrısını yarattı ve ona bağlanıyor. Sıkıldığında, üzüldüğünde, güldüğünde, ağladığında, canı bir şeyler istediğinde hep onunla bağlantıda kalmak istiyor. O yüzden insan insana şaşırmıyor da insan bir diğerinin paylaşımlarına şaşırıyor. Göz göze değil, yüz yüze değil tamamen sanal. Az önce başsağlığı diliyor, yarım saat sonra dans ederken video koyuyor, çünkü sanal tanrısı *bir duyguda çok kalma* diyor, *çabuk tüket, tatmin olma, merak et*, diyor ve o da sözünü dinliyor. Bağımlıyız hem de çok bağımlıyız. Bazen başımızı kaldırıyoruz, elimizdeki telefonlara bakıyoruz ve şaşırıyoruz kendimize. Çünkü onsuzluğu düşünemiyoruz. Herkesin online olduğu bir anda bağlantı kuramamak ölmek gibi geliyor ve o an gerçek hayatında olan hiçbir şey ilgisini çekmiyor. Kafede arkadaşlarının yanında, evde ailesinin yanında yalnızlık yaşıyor. Hastalanıyor insan. Zamanla cenneti de cehennemi de online tasarlıyor. O yüzden bedeninden, ruhundan uzak, kendi yarattığı tanrısına taparken erkenden yaşlanıyor, erken yaşta ağırlaşıyor, erken yaşta estetik yaptırmaya başlıyor, erken yaşta âşık oluyor ve erken yaşta depresyona giriyor. Gerçek hayatını yerin dibine soktukça sanal hayatında daha çok göklerde geziyor. İşte buna da sanal kahramanlık deniyor. Çünkü sosyal medya, güçsüz insanların kahraman olmaya çalıştıkları, terbiyesiz insanların terbiyeli, masumların hırsız, hırsızların popüler olduğu, yalnızların kalabalık, kalabalıkların ise yalnız gözüktüğü bir sanal hayat. Peygamberi wi-fi'yı, müritleri takipçileri ve tanrısı telefonları.

Böyle bir tapınma ayini, cumaları hayır duaları ile başlar, cumartesileri günahlar işlenir, pazarları tövbeler edilir. Pazartesi masumdur tüm paylaşımlar, salı günü emindir kendinden, aforizmalar patlatır. Çarşambaları dedikodular uçuşur havada. Perşembeleri geçmişe özlem vardır TBT tadında. Cumaları yine tapındıkları tanrıyla geçer durur böyle hayat. O yüzden eskiden hep sorulan bir soru geliyor aklıma:

Issız bir adaya düşsen yanına alacağın üç şey ne olurdu?

Şimdiki zamanda bu sorunun cevabı telefon, internet ve güneş enerjisi ile çalışan güç kaynağı olurdu. İnsana sormazlar mı, *o adada hiç kendini yalnız hissetmeyecek misin*, diye? Uyandığımda kendime hep sorarım, *bugün yanıma almam gereken üç duygu ne*, diye. Genelde hep sevgiyi, saygıyı ve cesareti alıyorum. Akşama kadar da bu üç duygudan darbe yiyorum. Her insan aynı şeyi yapmalı. Her sabah güne, yanına üç duygu alarak başlamalı ve akşamları şunu sormalı kendine; *her şeye rağmen sevebildim mi, cesur oldum mu ya da huzurumu korudum mu?* Cevap hayırsa, o gün pek yaşanmamıştır.

Yalnızlaşıyoruz, daha çok mesafe koyuyoruz hayat ile aramıza ve bu mesafeyi korudukça daha çok betondan yaşamlara dönüyoruz. Her sabah pencereyi teşekkür etmek için değil, alışık olduğumuz için açıyoruz. Alışkanlıktan dişlerimizi fırçalıyoruz, alıştığımız için giyiniyoruz, işe gidiyoruz. Belki de alıştığımız için arkadaş oluyor, alıştığımız için sevişiyoruz, alıştığımız için aldatıyor, alıştığımız için dans ediyoruz, çok alıştığımız için yiyip şişiyoruz. Çünkü yalnızız ve bu yalnızlık kaderimizmiş gibi geliyor hepimize. Hepimizin dilinde aynı cümle var: *Ah be canım, herkes mutsuz.* Kaldı mı elinizde bomboş bir reçete! Eskiden âlimler *insan insanda iyileşir,* derlermiş; şimdi *insan insanda hastalanıyor.* Artık kimsenin kimseye güveni kalmadı. Sanki herkes çıkarı için yan yana, çıkarı için koyun koyunaymış gibi. Oysa herkes yalnızlığı ile baş başa kalıyor.

Mahalle dedim, nerelere geldim. Biliyor musunuz, saniye hızıyla oluyor her şey. Bir şeyi düşünmeye başladığımızda aynı anda hayatla ilgili her şeyi düşünmeye başlıyoruz. Mesela birkaç saniye elma düşünün, desem hemen kırmızı bir elma gelir gözünüzün önüne. Kimi daha çocukluğunda gördüğü elmalara gidiyor, kimi eskiden evde geçirilen yılbaşlarını hatırlıyor. Bir anda geçmişe dönüyor insan, saniyeler içinde onlarca zaman dilimine gidip yüzlerce saat yaşıyor. Işık hızıyla gidip geliyor ve kendine geldiğinde daha ikinci saniyede olduğunu görüyor. *Beynimizin içi zamansız bir mekân gibi.* Geçmişi düşünüp anı yaşayabilen, geleceği tasarlayıp şimdide kalabilen bir varlığız. Bitirilmemiş geçmişi yaşayıp olmamış bir geleceği tasarlayıp duruyoruz ve şimdinin farkında bile değiliz. Geçmişi öyle bir düşünüyoruz ki oradaki duyguları şimdiye getiriyoruz. Şimdi'siz kalmışız, kendimize affetme ayinleri düzenliyoruz, çığlıklar atıyoruz tanrıya, daha iyi bir hayat istiyoruz diye. *Cennet şimdide kalabilmektir; geçmiş ve gelecek cehennemdir.* Garip bir şekilde insan ömrü geçmişi düzeltmeye çalışmakla, geleceği düşünüp kaygılanmakla geçer. *Olmayanın korkusunu, olanın tortusunu taşır.* Cumartesi de işte böyle gelecek. Cemre'yi göreceğim, ona dokunacağım.

Cemre ve Yusuf

Yanındayken bile özlem duyduğundur aşk.

Hayatımda hiç bu kadar heyecanlanmamıştım. Kendimi Cemre'ye sevdirmem lazım ve bunu nasıl yapacağımı bilmiyorum. Aman ya, doğal olayım yeter. Ona dokunduğumda görüp görmeyeceğimi çok merak ediyorum. Yine o pek sevmediğim Cihangir ama olsun, kapıları güzel; o kapılardan geçmek, gerçek dünyaya açılmak, başkalarının hikâyelerinde seyirci olmak gibi. Neyse akşam için bir mesaj atayım ben.

"Cemre Hanım iyi günler. Bu akşam kaçta gelmemi istersiniz?"

"Birkaç saate haber vereceğim."

"Tamam, bekliyorum."

Allahım inşallah bir sorun çıkmaz. Bu duyguyu hiç sevmiyorum. Bir kere tadını almışsın ve sürekli istiyorsun, ama her defasında, olmama ihtimali çok yüksek. Sevmiyorum bu çaresizliği.

"Yusuf, seni gece yarısı bekliyorum."

"Tamam, görüşmek üzere."

Oh, çok şükür! Keşke her duam böyle kabul olsa. Benim masaj yağlarını yenilemem lazım, önce şu çantayı toparlayayım. Bu canlılık hissini çok seviyorum. Hani normalde her şey tatsız tuzsuz gelir ya ve bir anda bir telefonla canlanırsın. Sanki en çok istediğin şeye yaklaşmışsın gibi ve öyle bir ruh haline girersin ki bütün deneyimlerin anlamını yitirir. O an tek istediğin arzu ettiğin kişiyi görebilmektir. Hani artık boşuna uçmuyordur kuşlar, yapraklar boşuna sallanmıyor, boşuna olmuyordur depremler, seller; çünkü bu canlılıkla sen yok olursun ve hayatın bir parçası olmaya başlarsın. İnsan hayatı boyunca kaç kere bunu hissedebilir ki? Tamam, Yusuf sen neler söylüyorsun, dediğinizi duyar gibiyim. Ben de bilmiyorum bana olanları inanın. Hem içimde Cemre'ye büyük bir merak hem de ona karşı anlam veremediğim bir telaş var. İlk görüşte aşk mı adı, bu yaşta olacak iş mi, gerçekten bilmiyorum. Bir acayip hissediyorum kendimi anlatamam...

İnsanın bu dünyaya geliş amacı bence âşık olmak. Dünyanın neresinde olursa olsun, Afrika'nın bir kabilesinden İstanbul'un lüks semtlerine kadar, New York caddelerinden Çin sokaklarına kadar nerede, kimin başına gelirse gelsin, herkesi ayırt etmeden canlandıran tek duygudur aşk. Nesnesine sahip olamama durumudur, *yanındayken bile özlem duyduğundur aşk.* Bu yüzden ben hep şöyle düşünüyorum, insana duyulan aşk olmadan ilahi aşk yaşanmaz. Çünkü ikisine de sahip olamazsın, ikisini de yaşarsın ve çaresizce ona çekilirsin. Tamamen âşık olduğun kişiye karşı edilgen, onun dışındaki dünyaya etkin olmaya başlarsın, bir antidepresan gibidir.

"Merhaba, iyi akşamlar."

"Hoş geldin."

"Hoş bulduk, nasılsınız?"

"Şu sizi bizi bırak artık. İyiyim sen nasılsın?"

"Ben de iyiyim, teşekkür ederim."

"E, nasıl geçti bizimkilerle?"

"İyiydi, farklı deneyimler oldu."

"Nasıl yani birlikte mi oldunuz?"

"Yo hayır, iki farklı kişilik, demek istedim."

"Hımmm. Evet, iki delidir onlar. Hele Özkan yok mu Özkan, yılandır o. Hahahaha."

"Değişik biri."

"Şaka yapıyorum be, ikisini de severim. Hadi geçelim mi masaja?"

"Tamam, buyurun."

Çok merak ediyorum, çok heyecanlıyım. Dokunduğum an yine körleşecek miyim?

"Cemre Hanım, Cemre."

"Efendim."

"Müzik çalışmaları nasıl gidiyor? Takip ediyorum."

"İyi canım, şimdi bir şarkı bulduk, onunla yatıp kalkıyorum."

"Umarım istediğin gibi olur her şey."

"Teşekkür ederim, bu sefer olacak galiba."

Yine dokunduğum an bir şey göremedim. Kesinlikle Cemre ile ilgili bir durum bu. Ayakları ne kadar da küçük, resmen avucumun içine sığıyor. Onu görememek, karşı konulmaz şekilde beni ona doğru çekiyor. Şu an ne ayaklarında ne baldırında ne de kollarında onu görebiliyorum.

"Özkan nasıldı, rahat bıraktı mı seni?"

"Ne demek istediğini biliyorum ama ben alışığım."

"Özkan hayatta affetmez, birini istiyorsa onu alır."

"Bunu hissettim zaten, alıcı bir kişilik."

"Alıcı derken?"

"Yani insanların duygularını nasıl kullanacağını çok iyi biliyor. Mesela senin hep zor günlerinde yanında, sana yardım ediyor ama iyi günlerinde pek yanında olmuyor."

"Eee…"

"Sanki insanlara iyilik yaparak onları kendine bağımlı kılıyor, ama insanlar başarılı ve mutlu olduklarında onlardan uzaklaşıyor."

"Benimle böyle olduğunu nerden biliyorsun?"

Hayatımda ilk defa birine bu yeteneğimi anlatacağım galiba. Eğer kendimde olan en önemli şeyi ona verirsem ve o bunu taşıyabilecek biriyse beni anlayacaktır.

"Çünkü görüyorum."

"Neyi görüyorsun?"

"İnsanların hayatlarını ve kim olduklarını."

"Medyum musun? Yani falcı gibi bir şey mi?"

"Hayır, kime dokunursam onun hayatını görebiliyorum."

"Nasıl yani?"

"Yani, çok mantıklı gelmiyor, biliyorum."

"Hiç mantıklı gelmiyor, şizofreni gibi bir şey galiba."

"Akıl sağlığım yerinde."

"Dur bir saniye, masajı bırak. Sen anlat bakayım şu olayını bana."

"Belki inanmazsın ama hayatımda ilk defa birine bu sırrımı anlatacağım."

"Bak Yusuf, anlattığın şeyde ciddiysen bu normal bir durum değil. Tamam, anlıyorum seni, her gece başka bedenlere dokunuyorsun ve artık psikolojin bunu kaldıramıyor olabilir."

"Hayır! Gerçekten sana bunu ispat edebilirim."

"Sen salona geç, ben bir duş alıp geliyorum."

"Tamam, geçiyorum."

Şimdi nasıl anlatacağım ben bunu? Saatlerce konuşsak anlayacağı şey sadece deli olduğum, ama bir şekilde bunu ispatlamam lazım. Böyle bir gerçek ile benim yüzleşmem yıllarımı almışken, o bu gerçeği nasıl kabul edecek? Allahım yardım et, söz veriyorum beni gerçekten anlarsa ve kabul ederse bu kadar bedene dokunmayı bırakmasam da azaltacağım. Çok heyecanlıyım, elim ayağım titriyor, bedenim buz kesildi. Sanki milyonlarca insana bu durumu anlatacakmış gibi heyecanlıyım. Sakin ol Yusuf, derin nefes al, dik dur ve her şeyi baştan düşün. Amacın onu ikna etmek değil, amacın bu durumu onunla paylaşmak.

"Bir şeyler içer misin?"

"Alkol kullanmıyorum."

"Anladık, altını çizip çizip durma."

"Yanlış anlama lütfen, mesleki bir alışkanlık işte. Geceleri cinsel ilişkiye girmek istediklerinde girizgâhı alkol ile yaparlar ya da birkaç çizgi kokainle, çünkü çoğunun amacı masaj değil, cinsel ilişkidir."

"Sen de yakışıklısın, sonuçta insanlar bunu isteyecektir. Asıl soru, sen neden geceleri başkalarının yataklarında oturuyorsun?"

"Bedenlerine dokunduğum zaman hayatlarını gördüğüm için."

"Evet, bu konuya gelmemiz lazım. Anlat bakalım kimsin sen?"

"Ben aslında psikoloji okudum."

"Psikologsun yani."

"Hayır değilim, insanları merak ettiğim için okudum."

"Neden işini yapmıyorsun?"

"Psikoterapi ile insanların gerçekten tanınabileceğine inanmıyorum, ama dokunduğum zaman sadece anlattıklarını değil, anlatmadıklarını da görüyorum."

"E, ne işine yarıyor ki bu?"

"Bilmiyorum, ben de onu arıyorum yıllardır."

"Bu arada sana inanmıyorum ama merak ediyorum."

"Bana inanmadığını biliyorum."

"O zaman şunun cevabını ver, neden bana anlatıyorsun?"

"Çünkü hayatımda ilk defa birinin bedenine dokunduğumda onu göremedim."

Sessizlik...

"Bak Yusuf, hayatımda çok fazla psikolojik rahatsızlığı olan insan var. Bunların başında ailem geliyor ve seni dinlemek istememin sebebi, sana yardımcı olabilmek. Anlattığın şey mantık dışı. Belki de bir halüsinasyon. Sen uyuşturucu kullanıyor musun?"

"Hayır."

"Ya da büyük bir travma yaşadın mı hayatında?"

"Hayır."

"Ailende şizofren var mı?"

"Hayır."

"Belki bu şizofreni değildir ama başka bir rahatsızlıktır. Sonuçta sen psikologsun, araştırmadın mı?"

"Hayır."

"Bu ne ya? Hayır, hayır! O zaman yalancısın."

"Hayır."

"Tamam, ben susuyorum, anlat bakalım."

"Tamam, ama biraz uzun bir hikâye."

"A, dur, bir şey soracağım. Herhangi biriyle mi cinsel ilişkiye girmiyorsun ya da girmedin?"

"Bu soru çok özel oldu."

"Yusuf sen manyak mısın? Sırrımı paylaştım diyorsun, ama bu soruya özel diyorsun."

"Bu yaşıma kadar kimse ile cinsel ilişkiye girmedim."

"Kadın, erkek kimseyle mi?"

"Evet."

"Gey misin?"

"Hayır."

"O zaman aseksüelsin."

"Hayır."

"Yine başladık hayırlara, neyse ben susayım."

"Beş yaşında bu yeteneğimi keşfettim."

"Bir saniye ya, sen her dokunduğun bedeni gördüğünü iddia ediyorsun öyle mi?"

"Evet."

"Peki, beni hiç mi göremedin?"

"Evet, göremedim."

"Siktir git ya, ben de oturmuş gecenin bu saatinde bir akıl hastasını dinliyorum. Yok insanlara dokununca hayatlarını görüyormuş da yok sadece beni göremiyormuş da... Vallahi Yusufçuğum zaten hayatım karmakarışık, üstüme yine çözümsüz bir yük alamam."

"Ya bunu ispatlarsam?"

"İnan çok yorgunum, başka bir gün, normal bir kafadayken konuşuruz olur mu?"

"Ben bu fırsatı bir daha yakalayamayabilirim. Lütfen, izin ver bana."

"Geç oldu, uykum var. Sen de git şimdi, başka bir zaman görüşürüz."

"O zaman kalkayım ben."

"Hadi, lütfen."

Gitmek istemiyorum, tüm gerçeği anlatmak istiyorum sana. Şu an senin bana inanmana ihtiyacım var. Bir şeyler yapmam lazım. Allahım keşke dokunduğumda görebilsem ve ona ispatlasam bunu. Gitmeden bir şey yapmam lazım, ilgisini çekecek, geç otur konuşalım diyeceği bir şey yapmam lazım.

"Yusuf bunu herkese anlatma, özellikle Özkan falan duyarsa büyük dalga geçer."

"İki cümle kurmak istiyorum izin verirsen."

"Tabii, buyur."

"Birincisi Can Atiksoy senden hoşlanıyor. Verdiği paraları geri istemiyor. Hani sen bazı sabahlar onun evine gidip yataktan kaldırıp enerji veriyorsun ya, hayatında en çok istediği şey sensin."

"İkincisi ne?"

"Özkan Bey verdiği borçları geri istemeyecek, çünkü parayı geri alırsa senin üzerindeki hâkimiyeti bitecek. Ha, bir de herkese seni, o iyi bir şarkıcı olamaz, özgüveni yok, parası yok, sesi çok güzel ama bir eksiklik var, diye anlatıyor."

Sessizlik...

"Dur bir saniye, dur, dur, dur! Kim söyledi sana bunları? Özkan ve Can benim hakkımda mı konuştular ve sen utanmadan bana bunları mı anlatıyorsun?"

"Hayır, sakin ol! İkisi de bir şey anlatmadı, ben gördüm."

"Kimsin sen ya, ne demek ben gördüm? Sana bunları nasıl anlatırlar?"

"Lütfen sakin ol. Kimsenin bana bir şey anlattığı yok. Sana başından beri bunu söylemeye çalışıyorum."

"Ben neden seninle bunları konuşuyorum ki? İki kez gördüğüm adam hem akıl hastası hem de arkadaşlarımın dedikodusunu yapıyor bana."

"Ben dedikodu yapmıyorum, sakin olursan anlatacağım."

"Anlat o zaman, ne bekliyorsun?"

"Kapıda mı anlatayım?"

"Anlat ve git hemen."

"Önce lütfen sakin ol. Biliyorum kafan allak bullak oldu ve ne yapacağını şaşırdın. Bana kızgınsın ama inan ki onlar bana bir şey anlatmadı ve izin verirsen sabaha kadar da sürse sana bunu ispatlamak istiyorum."

"Ne izni ya, bak kafamı açtın, ne güzel iki kadeh içmiştim, masajımı yaptırıp uyuyacaktım. Al, koluma dokun, ne görüyorsun anlat."

"Cemre, lütfen sakin ol."

"Hata bende, adam baştan Cemre Hanım dedi, biz hanımı kaldırdık."

"Neyse ben gideyim, eğer kalırsam anlaşılan hakarete uğrayacağım."

Sessizlik...

"Evet, gitsen iyi olacak."

"Kendinize iyi bakın Cemre Hanım."

"Siz de Yusuf Bey."

Kapıyı sertçe kapatır...

Kapıyı hızlıca geri açar...

"Yusuf!"

"Efendim Cemre Hanım."

"Bir dakika gelir misin?"

"Tabii ki, geliyorum."

"Özür dilerim, sana hakaret etmemem gerekiyordu. Benim hakkımda başka ne konuştunuz?"

"Sakin sakin konuşabileceksek ben de anlatmayı çok isterim."

"Tamam, gel salona geçelim ama birkaç kadeh içeceğiz."

"Tamam ama ben alkol kullanmıyorum."

"Orasını anladık. Bu gece uzun olacak galiba, ben sek takılırım; sen suyla."

"Bana uyar."

"Ben bir kadeh şarap içeceğim, sen su mu?"

"Evet."

"Şimdi ben susuyorum, sen anlatıyorsun."

"Demiştim ya beş yaşında tanıştım bu yeteneğimle. En büyük travmam, anne ve babama dokunduğumda gördüklerimdi. İkisinin de birbirlerini sevmediğini gördüğümde büyük bir acı yaşamıştım. Yedi yaşından sonra arkadaşlarıma dokunmaya başladım."

"Yani bu hissetmek gibi mi? Pardon ya, sustum sustum."

"Aslında öyle derin bir his değil, sadece film izler gibi oluyor. Zaten insanların yaşadığı şeyleri hissetseydim yani aynı duyguları yaşasaydım kafayı yerdim. Ben sadece izliyorum, yani görüyorum. Şimdi sana uzun uzun yıllarımı, yollarımı ve gördüğüm hayatları anlatmaya kalksam bize zaman yetmez, ama ben sana bunu ispatlamak istiyorum, çünkü o zaman beni anlayacaksın."

"Peki, nasıl?"

"Şu an saat çok geç ama uygun olsaydı, herhangi tanıdığın birine dokunur ve gördüklerimi söylerdim."

"Yusuf gerçekten çok şaşkınım. Yüzüne baktığımda sana inanasım geliyor ama kendi içime bakınca kocaman bir yalan gibisin. Bu saatte kimi bulacağız dokunman için?"

"Evet, saat çok geç ve anlattığım her şey yalan gibi gelecek sana. Anlatırken gözlerine baktığımda inanmayan bir ifade görmek istemiyorum."

"Özkan ve Can'ı anlat, o olay nedir?"

"Olur. Öncelikle şunu söyleyeyim, ikisi de senin hakkında dedikodu yapmadı, ama belki Can ve Özkan ile ilgili sana senin bile bilmeyeceğin birkaç bir şey söyleyebilirim."

"Söyle."

"Mesela Can Bey'in 23.30 takıntısı var."

"Bunu herkes biliyor."

"Bu takıntı nereden geliyor, biliyor musun?"

"Evet, Can biraz kuralcıdır. Kaçta yatacağını, kaçta yemek yiyeceğini önceden hesaplar ve o kurallara uyar."

"Hayır, alakası yok, O çocukken, babası her gece 23.30'da kendi odasına kapanır, yılanı ve silahı ile baş başa kalırmış. Ve bunu sürekli oğlu ona iyi geceler dedikten sonra yaparmış. Can Bey bir iyi geceler öpücüğü, sıcacık bir kucaklama beklerken babası düşmanlarına yapacaklarını düşünüp silahı ve yılanıyla Can Beyin gözlerine bakarmış. Bu yüzden geceleri 23.30'da yatağında yılanı yani babası ve sehpada silahıyla o anı yaşatıyor kendine. Aslında iyi geceler öpücüğünü bekliyor babasından."

"Şu an şoktayım. Bildiğim kadarıyla bu dediğini psikoloğuna bile bir sene sonra anlatabilmişti. Sana bunları anlatırken bir şey mi içti?"

"Hâlâ inanmıyorsun değil mi gördüğüme?"

"Evet, ama bir yanım da acaba gerçek mi, diye düşünüyor. Peki, Özkan?"

"Özkan Bey'i sana birkaç kez para verirken gördüm. Hatta senin saçında sarı bir bandana vardı."

"Sarı bandana mı? Ha, bandana değil o, kalın bir taçtı. Nasıl yani bunu mu gördün? Benim sarı tacımı mı gördün?"

"Evet. Hatta o kadar uzun sarıldın ki ona kıskandım."

"Ne demek yani kıskandın?"

"Yanlış anlama. Yani bir insan tarafından o kadar seviliyor olmayı kıskandım."

"Hani Özkan beni sevmiyordu gerçekten?"

"Ben Özkan Bey'i değil, senin onu sevmeni kıskandım."

"Demek sarı tacımı gördün. Başka ne gördün?"

"Özkan Bey'in her gece karanlık bir mutfakta, buzdolabının ışığında ayakta, sanki birileri onu izliyormuş gibi gizlenerek yemek yediğini gördüm."

"O kilolu biri zaten. Bunu herkes tahmin edebilir."

"Ama kimse dolabın kapağını kapatmadan serçe parmağını eme eme odasına kadar gittiğini tahmin etmiyordur."

"Hımmm. Bunu ben de bilmiyordum ama ikna olmam için başka şeyler anlatmalısın."

"Nasıl yani?"

"Anlattığın şeyleri bir psikolog olarak tahmin edebilirsin ya da bazı sorular sorarak çıkarabilirsin."

"İnsanlar sadece günü ve saati pek anlatmazlar. Özkan Bey bir salı akşamı saat sekizde senin evine gelerek o parayı verdi. Ve elindeki çanta senin en çok almak istediğin çantaydı."

"O kadar içtim ama hâlâ ayığım. Yusuf, kafam allak bullak oldu, lütfen biraz daha anlat."

"Mesela Can Bey, tırnakları çok uzun ve kırmızı ojeli, beyaz ince parmakları olan kadınlardan çok etkileniyor, çünkü o eller annesinin elleri."

"Haklısın, gerçekten öyle."

"Yani kibirli ve narsist olduğunu sen de biliyorsun zaten ama o, tırnakların vücuduna batmasını seviyor."

"Başka?"

"Onun için öyle tırnakları olmayan tek kadın sensin. Sende geçmişini görmüyor, o yüzden sana tutulmuş durumda."

"Bu durum beni korkutmaya başladı. Bir insanın böyle bir yeteneği olabilir mi ya? Hadi var diyelim, böyle nasıl yaşanır?"

"Evet, çok zor ama çok güzel."

"Diyelim böyle bir yeteneğin var. Nasıl yaşayabiliyorsun herkesi görerek? Ne kadar gerçek olabilirsin ki?"

"Kimse için gerçek olmaya çalışmıyorum. Evet, dokunduklarımı görüyorum. Hayatımdaki kişilerin gerçek yüzlerini gördüğümde önceden çok şaşırır, kaçar, kavga eder ya da küserdim. Zamanla onlara izin vermeye karar verdim, çünkü onlar benim içimi göremiyorlar; bunu onlara yapmaya hakkım yok."

"Öyle ama yine de çok tuhaf. İnsanın aklı almıyor. İyi de beni neden göremedin?"

"İşte onu bilmiyorum ve bu durumun başıma boşuna gelmediğini düşünüyorum. Ben de senin kim olduğunu merak ediyorum."

"Bir daha dokunsana."

"Olmuyor, inan masaj yaparken çok denedim."

"Tamam, bir daha dokun, tut elimi."

"Tamam."

El ele tutuşurlar...

Sessizlik...

"Görüyor musun?"

Sessizlik...

"Hayır, göremiyorum."

"Yani herkesi görüyorsun, bir beni mi göremiyorsun?"

"Aslında seni görmeyi çok istediğim için arkadaşlarına gittim ve dokundum."

"Nasıl yani?"

"Sana ilk masaja geldiğimde ve dokunduğumda hiçbir şey göremediğim zaman şoke olmuştum. O günden beri aklımdasın. Lütfen beni yanlış anlama, hayatımda ilk defa böyle bir şey yaşıyorum; yoksa başka bir niyetim yok."

"Hayır tabii ki de yanlış anlamadım ama hâlâ bir yanım saçmalama, diyor. Bu anlattıkların çok sıra dışı geliyor."

"O zaman şöyle bir şey yapalım mı, tabii kabul edersen…"

"Nasıl bir şey?"

"Ben şimdi gidiyorum, sen müsait olduğun bir zaman dokunmamı ve görmemi istediğin birini ayarla, buluşalım. Sonuçta hiç tanımadığım biri olacak, ama senden rica ediyorum, lütfen bu sırrımı o kişiye anlatma. Hatta kimseye anlatmazsan sevinirim. Başıma çok kötü şeyler gelebilir."

"Anlıyorum seni. Aslında hiç gitmeni istemiyorum ama böylesi daha iyi. Tamam, dediğin gibi olsun. Ben sana en kısa zamanda haber vereceğim ve bu arada aklıma bir şey geldi. Sen bizim diğer çocuklara git muhakkak, ne malzemeler çıkacak çok merak ediyorum."

"Cemre, artık yeteneğimi biliyorsun. Bu saatten sonra başkalarının hikâyelerini sana anlatmak, hele ki dostlarınsa, bu yanlış olur. Ben sana bana inanman için anlattım Özkan Bey ile Can Bey'i."

"Anladım, tamam."

"O zaman ben kalkıyorum, iyi geceler sana Cemre."

"İyi geceler Yusuf."

"Bir şey sorabilir miyim?"

"Tabii ki."

"Neden evde odaların kapısı yok?"

"Bu sorunun cevabını bana dokunup gördüğünde bulursun, iyi geceler."

"İyi geceler."

İstanbul'un hangi semtindeyim ya da hangi sokağına doğru yürüyorum, saat kaç, hiç umurumda değil. Sanki nereye gitsem evimmiş gibi geliyor. Böyle güzel bir geceden sonra yanımda beni çok mutlu eden bir şey var: *Bir dakika boyunca tuttuğum eli.* Sabaha kadar hiçbir şey düşünmeyeceğim. O sağ elin sol elimde, yarına çıkarım bir şekilde.

Cemre

Ne zaman negatif olsam başıma bir iş geliyor.

Bir gün sonra…

Çok garip bir sabah. Yani, dün geceye kadar hayatta en çok düşündüğüm şey şarkımken, şimdi şaşkınlık içindeyim. Garip bir heyecan var içimde. Bir yanım haklı çıksın istiyor. Tuhaf bir çocuk aslında, yakışıklı, hoş, of aman, sıradan bir masör işte; koluma taksam ne diyeceğim? Neden koluma takacağım ki? Hem ben neden küçümsüyorum? Kendine gel Cemre! Neyse kendimi germeyeceğim, ne zaman negatif olsam başıma bir iş geliyor. Ama kafaya koydum Merve ile buluşturacağım onu. Yusuf bana anlatır sonra ben de Merve'ye sorarım. Doğru bir şey mi yapıyorum? Adamın lafına güvendim ama bildikleri de inanılmazdı. Bakarız, olmazsa bir heyecandı, der geçeriz. Merve'yi aramam lazım.

"Alooo canım, nasılsın?"

"İyi kuşum, sen?"

"İyi ben de… Akşam müsaitsen bana gelsene."

"Müsaitim gelirim, bir şey mi oldu?"

"Yok ya, seni bir arkadaşımla tanıştıracağım."

"Kim bu arkadaş?"

"Yusuf vardı ya, masör olan."

"Sevgili mi yaptın yoksa?"

"Yok be, ne sevgilisi?"

"Bana bak Cemre, albüme gireceğiz. Bir masör ile adını çıkaramam!"

"Ya, yok öyle bir şey! Akşam bana gelecek, yanımda olmanı istiyorum."

"Niye sana geliyor?"

"Ben davet ettim de ondan."

"Neden?"

"Çünkü çok iyi bir çocuk. Bu arada, gerçekten birlikte olmadım. İnanılmaz bir şifacı bence."

"Nasıl yani, şifacı?"

"Neren ağrıyorsa, oraya dokunuyor ve ağrıyı hemen alıyor. Gerçekten şifacı."

"O zaman benim bütün vücuduma dokunması lazım. Hahahaha."

"Saçmalama Merve."

"Bu lafı hep ben sana derdim, gerçekten şaşırdım. Akşam sendeyim."

"Tamam canım, görüşürüz."

Gerçekten çok merak ediyorum, akşam neler olacak? Eğer böyle bir yeteneği varsa yani, onu asla rahat bırakmazlar. Bilim adamları alır incelemeye çalışır. Adı şarlatana çıkar, medyum, büyücü derler; ama anlamazlar. Adamı öldürebilirler bile. Çok garip bir durum açıkçası. Merve'de ne görecek onu bile merak ediyorum. Akşam için Yusuf'a mesaj atmam lazım.

"Selam Yusuf. Ben çok bekleyemedim, bu akşam için menajerim Merve'yi ayarladım. Eğer sen de uygunsan, bu akşam saat sekizde bendeyiz."

"Akşam müsaitim, görüşürüz o zaman."

"Yalnız sen yedide gelebilirsen çok iyi olur, önden biraz konuşuruz."

"Tamam, daha iyi olur, görüşmek üzere."

"Görüşürüz."

Yusuf

Kendim ettim kendim buldum.

Resmen yeteneğimi sahneleyecekmişim gibi hissediyorum. Onunla ciddi bir bağ kuracağımızı düşünüyorum. Önemli olan benden korkmaması… Çünkü bazen ben bile kendimden korkuyorum. İnsan neden korkar kendinden? Başımıza geleceklerden mi korkarız yoksa başımıza gelenlerin bizi dönüştüreceği şeylerden mi? Birini sevmekten korkmamızın sebebi de dönüşeceğimiz kişi olmasın?

Sevgi kelimesinin içinde, incelik, hassasiyet, naiflik vardır. Sevgi kelimesini duyduğunuzda bile bu saydıklarımızı hissedersiniz ve insan sevgiyi ezilenlere, yoksullara, doğaya, hayvanlara yakıştırmıştır. Çünkü insan başka toprakları ister, başka bedenleri, başkasının romanlarını yani. Ama hiç kimse severek gittiği insanın ve toprakların sahibi olamaz. O zaman elde kalan sadece suç işlemektir. Dünyadaki bütün savaşlar, güç gösterisi yapanların, yani suç işleyenlerin sömürücü ruhlarıdır.

En büyük suçluların en çok kullandığı kelime de sevgidir. Ülkeler suç işleyerek sömürdükleri diğer topraklara sevgi götürdüklerini söylerler, savaşlarda yıkıp döktükleri, kimsesiz bıraktıkları, paramparça hayatları, savaş bittikten sonra da iyileştirmeye giderler. Her suçlu sömürdüğü insanda ya da ülkede kendinden bir iz bırakır. Bu iz, insanda bırakılmışsa adına acı derler, ülkelerde bırakılmışsa adına gelişmemişlik derler. O yüzden bu ikisi hep yoksullara yakıştırılır ve gerçek sevginin orada olmasını ister güç sahipleri. Çünkü suçlular gerçekten severse zayıf olacağını bilir. Sevgi eşittir zayıflıktır diye düşünenler, gücü sömürmeye yönelik kullanırlar.

Filmlerde ve magazin dünyasında ünlüler ve zenginler ile ilgili aşk haberleri çıktığında pek inanılmaz ama aynı haberler, halkın biraz daha alt tabakalarından gelirse sosyal medyanın en çok paylaşılanı olabilir. Yani bu şunu gösterir, insanların çoğu şöhretli, zengin ya da güçlü insanların gerçekten sevebildiğine pek inanmıyorlar ya da bence onlara sevgiyi, aşkı yakıştıramıyorlar. Mesela ünlü biri eşini aldatsa çapkın olabilir ama halktan biri yaparsa şerefsiz, derler. *Ünlüdür, zengindir, aldatır onlar ama bize yakışmaz.* Şunu diyebilirsiniz orta ve alt sınıf da aldatmıyor mu, suç işlemiyor mu? Tabii ki aynı suçları onlar da işliyor çünkü onların da içinde suç işleme arzusu var. Benim için bir yalan da suçtur, bir cinayet de. Gerçek sevginin ne olduğunu bildiğimizden de emin değilim. Sevgi, kendinde olanı vererek eksilmek değil, kendinde olanı paylaşarak çoğalmak demektir. İnsanda sınırlı olan sadece bedendir. İnsan bedeninden veremez, parmaklarını emanet edemez, kulaklarını kesip yediremez ya da ne bileyim gözlerini çıkarıp süsleyip hediye edemez; ama insan tam tersine verdikçe canı yanmayacak, sonu gelip bitmeyecek, verdikçe çoğalacak şeylere de sahiptir ve bu şeyler bir başkasına verdiğinde daha da çoğalır. Verenin tevazusu, hoşgörüsü, cesareti ve dikkati artarken, alanın teşekkürü, şükrü ve umudu artar. Gerçek bir sevgi iki tarafı aynılaştırır, çünkü her iki kişi de hem alan hem verendir. Kendine ait olmayan bu duyguları evrende çoğaltmak insanın yaşam amacıdır. Eğer bir insan bu yaşam amacını idrak edemez ise sevgi denen duyguyu gerçekten deneyimleyemez; çünkü o bedeninin ve arzularının peşinden gitmiş demektir. Sürekli suç işler, yaşam amacını bulamadığı için bazen boşlukta olduğunu, bazen de ipli bir kukla olduğunu hisseder. Paraya sahip oldukça paylaşmayı da unutur. Sahip oldukça daha çok sahip olmak ister, bu da daha çok suç işleyeceği anlamına gelir. Daha çok kibir, daha çok korku, daha çok endişe ve daha çok güvensizlik yaşar. Böylece sevgiden uzaklaşır.

Ben, karşılıksız verenlerin acı çekme haklarının olduğuna inanmıyorum. En büyük suçları da verdiğini zannederek aslında alanlar işliyor zaten. Tek taraflı beslenen ve sevmeyi bildiğini zanneden insanlar bunlar. Daha çoook suç işlenir bu dünyada. Daha çoook hayvan videoları izlenir. Ortalıkta kavga eden, savaşan, tecavüz eden, hırsızlık yapan, cinayet işleyen, yalan söyleyen insan videoları varken tüm güzel ve sevgi dolu videoların hayvanlara bırakılması bu yüzden. Geçenlerde şöyle bir paylaşım görmüştüm, bir kadın kedisine papyon ve şapka takmış, kucağına almış, fotoğrafını çekip paylaşmıştı. Altına da *hayattaki tek dostum*, diye yazmıştı. İnsanda olan bütün güzel sıfatlar artık hayvanlarda yaşatılıyor galiba. Hayvan beslemek arttıkça, insanların sevme becerileri de artacak ama bu sevme becerileri sadece hayvanlar üzerinde olursa yalnızlık baş edilemez bir şiddete dönüşecek.

Aslında oraya doğru gidiyoruz, yani sevemiyoruz. Elimizde şunların olduğunu düşünelim: Hoşgörü, ilgi, saygı, sabır, sadakat ve sorumluluk. Siz bu duygularla kimi kırabilir, hangi insanı yok edebilir ya da hangi ülkeyi sömürebilirsiniz ki? İşte bunların hepsinin toplamı sevgi demek ve "gerçekten" seven istese de kıramaz.

Hepimiz bir kez daha düşünmeliyiz ne kadar sevildiğimizi değil; ne kadar sevebildiğimizi. İnsanlar psikolojik rahatsızlık yaşadıklarında sebebini sevilmediklerine bağlıyorlar. Aslında sevemeyen hastalanır, sevilmeyen değil. İnsan hep kendinden intikam alır, çünkü en çok yaptığı şey kızdığında sevgisini azaltmaktır. Kızdıkça, insanlara küstüğünü zanneder ama aslında sevgiye küser, sevmeye küser, yani kendine küser. İntikam hep tek kişiliktir. Tek bir suçlu vardır insan için diğeri; ama günün sonunda suçlu kendisidir. O yüzden çok sevilen şarkılar insanın kendisini anlatan şarkılardır: *Kendim ettim, kendim buldum.*

Cemre

Elleriyle gören adam.

Benim çıkıp alışveriş yapmam gerekiyor. Akşam için yiyecek içecek bir şeyler alayım, güzelce bir sofra kurayım. Şu köşedeki kasaptan biraz da et alırım. Allahım bu nasıl bir sıcak, yapış yapış oldum daha mayıstayız, sıcağa bak! Ben temmuzda bile böyle bir sıcak yaşadığımı hatırlamıyorum... Stephan Hawking'in bir makalesini okumuştum kelimesi kelimesine şöyle diyordu;

*Benzersiz fraktal özelliklere sahip ihtiyar gezegenimiz yaklaşık olarak 4.5 milyar yaşındadır. Kronolojik ömrünü tüm hızıyla devam ettiren gezegenimiz, son buzul çağından sonra ilk kez kitlesel bir yok oluş tehdidiyle karşı karşıya kaldı. Bunun en büyük etkeni, iklim değişikliğinin buzullara olan dinamik etkisidir. Buzulların erimesi; yaşamın temel konjonktürlerini olumsuz etkileyecek ve kitlesel bir facianın temellerini oluşturacaktır... Gezegenimize iklim değişikliği gibi ölümcül bir hediye sunmuş durumdayız.**

Şu hayatta en çok ilgimi çeken konular bunlar. Kıyamet senaryoları, dünyanın başına gelecek felaketler ve gelecek öngö-

* https://www.milliyet.com.tr/kiyamet-senaryolari-1-buzullarin-erimesi-molatik-14206/

rüleri. Sanki öğrenip önlem alıyormuşum gibi, bir bok da yaptığım yok ya, neyse… Bu kaygıya meyilli haller bana iyi gelmiyor, zaten uzun zamandır endişelerimle baş etmeye çalışıyorum, bir de böyle senaryolar okuyunca kafam gerçekten gidiyor. Ne olacak bilmiyorum. Hayatla bir temasım yokmuş gibi hissediyorum, beyin nasıl kafatasının içinde hiçbir şeye temas etmiyorsa ve kendisinin farkında değilse sanki ben de öyleyim.

"Ah, pardon! Kusura bakmayın, dikkat etmedim."

"Rica ederim de lütfen, önünüze bakarak yürüyün."

"Ne demek önünüze bakarak yürüyün? Dalmışım, yanlışlıkla çarptım size. Özür de diledim."

"Ay, bir de yapıp yapıp özür dilemezler mi?"

"Allah aşkına gidin! Zaten sinirlerim üstümde, bir de sizinle uğraşmayım."

"Ah, bir de tehdit ediyor!"

"Ne tehdidi ablacığım, gider misin? Hayırdır, başka bir sorunun mu var bana çatıyorsun?"

"Sen bana çarptın, sen!"

"Tövbe ya…"

Her gün sinirlenecek bir şey buluyorum. Gerçekten bravo bana! Neyse, şuradan biraz et alayım.

"Selim Abi nasılsın?"

"İyi kızım, sen nasılsın?"

"Teşekkür ederim. Akşam misafirim var, bana bir şeyler hazırlar mısın?"

"Kaç kişilik?"

"Üç."

"Tamam kızım, ben hazırlarım. Senin işin varsa git, dönüşte alırsın."

"Tamam abiciğim. Kolay gelsin."

Ne tatlı bir adamsın sen be Selim Abi! Vallahi insanın gördüğünde kendini iyi hissedecek insanlara ihtiyacı var. Ah be insanoğlu! Az önceki kadın ile adamın arasındaki farka bak. Of, çok sıcak ya. Gidip içecek bir şeyler de alayım, sonra da eve gidip hazırlık yapayım.

Şu caminin kapısında oturan tonton amca hep dikkatimi çekiyor. Belli ki derin bir insan. Yaz kış aynı kıyafetle geziyor. Ne üşüdüğünü ne de terlediğini gördüm. Ara ara insanlar olur yanında, küçük gözlerini kocaman açıp anlatır öyle. Kimsesizlikten mi bu halde yoksa bu hal mi çekti onu içine bilmiyorum. Size de olur mu böyle? Her gün gördüğünüz şeylerin yerli yerinde olmasını istersiniz. Dükkânlar, tabelalar ve insanlar. Küçükken oturduğumuz mahalleden birileri taşındığında günlerce düşünürdüm, nasıl bırakıp burayı gittiler, diye. Ben de büyüyünce gidecek miyim acaba ve nereye gideceğim, diye hayaller kurardım. Şimdi bakıyorum da hiç gidemeyeceğimi sandığım mahalleden çok uzaklara taşınmışım. Binalar farklı, yaşamlar aynı. Buraya geldiğimde, bir iki tane selam verecek kapı dışında, alışmamaya çalıştım sokaklara, binalara ve insanlara. Herkesinki gibi, küçükken bizim de anahtarımız hep komşudaydı. O yüzden güvende hissederdik kendimizi, bir yere gittiğimizde aklımızda kalmazdı ev. Şimdi de anahtar bırakacak insan değil ama selam verecek birkaç kapı bırakmamın sebebi bu. Artık böyle, çünkü kimse kimseye güvenmiyor.

"Amcacığım nasılsın?"

"Güzel kızım, sen geldin ya şimdi her şey güzelleşti, çok şükür."

"Ah, çok teşekkür ederim amca, var mı bir ihtiyacınız?"

"Ne olsun be kızım, her şeyim var çok şükür. Bak üstüme başıma. Kıyafetlerim var, çok şükür yaradanın evindeyim, karnımız da tok. Daha ne isteyim?"

"Çok sıcak ama su ister misin?"

"Sağ ol kızım. Sen nasılsın?"

"İyiyim amca, alışverişe çıktım ben de."

"Sen şu köşe binada oturuyorsun değil mi?"

"Evet, nereden biliyorsun?"

"Kızım o binadakiler ara ara geçerler buradan."

"Sen nerede oturuyorsun amca? Hep seni burada görüyorum, şimdi aklıma geldi, merak ettim."

"Her yer benim evim, bir orada bir burada. Burası da her gün nefes aldığım yer kızım, çok üzülüyorum."

"Neye üzülüyorsun?"

"Gençlere, insanlara, hayvanlara, dünyaya be kızım."

"Neden?"

"Çok telaşlılar, çok konuşuyorlar, sabaha kadar uyumuyorlar; bir de gülmüyorlar be kızım."

"Aynı beni anlattın amca, ama ne yapalım hayat çok zor."

"Bak kızım, hayat hiçbir zaman zor olmadı. İnsan hep sorunlara odaklı. Çözüme dair bir halt bildikleri yok. Kazanırsam, yersem, içersem mutlu olacağım zannediyorlar ve kazanmalarını engelleyen ne varsa onun sorun olduğunu düşünüyorlar. Sen hiç kendine döndün mü kızım?"

"Nasıl yani?"

"Bu saydıklarımı için mi istiyor dışın mı?"

"Anlamadım."

"Bak yavrum, bizler Allah'ın bahçesinde yetişen çiçekler gibiyiz. Her birimiz başka renkte, başka boyda ve başka kokudayız."

"Allah'ın bahçesi olur mu amca?"

"Yeryüzünde Allah'ı kim anlatabilmiş kızım? Herkes kendince bir anlam yüklemiş. Neyse biz o bahçeye ekilmiş tohumlarız ve topraktan besleniyoruz; o yüzden güneşi görünce mutlu oluyoruz, yağmuru istemesek de bir taraftan hoşumuza gidiyor. Bunun rüzgârı var, fırtınası var, iş çok. Eğer koparırsa kendini topraktan; yağmur diye parayı, güneş diye silahı, rüzgâr diye şehveti kullanır. Hepimiz yapay çiçek olduk; uzaktan bakıldığında güzeliz, yakından bakıldığında hiçbir değerimiz yok. Canlı değiliz çünkü. Bak sen mesela kızım, bana gelene kadar canlı mıydın?"

"Açıkçası, kafam hep doluydu."

"Dert etme yavrum, hiçbir şeyi dert etme. İstediklerin olsa da olmasa da bu âlemdesin. Sana bir sır vereyim mi? Kızım, derdini kimseye anlatma, anlattıkça isyana düşersin. Çünkü her anlattığında alıştırırsın şu kafanı boş boş konuşmaya. Her dinleyen de anlamaz. O da anlatır kendi derdini, dalarsın. Dert tuzağına güzel konuş kızım. Önüne gelen her şeyi sev, her şeye bak ve şunu unutma: Gözümüzün gördüğü her şey yok olacak, kulağımızın duyduğu her şey susacak ve bir gün tek bir koku kalacak bu toprakta; o da ölüm kokusu! *Her şeye ölecekmiş gibi bakarsan, her şeyi misafir edersin.* Söyle bana; seni kızdıran, mutlu eden, üzen insanlar ölümsüz mü?"

"Hayır, tabii ki de."

"İçin daraldığında şükret. Allah bir hazinedir ve kul dara düşünce hazineyi arar kızım. Her istediği olan kendini hazine sanır ve kendine dalar. Kendisinin yaptığını zanneder, kendisi değiştirecek zanneder ve kendini tanrı ilan eder. Bak şuraya, her şeyin sahibiymiş gibi gezmiyorlar mı? Ara ara gelirler yanıma, benim de çene düşük biraz."

"Estağfurullah."

"Öyle öyle... Ama zaten gelen de bende acizlik görüp acıyıp gidiyor. İşte onlar kendini hazine sananlar; ben de onlara üzülüyorum. Yine de iki kelam etmekten alıkoyamıyorum kendimi."

"Amca, sen hep böyle huzurlu musun?"

"Durmayı bilene çok çarpan olmaz. Ben huzurlu olmak için bir şey yapmıyorum. İçimdeki dünya sesleri sustukça, işte o muhteşem hazineyi düşünmeye başlıyorum ve diyorum ki kendime, yeni bir ayakkabı alsam ne olacak, bir tabak dolusu yemek yesem ne olacak? Derdim gözümü doyurmak değil kızım, gönlümü hoş tutmak. Bak sen elindeki telefon ile gönlünü eğliyorsun; ben de içimdeki hazine ile kendimi eğliyorum. İnsan kendini bu şeyler ile oyalıyorsa yaşamdan mutlu değildir. Sen dertlerini telefon ile unutuyorsun, ben de naçizane şeytanımı durduruyorum böyle."

"Şeytan sana da geliyor yani?"

"Kızım belki de Allah'ı en çok seven şeytandır. Şeytan, insanı kandırır, rabbini değil. İnsan kıskançtır. Kendini eksik ve çaresiz hissettiğinde, öfkeye düştüğünde şeytanın sesini duyar. Benim de içime düşmüyor değil bu sesler. Geliyor içime bakıyor ki bende iş yok, arkasına bakmadan çekip gidiyor. Sen de öyle yap kızım. Birine kızdığında dur. İçinden geçene bak, geçen kötülük ise şeytandandır. Sabırla bekle, sükûnetle kal, hakkını ara ama hak yeme ve hakkını yedirme. Şeytan senin rabbini sevme ve ona yakınlaşma hakkını elinden alır, çünkü yaradanının seni çok sevmesini kıskanır."

"Tamam amcacığım."

"Senin rabbine gitmeni engelleyen şeye de dert derler kızım, dert! Allah'tan değil, insanın nefsinden gelir. Gördüğün her şey bir gün ölecek ise insana şerefli bir şekilde derdini dert etmemek yakışır."

"Amca darmadağın ettin beni."

"Sen de günümü güzelleştirdin. İyi bak kendine."

Bütün dinlerdeki toplu dualara, toplu namazlara, toplu ayinlere hep bir ilgim olmuştur. İnsanların kalabalıklar halinde ibadette olmaları benim için çok değerli. Güçlü bir enerji yaydıklarını hissediyorum. Bütün dinlerin inananları bir araya geldiğinde ortak bir şey diliyor; iyi insan olmayı. Kimse topluluklar halinde ibadet ederken ya da dua ederken kötülük isteyemez. Ben dinlerin tüm inananlarına şükran duyuyorum. Yollar farklı olabilir ama gönüller iyi insan olmak adına. Bu yüzden beddualar tek başına, dualar toplu edilir. Sınırsız ve kimliksiz bir dünya hayal ediyorum. Hatta ismimiz bile olmamalı ne burçlarımız ne ırkımız ne cinsiyetimiz ne de başka bir şey. İnsanlar o zaman birbirlerini tanırken gerçekten görebilecekler.

Şu eşyaları bırakayım hemen, eti pişirmem lazım. Bugün hiç şarkı söylemek gelmedi içimden çok garip, herhalde akşam için biraz heyecan yaptım. Merak ediyorum Yusuf'un anlattıkları gerçek mi diye? Ya bir akıl hastasıysa? Acaba Özkan ile Can'ı mı arasam? Onlara da bir sorayım farklı bir şey yaşadılar mı diye. Evet ya, ben bunu niye önceden düşünmedim?

"Can n'aber?"

"İyi bebek senden?"

"İyiyim ben de bir şey soracağım sana."

"Sor canım."

"Yusuf geldi sana değil mi?"

"Yusuf? A, masör çocuk! Geldi canım."

"Nasıl memnun kaldın mı?"

"Evet, neden?"

"Çocuk çok iyi ama biraz tuhaf geldi bana."

"Evet, iyi gerçekten ama haklısın tuhaf."

"Evet değil mi? Sana da mı söyledi yoksa?"

"Neyi söyledi mi?"

"Yani tuhaf, ilginç ilginç şeyler?"

"Evet, farklı bir çocuk ama zararsız. Anlattığı şeyler de doğru aslında."

"Ne anlattı ki?"

"Hayat ile ilgili işte, sanki bir yaşam koçuna masaj yaptırdım... Hahahaha..."

"Anladım ama sanki biraz tuhaf değil mi?"

"Ne oldu Cemre? Bir şey mi yaptı sana ya da bir şey mi söyledi?"

"Sana söyledi mi ya da yaptı mı böyle bir şey?"

"Ne söylemeye çalışıyorsun Cemre?"

"Biraz gizemli geldi sanki bana."

"Gizem iyidir bilirsin, severim gizemli işleri."

"Tamam canım, sadece memnun kalıp kalmadığını öğrenmek için aramıştım."

"İyiydi iyi. Çok öpüyorum seni."

"Öptüm."

Bakalım Özkan ne anlatacak!

"Canım n'aber?"

"İyi minnoş, senden?"

"Bu ne ya, biriniz bebek, biriniz minnoş diyorsunuz!"

"Kim dedi bakayım sana bebek?"

"Az önce Can'la konuştum da neyse; ne yapıyorsun Özkan?"

"İyi canım, evdeyim."

"Bu saatte?"

"Başım ağrıdı biraz, erken geldim eve."

"Bir şey soracağım, Yusuf nasıldı memnun kaldın mı?"

"Canım yiyişmedik onu soruyorsan, çok iyi bir masör ama tuhaf biri."

"Evet değil mi ya, garip bir adam. Ne yaptı ki sana?"

"Bir şey yapmadı ama garip bir çocuk, pek çözemedim."

"Ee yani? Tuhaf bir şey yoktu ya da garip bir şey söylemedi, değil mi?"

"Yok be canım, adamın asıl mesleği psikologlukmuş, bedava dertleştik biraz. Hahahaha."

"Neyse önemli olan memnun olman, onu merak etmiştim. Görüşürüz canım öptüm."

"Bu kadarcık mı, biraz dedikodu yapsaydık."

"Misafirim var, yemek yapacağım."

"Özel misafir mi?"

"Evet canım çok, çok özel!"

"Hahahaha, tamam canım öptüm."

Anlaşılan ikisi de bilmiyor. Neyse artık akşamı bekleyeceğiz. Eğer anlattıkları doğruysa ona *elleriyle gören adam,* diyeceğim. Düşünsene istediğim kişiye dokundurur ve her şeyi öğrenirim. Aaa, ne diyorum ben? Hadi bakalım Cemre Hanım, mutfak seni bekler.

Yusuf

Sanki biri gelecek ve
tüm insanlığı kurtaracak.

Aşağı yukarı bir saat kaldı. Bakalım Merve nasıl biriymiş? Aslında Merve umurumda değil. Benim derdim Cemre'yi ikna etmek. Bir taraftan da aklıma şu geliyor, eğer Merve'de Cemre'yle ilgili kötü bir şey görürsem ne yapacağım? Sonuçta onun menajeri, bunu ona söylemem lazım. Her gerçek söylenmeli mi o da ayrı konu. Neticede maskesi olmayan tek bir Allah'ın kulu yoktur. Herkes birbirinden üstün olmak istiyor, herkes bir başkasının başarısından ve çok para kazanmasından rahatsızlık duyuyor, kimse kimseye güvenmiyor. Ama hepimiz bunların tersi olduğunu ispat etmeye çalışıp başkaları tarafından da öyle tanınmak istiyoruz. Bu tıpkı, birbirlerini aylardır görmeyen iki arkadaşın karşılaştıklarında: "Uzun zamandır aklımdaydın, vallahi çok sevindim seni gördüğüme." "İnan sen de öyle, aklımdaydın, hep iş güç işte," deyip yalan söylemelerine benzer. Aslında gerçek olan, "Vallahi hiç aklımda değildin, burada seni gördüğümde ayıp olmasın diye öyle dedim"dir. İşte gerçek budur ama sosyal yaşamda insan böyle davranmaz, yoksa gerçekler insanı acıtır.

İnsan duygularını bireysel yaşar ve bu duygular aslında bencilcedir. Sorsanız, herkesin çok güvendiği, sevdiği ya da "çok çok çok" dediği insanlar vardır. Kimse kimseyi çok sevemez. Bunu iddia ediyorsa önceliği aslında kendisidir. Sana ait olan bir parçayı karşındakine vermişsin de sürekli o parçanı görmek istiyormuşsun gibi bir duygudur bu bencillikten kastım. O yüzden büyük bir problem olduğunda "Sana sevgimi verdim", "Sana güvendim", "Sana yıllarımı verdim," diyerek sitem ederler. Hep verdiği şey üzerinden ispat yoluna giderler. Herkes kendisi için sever, kendisi için güvenir. Fakat bazı şeyler var ki bunlar beni çok rahatsız ediyor. Mesela Özkan'ın, Cemre'nin kötü zamanlarını beklemesi ve yardıma koşup iyi insan rolüne girmesi. Gerçekten dost olan, kötü günde değil, iyi günde yanında olandır. Yani Merve'de yanlış bir şey görürsem bunu mutlaka gerçekleri saklamadan söyleyeceğim. Neyse, geldim Cemre'nin evine. En azından Merve gelene kadar, biraz baş başa kalıp sohbet edebileceğiz.

"Selam."

"Hoş geldin."

"Hoş bulduk."

"Gel salona geçelim."

"Mis gibi yemek kokuları geliyor."

"Koku güzel de inşallah tadı da güzel olur."

"Bir şeyin tadı güzelse kokusu da güzeldir."

"Öyle mi diyorsun?"

"Öyle okumuştum bir yerde."

"Sen gerçekten çok kitap okuyor musun?"

"Çok değil ama düzenli okumaya çalışıyorum. Neyse ne yemek yaptın?"

"Et falan işte."

"Merve gelmeden biraz konuşalım. Anlat, dinliyorum."

"Senin bana masaj yaptığını biliyor. Seni anlatırken çok farklı olduğunu, açıkçası şifacı olduğunu söyledim."

"Nasıl yani?"

"Sonuçta bana soracaktı, tanımadan evine aldığın adamı neden yemeğe davet ediyorsun diye. Ben de senin diğerlerinden farklı olduğunu anlatmak için böyle bir şey uydurdum."

"Yani beni şifacı yaptın."

"Evet, yapacak bir şey yok. Bir şekilde ona da dokunman lazım."

"Haklısın, iyi yapmışsın. Neler görmemi istersin?"

"Merve ile ilgili birlikte geçirdiğimiz anları mesela."

"Tamam, nasıl istersen. Yemekte yardıma ihtiyacın var mı?"

"Teşekkür ederim, hiç gerek yok, rahatına bak."

Oturduğum yerden kalkmak istemiyorum. Şu an dünyanın en güzel yeri burası. Merve'nin gelmesine daha çok var. O gelmeden biraz daha sohbet etsem iyi olur, yani biraz Cemre'yi tanımam lazım ama yok yok oturayım ya. Şimdi mesafesiz biri gibi gözükmek de hoş olmaz. Hiç sevmem öyle insanları. Merhaba, diyorsun özeline girmeye çalışıyorlar. Bir de bu yakınlaşmaları samimiyet diye yutturmuyorlar mı herkese. Başkasının sınırlarını bu kadar hızlı aşmak, kendini de sınırsızlaştırmak demektir. Eskiden biri ile tanıştığında insanlar, o kişinin eve davet edilmesi için bayağı zamana ihtiyaç duyarmış. Şimdi iki günde tanıdıklarını eve alıp hatta gece misafir edip yedirip içirip yakınlık gösteriyorlar. Yarın öbür gün hayatlarına hızlı aldıkları kişi, onları sırtından vurduğunda, ihanete uğrayan, *yazıklar olsun, haram olsun emeklerim* diye serzenişte bulunuyor. Sosyal medyadaki paylaşımlara baktığımızda herkes birbirinin anası, babası gibi, dostu, arkadaşı gibi, patronu, işçisi gibi. Ne ara ne yaşadınız da bu kadar yakınlaştınız?

Ne kadar birlikte zaman geçirdiniz de hızlıca yargılıyorsunuz? Kaç gözyaşını gördünüz mutlu diye kıskandıklarınızın ya da kaç kere parasız kaldığı ana şahit oldunuz da üzüntüsüne inanmadınız? Ha bir de hayatlarına karışırlar, yanındakini eleştirirler, her durumuna bir isim takarlar. Bu yüzden mesafe gerekiyor insanoğluna. Sosyal medyada mesafeyi cezalar korur, gerçek hayatta ise mesafeyi kurallar belirler... Neyse bir bardak su isteyim ben.

"Cemre bir bardak su alabilir miyim?"

"Gelsene mutfağa. Bardaklar şuradaki dolapta."

"Hangisi su bardağı?"

"Çok karışık değil mi? Taşındığımdan beri çay bardağıyla içiyorum her şeyi."

"Olsun sorun yok, ama gerçekten mis gibi kokuyor yemek."

"Sadece salata kaldı, onu da yaptım mı tamamdır. İstersen burada kal, sohbet ederiz."

"Olur, sen biraz anlat Cemre, neler yapıyorsun?"

"Hiçbir şey yaptığım yok vallahi, iş bekliyorum. Merve, biliyorsun menajerim."

"Evet, biliyorum. İşler nasıl gidiyor?"

"Güzel bir şarkı arıyordum çıkış için, bulduk galiba, ona çalışıyorum sürekli."

"Hadi hayırlı olsun. Nasıl bir şarkı?"

"Totemim var şarkıyı okuyamam kimseye, ama sadece adını söyleyeyim."

"Nedir?"

"Okunmamış Mesaj."

"İlginç."

"Ne hissettirdi sana? Şuradan tuzu alabilir miyim?"

"Tabii, yani insan ile hayat arasındaki ilişki geldi aklıma."

"Nasıl yani?"

"Bence hayat, okuyamadığımız mesajlarla dolu. Çünkü sürekli başımıza bir şeyler geliyor ve ben hepsinin içinde bir mesaj gizli diye düşünüyorum."

"Yani her mesajı okumamız mı gerekiyor ya da hepsinin bir anlamı mı var?"

"Her mesajı okuyamayız. Çoğunlukla mesajların hepsini yaş aldıkça okumaya başlarız. Yani büyümek, geçmişte anlam veremediğin şeyleri anlayabilir hale gelmek demektir. İnsan, geçmişin mesajlarını yaşı ilerledikçe okur."

"Neden?"

"Çünkü yirmili yaşlara kadar insan hep mesaj vermek ister dünyaya ve umurunda olmaz başına gelenler. Yirmi, yirmi beş yaş arası zorunlu mesajları okumaya mecburdur. Çünkü yanındaki herkes yavaş yavaş gider... İnsanlar taşınır, evlenir, işe girer, bir sürü şey... Yirmi beş, otuza kadar mesajları kabul etmenin ağırlığı ile yaşar. Sesini duyurmaya daha çok çalışır ve bir tarafıyla iyice yalnız hisseder. Daha çok saldırır hayata ama daha çok korkar. Otuzdan sonra birçok şeyi oturtur kafasında ama hâlâ eskiye dönme çabaları vardır. Bir yol arar kendine, hayatına tekrar anlam vermeye çalışır. Bununla birlikte büyük bir depresyon yaşar, çünkü otuzu bile hayal etmemiştir. Sonrası hep mesajları okumak ile geçer, çünkü artık çok zamanı vardır. Bu nedenle yirmi yaşına kadar mesaj veririz, sonrasında hep mesaj almak zorunda kalırız."

"Devam et lütfen."

"Yani, bazı mesajlar çok ağır ve bazı mesajlar daha hafif ve kolaydır. Çünkü insanların her şeyi anlamlandırma eğilimi vardır. İnsan anlamak zorundadır yoksa çok büyük acılar çeker. Gerçekten mesajı okuyamayanlar kendi anlamlarının gerçek olduğuna inanırlar. Buna da başkaldırış denir."

"Ne güzel anlattın be, ben o işte başkaldıranlardanım."

"Nasıl?"

"Ne bileyim, bazı şeyleri aklım almıyor işte."

"Az çok tahmin edebiliyorum demek istediğini."

"Ama gerçekten güzel anlattın ya... Ben birazdan ne olacak çok merak ediyorum."

"Ben de çok heyecanlıyım."

"Sen niye heyecanlısın ki, sürekli yaptığın şey zaten?"

"Hayatımda ilk defa bu yeteneğimi birine ispatlamak istedim galiba, bu ilk beni heyecanlandırıyor."

"Hım... Demek o ilk benim. Bak şimdi heyecanım daha da arttı, peki hiç düşündün mü, bu gerçekse ve sadece ikimiz bileceksek dünyada nasıl yaşayacağız? Yani ben artık seni düşünmekten başka bir şey yapamam ki? Aklıma hep geleceksin. Bu unutabileceğim bir şey değil."

"Belki iyi birer arkadaş oluruz."

"O değil demek istediğim, yani ne bileyim ya, böyle bir film izlesem ve bizim durumumuzu yaşayan iki kişi olsa..."

"Eee..."

"O filmin iki ayrı finali olabilir. Ya ömür boyu birlikte yaşarlar ya da biri ölür diğeri tek kalır."

"Neden?"

"Bunun benimle alakası yok. Bu dünyada kim böyle bir şeye tanık olsa ömür boyu unutamayacağı bir anıya dönüşür ve sürekli yanında olmasını ister."

"Anladım. O zaman bu gerçeği umarım taşıyabilirsin."

"Hah... Kapı çaldı, geldi işte!"

C: "Hoş geldin canım."

M: "Hoş bulduk."

C: "Gel Yusuf'la tanıştırayım seni. Yusuf, Merve..."

Y: "Memnun oldum."

M: "Ben de memnun oldum."

C: "Haydi gel yemek hazır, masayı kuralım birlikte."

M: "Tamam canım."

C: "Yusuf sen rahatına bak salonda, biz sofrayı kurarız."

Y: "Tamam, buradayım ben."

M: "Cemre bir şey söyleyeceğim... Adam hoşmuş, ben de mi masaj yaptırsam buna?"

C: "Bırak makarayı ya, sen biraz sonra vücudunun neresinde problem var hepsini öğreneceksin."

M: Göreceğiz, ne yapacak? Beni yatırıp her yerime dokunacak mı?

C: "Bunu istediğini biliyorum ama hayır, birazdan görürsün. Hadi götür sen tabakları, ben de diğerlerini getiriyorum."

M: "Kurt gibi de açım... Mis gibi kokuyor her şey..."

C: "Hadi bakalım afiyet olsun herkese."

Y: "Ellerine sağlık."

M: "Ellerine sağlık... Yusuf demek şifacısın?"

Y: "Kendime şifacıyım demiyorum ama böyle bir yeteneğim var. Onu da insanlara yardım etmek için kullanıyorum."

C: "Gerçekten öyle Merve."

M: "Sende neler varmış Cemre, sana neler söyledi?"

C: "Eee..."

Y: "Cemre'de alkol probleminden dolayı karaciğerinde yağlanma var. Bir de fazla stresli. O yüzden boyun bölgesinde ciddi bir sorun olduğunu düşünüyorum."

M: "Sürekli boyun ağrısı çekiyorsun."

C: "Sorma, aynen."

M: "Cemre ellerine sağlık, et harika olmuş. Yalnız hepsini yemek istemiyorum."

C: "E, son lokma kalmış zaten. Bir de hepsini yemeyeyim diyorsun, yemişsin…"

M: "Saçmalama, bir lokma duruyor işte."

C: "Benimkinden vereyim biraz istersen."

M: "Yok hayatta olmaz."

C: "Benimkini oraya koyarsan son lokma gibi gözükmez."

M: "Tamam Cemre ya, gelme üstüme… Zaten şu kilolarla başım dertte."

Merve çok iyi bir insana benziyor. Bu kez Cemre arkadaş seçmekte yanılmamış ama yine de dokunmadan bir şey söylemek istemiyorum.

C: "Hadi koltuğa geçelim, ben bir kahve yapayım; siz de baş başa sohbet edin biraz."

M: "Sofrayı kaldıralım…"

C: "Hiç dokunma, kahveden sonra birlikte toplarız."

Y: "Ee, nasılsınız?"

M: "Vallahi stresli, piyasa çok kötü mücadele ediyoruz. Sen neler yapıyorsun?"

Y: "Benim de öyle pek renkli bir hayatım olduğu söylenemez. Yalnız yaşayan ve hayatın tadını çıkarmaya çalışan biriyim."

M: "Bu şifacılık nereden geliyor, el mi aldın birinden?"

Y: "Ailede böyle biri yok, bilmiyorum açıkçası."

M: "Haydi başlayalım o zaman."

Y: "Tamam, şu tekli koltuğa alayım sizi. Şöyle başınızı yaslayın, derin bir nefes alın ve gözlerinizi kapatın."

Karmakarışık duygular içindeyim şu an ve ne hissettiğimi bilmiyorum. Boyun bölgesine dokunuyorum ve yavaş yavaş aşağıya indikçe kürek kemiğinin arasında Cemre ile ikisini görmeye başladım. Hüngür hüngür ağlıyorlar ve Cemre'nin evindeler... Cemre'nin üzerinde beyaz, kısa kollu, askılı bir tişört var ve saçları darmadağınık. Merve ise yapılı saçlar, yoğun bir makyaj ve üzerinde gece kıyafeti elbisesiyle sarhoş halde. Birbirlerine sarılıp dakikalarca ağlıyorlar. Şimdi tekrar omuzlarına dokundum ve İstanbul'da bir kafede tek başına oturuyor... Elinde kahve ve sigarası, güneş gözlükleri gözünde. İlginç bir şekilde siyah gözlük camlarının arkasından kafede oturan diğer insanlara uzun uzun bakıyor. Sanki oraya dinlenmek ve rahatlamak için değil, aniden gelişen kötü bir olaydan sonra biriyle konuşmak için gelmiş. Şimdi Cemre geldi yanına, birlikte hararetli bir şekilde tartışmaya başladılar... Merve ona bir evrak dosyası veriyor ve Cemre de imzalamak istemediğini söylüyor. Bu arada ilginç olan, havanın güneşli olmaması ama Merve'nin gözlüğünü takması... Tamam, bu kadar görüntü yeter bana. Bakalım Cemre bunları duyunca ne yapacak?

Y: "Tamam bitti."

M: "Eee, neyim varmış?"

Y: "Duruş bozukluğunuz var ve omuriliğinize baktırmalısınız. Sürekli yorgun hissetmenizin nedeni de budur büyük ihtimalle."

M: "Bunu biliyordum aslında, ama yorgunluğumun oradan geldiğini hiç tahmin etmemiştim."

Y: "Yalnız bu konuda bir doktora görünürseniz iyi olur."

M: "Ama şifacı değil misin sen, Merve öyle söyledi. Sen halledemez misin?"

Y: "Şifacılık sorunu çözmek değil, sorunun sebebini ortaya çıkarmaktır."

M: "Bayağı ihmal etmişim ya."

C: "Kahveler geldi..."

Y: "Eline sağlık."

M: "Duruş bozukluğum varmış."

C: "E, ne olacak? Ne yapman gerekiyor?"

M: "Doktora gitmem lazım, yani öyle dedi."

Y: "Evet, tedavi edilmezse sorun olabilir."

C: "Allah korusun."

M: "Düşüncesi bile korkutucu ama hep ihmal ediyorum böyle şeyleri, millete akıl veririm, kendim yapmam."

C: "Aman ihmal etme canım ya, sağlık bu; hiçbir şeye benzemez."

M: "Doğru diyorsun."

Y: "Ben kalksam artık, biraz işim var da."

C: "Aaa, nereye? Kahven bitmedi daha."

Y: "Gitmem gerekiyor, biraz işim var."

C: "Tamam o zaman... Çok teşekkür ederim geldiğin için. Ben geçireyim seni... Merve geliyorum ben."

M: "Çok memnun oldum Yusuf. Teşekkür ederim bu arada, iyi bak kendine."

Y: "Ben de çok memnun oldum, görüşmek üzere."

C: "Eee, Yusuf gördün mü bir şeyler?"

Y: "Sen onu yolcula, sonra beni ara. Ben buralarda turlayacağım biraz."

C: "Birkaç bir şey söyle, çok merak ettim."

Y: "Şimdi olmaz. Merve gitsin, gelince konuşuruz."

C: "Tamam."

Şimdi hızlıca Merve'yi göndermem lazım evden...

"Nasıl?"

"Ben bir bok anlamadım. Zaten bildiğim şeydi, fazla abarttın Cemre."

"Sana da iyilik yaramıyor."

"Tamam ya, bir şey demedim. Benim gitmem lazım."

"Aaa, tamam o zaman."

"Sen de pek isteklisin beni göndermeye. Bu arada şarkıya çalışıyor musun?"

"Tam gaz."

"Hadi görüşürüz canım."

Ayıp oldu kıza ama neyse, çabuk gitmesi iyi oldu. Hemen Yusuf'u aramam lazım.

"Alo, Merve gitti, gelebilirsin."

"Tamam, geliyorum."

Ne gördü merak ediyorum, aslında bir şeyler gördü mü onu daha çok merak ediyorum. Biraz sonra hayatımla ilgili çok önemli bir şeye tanık olabilirim. Eğer bu gerçekse Yusuf tek olamaz, muhakkak başkaları da vardır ama gerçek değilse Yusuf bir akıl hastası demektir. İyi de ben bu gerçekle nasıl baş edeceğim? Sofra da kaldı öylece... Yusuf gelene kadar şunları toplayım. Ne yedin Merve be! Aaa kapı çaldı, ne çabuk geldi bu?

"Gel Yusuf."

"Hemen gitmiş Merve."

"Evet ya, işi varmış, ben demeden kalktı gitti."

"Bir bardak su alabilir miyim?"

"Bence iki bardak getireyim, benim de içmem lazım. Heyecandan dilim damağım kurudu."

"Tamam."

"Yusuf ben kendimi iyi hissetmiyorum. Neyle karşılaşacağımdan emin değilim, senden bir ricam olacak, evet, demelisin."

"Ne ricası?"

"Siktir et şimdi ricayı, evet de söz ver bana. Sadece evet, diyeceksin."

"Cemre!"

"Evet, der misin? Yoksa git!"

"Tamam, evet. Ne pahasına olursa olsun, evet."

"Ben yokken Merve ile hiçbir şey konuşmadın değil mi?"

"Sadece problemiyle ilgili konuştuk. O da iki cümlelik bir şeydi."

"Tamam anlat. Dur anlatma, of çok heyecanlıyım!"

Allahım ya deliyse ya anlatacakları yalansa... Ben ona bunlar yalan dediğimde ya bana bir şey yaparsa? Bir taktik geliştirmeliyim. Yalan da olsa evet, diyeceğim, gönlünü eğleyip bir an önce göndereceğim. Sonra da her yerden engellememe rağmen rahatsız ederse polise şikâyet edeceğim. Bir yanım da gerçek olsun istiyor, öte yandan gerçekse nasıl kaldıracağım bunu bilemiyorum. Nasıl taşıyacağım? Umarım deli değildir.

"Yusuf bak sana inanmak istiyorum ama ben bu gerçekle yüzleşirsem, kendimi iyi hissetmeyebilirim. Biraz yalnız kalmak istersem, gideceksin, tamam mı?"

"Seni çok iyi anlıyorum, tabii ki yalnız bırakacağım seni."

"Tamam, anlatabilirsin artık."

"Cemre şöyle koltuğa oturur musun? Sakin ol, derin nefes al.

"Tamam, sakinim ben, lütfen anlat."

"Senin evindeydiniz... Gece yarısı saat üç sularıydı... Senin üzerinde beyaz, askılı bir tişört vardı. Saçların darmadağınıktı. İkiniz de ayaktaydınız, hüngür hüngür ağlıyordunuz. Merve'nin üstünde bir gece kıyafeti vardı, saçları ..."

"Güzel bir topuz yapılmıştı değil mi?"

"Evet."

Sessizlik...

"Yusuf bunları o anlatmadı değil mi sana?"

"Hayır, devam edeyim mi? Telefonda kime yazıyorsun şu an?"

"Kimseye."

Aynı filmlerdeki gibi. Kız kendini kurtarmak için gizli gizli mesajlar atar ve katil karşısına oturmuş biraz sonra kızı nasıl öldüreceği ile ilgili planlar yapar. Merve'ye yazdığımı bir bilse... Ama ne yapayım, bu söylediklerini Merve'nin anlatıp anlatmadığını sormak zorundayım. Hadi Merve cevap ver... Hah, mesaj geldi; *hayır, böyle bir şey konuşmadık!* Aman Allahım nasıl olur?

"Yusuf başka ne gördün?"

"Sen iyi misin Cemre?

"İyiyim iyiyim, anlat."

"Gözbebeklerin öyle demiyor ama biraz sakinleşmek ister misin?"

"İyiyim ben, lütfen anlatır mısın?"

"İstanbul'da kapalı bir akşamüstü ya da gündüz saatleri, tam bilemedim. Nişantaşı'nda bir kafede Merve tek başına seni bekliyor. Bir süre sonra sen geliyorsun yanına. Sana bazı evraklar imzalatmak istiyor."

"Yuh nasıl ya, gerçekten gördün mü bunları? Peki, Merve'nin üstünde ne vardı o gün?

"Siyah bir ceket."

"Kafenin ismi neydi?

"Ona dikkat etmedim."

"Bak, yalan söylüyorsun işte!"

"Yalan mı söylüyorum? Hani Teşvikiye Camii var ya, oradan aşağıya inerken köşede bir kafe var.

"Orası değil."

"Sakin ol! Oradan sağa döndüğünde biraz yürüyüp ilk soldan tekrar giriyorsun; çöp kutularını geçtikten sonra köşedeki kahvaltı salonunu biliyorsun ya..."

"Evet."

"İşte o kahvaltı salonunun yanındaki kafe. Hatta sen o evrakları imzalamıyorsun!"

"Yok artık... Yok artık! Böyle bir şey nasıl olur ya? Yani sen şimdi kime dokunursan, hayatını görüyorsun, sadece beni göremiyorsun öyle mi? Şimdi tutsam senin elinden sokağa çıksak ve yoldan geçen birini durdursam, ona dokunup her şeyini görebilir misin?"

"Evet."

"........"

"Bir şey demeyecek misin?"

"........"

"Cemre iyi misin?"

Sessizlik...

"Yusuf beni yalnız bırakır mısın?"

"Cemre nasıl bırakayım seni şu hâlde?"

"Az önce söz vermiştin, lütfen git!"

"Neden gitmemi istiyorsun?"

"Bu şoku tek başıma yaşamak istiyorum biraz, ama burada kalmanı da istiyorum. Allah aşkına Yusuf böyle bir şeye kim inanır? Bu ortaya çıkarsa insanların sana yapacağı şeyleri düşünmek istemiyorum. Bir taraftan bilim dünyası alıp paramparça da edebilir seni. Dünyada senin gibi başkası var mı ya da başkaları?"

"Bunu ben de çok düşündüm. Hiç tanışmadım kendim gibi biriyle ama var olduklarına inanıyorum."

"Filmlerde izlediğim şeylere benziyor ve gerçekmiş... Birine daha dokunmanı istiyorum."

"İstediğin zaman, istediğin kişiyi sana gösterebilirim; ama senden bir ricam olacak, bu durumumu basite indirgeme."

"Nasıl yani?"

"Yani gördüğün her insana dokunmamı isteyip anlatmamı bekleme lütfen benden."

"Hayır, hayır öyle bir niyetim yok. Yanlış anlama beni."

"İşte öyle olursa kendimi bir falcı, bir medyum gibi hissederim. Benim yaşadığım şey çok değerli, o kadar ucuz değil. İnan bana hayatımdaki insanlara bile bunu yapmıyorum. Ben sadece masaja gittiğim insanların hikâyelerini izliyorum."

"Anlıyorum seni, haklısın ama birkaç hakkımız olmalı."

"Tabii ki de."

"Yusuf sana soracak çok sorum var?

"Bütün sorularını cevaplayabilirim."

"O zaman ben çay demliyorum, yanına bir şeyler hazırlayayım; uzun uzun sohbet ederiz.

Kız haklı, ortalık falcı, medyum dolu. Bu halimi bilseler sosyal medyadan gelecek mesajları düşünemiyorum. Dokun bana, gör beni, şifa ver, geleceğimi söyle, geçmişimi temizle, bir sürü böyle mesaj... Bu kurtarıcı beklemek gibi bir şey galiba. *Sanki biri gelecek ve tüm insanlığı kurtaracak.* Bu durum tembel insanların, kendi beceriksizliklerinden dolayı kendi yapması gerekenleri, bir kurtarıcıya bırakması olabilir.

İnsanlar mutluluğu tuhaf insanları takip ederek arıyorlar. Huzuru, parayı, gücü, fark edilmeyi sosyal medyada bulacaklarını sanıyorlar. Çünkü her an, her saat, her dakika, her saniye bir kurtarıcı buluyorlar orada. Canları sıkıldığında eğlendiren birini, dertlendiğinde düşündüren birini, özlediğinde unutturan birini, sevilmediğinde seven birini ya da her şey kötü gittiğinde iyi olacağını vaat eden... İnsan mutluluğu kendi üretmeli. Canı sıkıldığında biraz kendisiyle kalmalı, düşünmeli. Ağladığında dibine kadar, hatta bir odaya kapanıp böğürerek ağlamalı. Aklına telefon bile gelmemeli! Sinirliyse sinirini boşaltmalı, neden sinirlendiğini düşünmeli ve bu durumu anlamalı. Geleceği merak ediyorsa dünün muhasebesini yapıp şimdiye bakmalı. Kendini yalnız hissediyorsa mutlu olacağı insanlar bulmalı; onlarla zaman geçirmeli. Sevilmediğini düşünüyorsa bunun nedenlerine bakıp çevresini gözden geçirmeli. Her an sosyal medyada bir kurtarıcı aradığı için, maalesef kendi tekâmülünü tamamlayamayacak ve sosyal medyada kendini tatmin ettiği için gerçek hayata döndüğünde büyük bir boşluk hissedecek. O boşluk büyük bir yalnızlığa dönüşecek ve kişi gerçek hayatta da kurtarıcısını arayacak. Ya hemen âşık olmak isteyecek ya da hemen zengin olmak ve bunları hızlıca arzuladığı, aşkı ararken derin düşünemediği için dış görüntüsüyle ilgili obsesyonları artacak. *Ne kadar güzel ya da yakışıklı olursam o kadar çabuk aşkı bulurum,* diye düşünecek. Ayakkabısından saçının şekline, elindeki telefondan dişlerinin yapısına kadar her şeye karşı obsesyon geliştirecek; çünkü çektiği fotoğrafın sosyal medyada beğenilir hale dönüşmesi onun için bir gereksinim olacak. Fotoğrafını sosyal medyaya her koyduğunda bir eksiklik bulup daha çok değiştirmeye çalışacak kendini; en sık paylaştığı cümleler de şunlar olacak:

Aşk meşk yalan ne adam kaldı ne kadın; vallahi kendime âşığım, aranızda çok iyiyim! Cemre doğru söylüyor; istediklerini alana kadar linç ederler beni.

"Sen kendi kendine mi konuşuyorsun?"

"Ya, dalmışım öyle, senin söylediklerini düşünüyorum."

"Hangisini?"

"Herkes öğrenirse başıma neler geleceğini."

"Kâbus gibi değil mi?"

"Evet, sosyal medya geldi bir an aklıma da..."

"Düşünemiyorum bile."

"Sorma, kâbus gibi gerçekten."

"Ama işi paraya dökersen bayağı zengin olursun."

"Öyle deme, şakası bile kötü geliyor."

"Hahahaha…"

"Ne oldu neden güldün?"

"Boş ver ya, önemli değil. Hahahaha."

"Söyle de birlikte gülelim."

"Tamam, kızma ama sen şimdi sosyal medyada bayağı ünlü olmuşsun…"

"Evet?"

"Senin sürekli reklam aldığın, çekiliş yaptığın görüntüler geldi de gözümün önüne… Hahahaha."

"Hahahaha, gerçekten komikmiş."

"Ya, kusura bakma kafam karışık, saçma sapan şeyler düşünüyorum. Bir kişiyi daha analiz edeceğiz seninle."

"Kimi?"

"Annemi."

"Bundan emin misin?"

"Evet, çok eminim hatta sadece benimle olan anlarını değil, senden çok özel bir şey istiyorum."

"Ne istiyorsun?"

"Annem neden böyle bir kadın çok merak ediyorum. Niye bu kadar kötü, niye bu kadar yalnız ve kedilerle yaşıyor? Neden paraya bu kadar düşkün ve gerçekten beni seviyor mu öğrenmek istiyorum?"

"Bazı gerçekleri bilmemek daha iyidir Cemre; kimilerini taşıyamaz insan."

"Çok istiyorum lütfen, kabul et."

"Elimden geleni yapacağım."

"Bir şey soracağım sana. Seni Özkan ve Can dışında arayan oldu mu? Çünkü üç kişiye daha verdim numaranı."

"Hayır, olmadı ama arkadaşlarında bir şey fark ettim, onu paylaşmak istiyorum seninle."

"Nedir?

"Özkan'da oburluk ve büyük bir hırs var; Can'da ise kibir.

"Ben de farkındayım ama şimdi diğerlerini de merak ettim. Onlar da çok tuhaflar. Yani iyi insanlar ama biraz tuhaflar."

"Cemre, biraz da sen anlat. Sen nasılsın, iyi misin?"

"Yusuf, böyle bir durumda nasıl kendimi anlatabilirim? Kafam karmakarışık, şu an seninle bile ne konuşacağımı bilmiyorum. Ama hayatını merak ediyorum, bence sen anlat."

"Hikâyemi merak ediyorsun değil mi, o zaman hazırsan birkaç saat beni dinleyeceksin."

"Hazırım tabii ki."

"Şimdi bir bardak taze çay istiyorum."

"Anlaştık."

Yusuf

İnsan tanımadığı şeyi nasıl sever ki?

Ertesi gün…

Dün gece saatlerce konuştuk ve hiç susmadık. Sabahın köründe uyandım ama yine de uykumu almış kadar iyi hissediyorum kendimi. Şu an onu merak ediyorum, sabaha kadar beni düşünmüş olmalı. Yanlış anlamayın, konu ben değilim, yeteneğim. Birkaç saat sonra arayıp konuşursam iyi olur. Ha, aklımdayken, dün arkadaşıyla konuşmuştu, bugün beni arayacak, adı Ayşegül'dü galiba. Dün gece o kadar çok baktım ki gözlerine, kim olduğunu anlamak, duygularını görmek için. Ben insanlara dokunmaktan onlara bakmayı unutmuşum. Normal insanlar gibi bakışarak anlaşmayı, mimiklerinden ne düşündüğünü hissetmeyi unutmuşum. Tanımıyorum seni ama tanımak istiyorum Cemre. Saklıyorsun benden, görmemi istemediğin bir şeyler var. Neyse onlar bulacağım. Hem bu kez gideceğim kişi bir kadın ve senin kız arkadaşın. Ayşegül'ün bedeninde daha fazla gerçek Cemre olmalı.

Yavaş yavaş tutkuya dönüşüyorsun bende ve bu durum biraz korkutuyor beni. Hiçbir zaman bir bedene tutulmadım ya da bir insana tutkuyla bakmadım. Aksine, hayattaki en büyük tutkum, bedenlerdeki tuhaf hikâyelerdi. Tutulabileceğim pek insan çıkmadı karşıma. İnsan, önce bir şeye ilgi duyar, sonra onu ister, sonra istediğini sevmeye başlar ve en sonunda tutkuya dönüştürür. İnsanlar böyledir... Paraya, şöhrete, güce, cinselliğe, sanata ya da herhangi birine veya şeye tutku ile bağlanırlar. Tutku varsa bilinç gider. Bu nedenle yaralı insanlar daha tutkulu olur. Çünkü yaralarının sesini sadece tutku duydukları şeyin ya da insanın muhabbeti susturur. Benim de Cemre'ye olan ilgim her geçen gün artıyor, sürekli aklımda. Şimdi çekse gitse belki en fazla bir ay düşünür, alışırım ama muhabbet artar sevgiye ve büyük bir tutkuya dönüşürse, bunu uzun süre atlatabileceğimi sanmam. Biliyorum kandırıyorum kendimi, daha tutkuya dönüşmedi. Önce sevmem gerekiyor. *İnsan tanımadığı şeyi nasıl sever ki?* Of, bilmiyorum, kafam çok karışık. Belki de ilk görüşte âşık oldum ona, belki abartıyorum, belki sadece bir merak bendeki. Offf...

Çok fazla karşılaştığımız *"iletiler"* zamanla merak ettiğimiz şeylere dönüşür. Sosyal medyadaki paylaşımları, beynimizin içindeki fikir ve düşünceler gibi yorumlayabiliriz. Hangi düşünce sık sık beynimize geliyorsa o artık vazgeçemediğimiz olur. Yani hangi ünlüyü, fenomeni ya da ürünü sık görüyorsan, onları düşünmeye başlarsın. Bu merak çoğu insanı o *"metayı", "ürünü"* ya da *"kişiyi"* arzu eden varlıklara dönüştürür. Buradaki ilişki türünde arzulanan, tek kişidir ya da tek üründür. Çift taraflı bir ilişki yoktur ve tüketicinin, halkın, o ünlüyle ya da ürünle ilişkisini devam ettirebilmesi için maddi ve manevi bedel ödemesi gerekir. Bedel varsa uğruna ödediğimiz her şey kıymetli olur. Buna da tutku denir. Kiminde futbol tutkusu, kiminde müzik, kiminde siyaset, kiminde cinayet tutkusu vardır. O yüzden ne katili biter bu dünyanın ne de cesedi. Çünkü tutkuların çoğu ya karşısındakini yok eder ya da tutku duyan kişiyi bitirir. Bunları bilip Cemre'ye tutku duymaya başlamam büyük bir çatışma. Ama demiştim ya tutku geldiyse, akıl izin istiyor. Umarım ben de hayatıma gelen bu mesajı doğru okuyabilirim.

İnanmıyorum! Sabahın bu saatinde Cemre mesaj attı...

"Günaydın Yusuf, uyanınca yazar mısın?"

"Ben erkenciyim biraz, sana da günaydın."

"Bu saate kadar doğru dürüst uyuyamadım. Kafam çok karışık ve bu durum beni rahatsız ediyor."

"Neden rahatsız oluyorsun?"

"Yapmam gereken bir sürü şey var ama dünden beri odaklanamıyorum."

"Şarkını demek istedin değil mi, haklısın."

"Annemle konuşsam mı bugün, ne dersin?

"Olur, ne zaman istersen."

"O zaman ben sana haber vereceğim. Bu arada çok teşekkür ederim. Bu konunun benim için ne kadar önemli olduğunu biliyorsun."

"Farkındayım. Her şeyle yüzleşecek gücün olduğuna inanıyorsan ben de sonuna kadar yanındayım."

"Tamam, çok teşekkür ederim, haber vereceğim sana."

"Görüşürüz, bekliyorum."

Cemre

Yıllarım, sana kızmakla geçti.

Ah anne, o pek anlatmadığın geçmişini gerçekten öğrenmek istiyorum artık. Elimi tutmayışını, gözüme bakmayışını hatta hiç sarılmayışını içimden atamıyorum. Yıllarım, sana kızmakla geçti. Bir sebep bulup o kadar çok affetmek istedim ki seni. Bu yaşıma kadar bulamadım ama Yusuf bilmediğim bir şeyi görürse, seninle ilişkim ne olacak çok merak ediyorum. Mesela sana sarılmayı özleyecek miyim ya da kedilerden çok seni merak edecek miyim?

"Alo, günaydın anne."

"Hayırdır bu saatte, bir şey mi oldu?"

"Bir şey olmadı."

"Sen beni normal zamanlarda da aramazsın, o yüzden şaşırdım."

"Anne bu akşam müsait misin?"

"Neden?"

"Bir arkadaşımı, daha doğrusu bir uzmanı getireceğim sana."

"İstemem öyle psikolog msikolog ben. Alkol için diyorsan sakın gelmeyin."

"Hayır, şifacı."

"Nasıl şifacı?"

"Benim birçok arkadaşıma destek oldu. İnsanların vücuduna dokunduğunda nerede hastalıkları var ya da problem var görüyor. Röntgen çekiyor sanki, inanılmaz."

"Ay merak ettim şimdi, nasıl olacak peki?"

"Aslında fizyoterapist ama bu Allah tarafından verilmiş bir yetenek ona. Her dediği yüzde yüz çıkıyor."

"Tamam bekliyorum, çok merak ettim."

"O zaman akşam sekizde sendeyiz. Yemek yapma, biz bir şeyler alıp geliriz."

"Yemek yapacak bir şey yok ki evde."

"Başlama anne yine. Adamın yanında da tuhaf tuhaf konuşma."

"Sen mi benim kızımsın, ben mi senin kızınım anlamadım."

"Akşam görüşürüz anne."

"Tamam."

Anneme her gün bir çuval para versem hiçbir hastalığı kalmaz valla. Neyse, Yusuf'a söyleyeyim sonra şarkıya çalışmaya başlayım.

"Selam Yusuf, akşam yedide bende olabilir misin? Birlikte anneme geçeriz."

"Tamam, akşam sendeyim."

"Oki."

Semra

Bir insan bu kadar hızlı değişir mi?

C: "Tanıştırayım; Yusuf, annem… Tabii annem direkt ismiyle hitap edilmesini sever, Semra."

S: "Hoş geldiniz… Hoş geldin oğlum."

Y: "Hoş bulduk Semra Hanım."

S: "Haydi geçin… Oğlum kedilere dikkat et!"

Y: "Ne kadar çok kedi var evde."

S: "Sevmiyor musun yoksa kedileri?"

Y: "Seviyorum da… Bu kadar kediye nasıl bakabiliyorsunuz ona şaşırdım."

S: "Canım bu işler sevgi işleri. İnsan çok seviyorsa biri de aynı yirmisi de."

C: "Anneee."

S: "Neler aldınız?"

C: "Yusuf lahmacun yaptıralım, dedi. Benim de canım bayağı istedi, uzun zamandır yemiyordum."

S: "Hım, iyi yapmışsınız."

C: "Anne biz mutfağa geçelim. Yusuf sen de annemin kedileriyle salonda rahatına bak lütfen."

Y: "Tamam."

C: "Anne bak, adamın yanında saçma sapan şeyler konuşma."

S: "Kim kız bu? Takılıyor musun, söyle?"

C: "Anne ne takılması, anlattım ya sana telefonda."

S: "Bu eve tek bir erkek getirdin bu zamana kadar. O da şu yavru kedi Müslüm. Ne bileyim böyle bir şey yapmazdın sen hiç."

C: "Su bardakların nerde anne, ayran koyacağım."

S: "Kırıldı kızım hepsi, yeni bir takım bardak almak lazım."

C: "Alırız anne. Sen bu akşamı olay çıkarmadan geçir, ben sana bardak takımı alacağım."

S: Hoş çocukmuş, yüzü gözü pak."

C: "Çok beğendin galiba."

S: "Ben ne yapayım bu yaştan sonra? Sen onu bunu bırak, parası var mı ondan haber ver?"

C: "Kapat şu konuyu anne! Yemek yedikten sonra biraz uzanırsın, sana masaj yapacak."

S: "Kızım sen bilmiyor musun, ben kimseye kendimi dokundurtmam."

C: "Anne adam fizyoterapist ve bunun için geldi. Farz et ki hastaneye gittin... Bak işte ayağına geldi."

S: "Neyse, tamam."

C: "Hadi, geçelim salona ayıp oldu."

S: Yusuf oğlum, sen şimdi bana dokunup neyim var neyim yok söyleyecek misin?

Y: "Umarım yoktur bir rahatsızlığınız ama varsa da size söyleyeceğim. En azından gereken neyse onu yaparsınız."

S: "Demek şifacısın?"

Y: "Ben öyle demiyorum ama öyle olsun."

C: "Yalnız lahmacunlar müthişmiş."

S: "Bu meret de soğansız yenmiyor. Bira içer misin yavrum?"

C: "Yusuf içki içmiyor anne."

S: "Demek içki içmediğini biliyorsun. Siz bayağı işi pişirmişsiniz."

C: "Yusuf sen aldırma anneme, öyle boş boş konuşur."

Y: "....."

C: "Haydi anne yiyelim. Yusuf sana bir baksın. Adamın işi var, eve gitmesi gerekiyor, değil mi Yusuf?"

Y: "Evet, bu akşam ailemle zaman geçirmem gerekiyor."

S: "Tamam kuzum, çiğnemeden yutayım mı hepsini?"

Y: "Şu kedinin adı ne?"

S: "Hangisinin?"

Y: "Yavru olanın."

C: "Müslüm."

Y: "Müslüm mü?"

S: "Evet oğlum, Müslüm. Kediyi Cemre'nin getirdiği akşam evde Müslüm Gürses dinliyordum. Hani şu şarkısı var ya, Kaç kadeh kırıldı sarhoş gönlümde, kediye baktım ve bunun adı Müslüm olsun, dedim."

Y: "İyiymiş. Sen nereden buldun kediyi Cemre?"

C: "Bizim binanın kapısına bırakmışlar. Ben de dayanamadım anneme getirdim."

S: "Burası hayvan barınağı zaten."

C: "Anne haydi, Yusuf geç olmadan bir baksın sana."

S: "Boğazıma dizdin be, tamam. Şu koltuğa geçelim oğlum."

C: "Ben masayı toplayıp mutfağa geçiyorum, siz rahatınıza bakın."

S: "Bak oğlum, ben öyle vücuduma dokunulmasından hoşlanmam."

Y: "Tamam, siz uzanın ve derin nefes alın. Gözlerinizi kapatın."

Neden kendine bakmıyor acaba? Neden elleri ve teni bu kadar bakımsız? Ellerini tutuyorum şu an... Avucumun içinde titriyor eli. Bu kadar sert ve güçlü durmaya çalışan birinin elleri neden bu kadar titrer ki? Tam sağ bileğinde gördüm, on dört yaşındaki Semra'yı. Yatağında bileklerini kesip intihar etmeyi düşünüyor. Öyle bir ağlayışı var ki hıçkıra hıçkıra... Başını iki elinin arasına almış, saçlarını diplerinden yakalamış ve öne arkaya sallanırken, arada dizlerine sertçe vurup duruyor. Kesemediği bileğini ağzına götürüp ısırıyor ve o esnada ağlamaya devam ediyor... Bir anda annesi ona diğer odadan bağırıyor. Az önce ölmeyi isteyen genç kız, küçük bir parmak darbesiyle gözyaşlarını silip saçlarını hızlıca lastikle toplayarak ayaklanıyor. Muhteşem güçlü bir duruşu var. Ne istediğini bilen ama bir o kadar da kızgın ifadesiyle annesinin yanına gidiyor. Bir insan bu kadar hızlı değişir mi? Bu kadar çabuk unutur mu yaşadıklarını ya da bu kadar hızlı silebilir mi gözyaşlarını? Şaşkınım! Annesi evi toplamadığı için ona kızıyor. İki düşman gibi tartışmaya başlıyorlar. Salondaki perdeler annesinin şu sözleriyle rüzgâr esmiş gibi sallanmaya başlıyor: *Semra senden bir bok olmaz! Kızım sen bu kafayla gidersen ne evlenirsin ne de senden bir halt olur. Bak, evde yiyecek ekmek yok. Eğer okula gitmeyeceksen bir işe gir, çalış, eve bir katkıda bulun. Kızım bu hayatta paradan değerli bir şey yok. Öyle 'âşığım', 'seviyorum' lafları boş... Bu hayatta parayı bulacaksın, ezdirmeyeceksin kendini. Yarın gider evlenirsin bir çulsuzla açlıktan nefesin kokar. O zaman görürüm seni aşkmış, sevgiymiş. İn aşağıya, o salak kedi doğurmuş kapının önüne, al götür onları da bir yere bırak.*

Ölmek istemenin sebebi bu olamaz! Ne yaşadın Semra Hanım? Şimdi baldırlarına doğru dokunmaya başladım. Hâlâ o ürkeklik devam ediyor.

"Semra Hanım iyi misiniz?"

"Acele et oğlum biraz."

"Tamam bitiyor, az kaldı."

Diz kapaklarındayım.

Sessizlik...

Allahım, bu nasıl bir acı, bu nasıl bir kötülük... Henüz yedi yaşındasın... Saçlarını bile öremiyorsun. Her yer oyun bahçesi senin için, dünya tozpembe. Yedi yaşındasın ve amcanın o sapkın, şeytani isteğinin kurbanı oluyorsun. Bir anda o yedi yaş oluyor yetmiş. Görünce oyun oynamak istediğin amcanın o kocaman eli ağzına demir bir maske olmuş. Ömründe kimse iki yanağını bu kadar sert sıkmamıştı belki. Koca koca insanların bile duyduğunda kaldıramayacakları o cümleleri amcan kulağına fısıldıyor hipnoz edercesine: *Kimseye söylemeyeceksin! Eğer söylersen anne ve babanı öldürürler.*

Ben bunu Cemre'ye nasıl söylerim, nasıl anlatırım? Annesinin iğrenç amcası tarafından tecavüze uğradığını, yedi yaşından sonra insanları sevmekten vazgeçtiğini nasıl söylerim? Annesinin alamadığı sevgi yüzünden, sevmeyi bilmediğini nasıl anlatırım? On dört yaşında ölmek istediğini ve ondan sonra ömrünün her günü ölmeyi arzu ettiğini nasıl söylerim? Paranın çok önemli olduğunu anneannen annene yüklemiş dersem, bunu nasıl kaldırır Cemre?

Bu kadar çok kediye bakmanın sebebini şimdi görebiliyorum. Kedileri küçükken de çok severmişsin! En sevdiğin kedi doğurduğunda, annen yüzünden alıp dışarı atmışsın. Şimdi bu yüzden annene karşı çıkarcasına, bütün kedileri eve topluyorsun. Annenin tembihlediği gibi, herkesten hatta Cemre'den bile para istiyorsun. Erkeklerden nefret ediyorsun ve bu nefret amcanla birlikte tüm beynine kodlanmış! Ben bunu nasıl söylerim Cemre'ye? Peki, bu kadar açgözlülük niye? Her şeyi biriktirme arzusu neden? Tüm bunlar, duyguları ölmüş o küçük kızın hayatla ilişki kurma şekli. Bu durum seni çok açgözlü yapmış ve çok yalnız bırakmış. Annesini bu durumdan kurtarmak için Cemre'ye söylemem gerekebilir.

S: "Bitti mi oğlum, sıkıldım."

Y: "Bitti Semra Hanım."

S: "Oh be, ne zor bir şeymiş gözlerini kapatıp durmak."

Y: "İyi misiniz?"

S: "Sen söyleyeceksin, neyim varmış?"

C: "Bitti mi?"

Y: "Evet, bitti."

C: "E, neyi varmış annemin?"

Y: "Maşallah, çok sağlıklı. Sadece diz kapaklarında ciddi bir problem var."

C: "Duydun mu anne?"

S: "Doktorların bir halt bildiği yok. Demek başka bir şeyim yok ha?"

Y: "Gayet sağlıklısınız."

C: "Ohhh! Çok şükür. Biz o zaman gidiyoruz anne."

S: "Nereye be, yangından mal kaçırır gibi?"

C: "Anne dedim ya, Yusuf'un işi var diye."

Y: "Kusura bakmayın, apar topar oldu. Daha müsait bir zamanda, umarım tekrar görüşürüz."

S: "Hadi bakalım öyle olsun."

C: "Görüşürüz anne."

Şimdi Cemre hiç durmadan sorular soracak. Ne gördüğümü nasıl anlatacağım? Her şeyi mi yoksa bir kısmını mı anlatmalıyım? Ne kadarını bilmeye hakkı var?

"Yusuf doğruca bana gidiyoruz."

"Çok iyi olur."

"Neden öyle dedin, ne gördün? Anlat meraktan çatlayacağım."

"Cemre, eve gidince sakin sakin her şeyi anlatacağım sana. Gördüklerimden bazıları ciddi konular ama senden rica ediyorum, eve gidene kadar bana bu konuyla ilgili soru sorma."

"Evde alkol yok, giderken alsak mı?"

"Sen nasıl istersen."

"Yani duyacağım şeyler çok kötüyse diye söyledim."

"Bence ayık kafayla dinlesen daha iyi olur."

"Tamam, öyle olsun."

Sessizlik...

"Oh be geldik sonunda... Yusuf, lütfen anlat hemen, ne gördün?"

"Cemre, sana anlatıp anlatmamakla ilgili çok arada kaldım. Ama sırrımı sana verdiysem, bunları bilmeyi hak ediyorsun. Tek endişem bununla nasıl baş edeceğin."

"Hayatımda hiç olmadığım kadar hazırım. Çünkü konu annem ve annemle aramdaki problem yıllardır devam ediyor. Bunu artık çözmek istiyorum."

"Tamam, bana biraz anneni anlatır mısın? Annenle ilgili şikâyetin ne?

"Yusuf ne olur, sen anlat ben dinleyeyim."

"Cemre annenin paragöz olduğunu ya da sana göre açgözlü olduğunu biliyorum. Annenin böyle bir kadın olmasının iki sebebi var. Birincisi anneannen."

"Ne olmuş, ne gördün?"

"Anneannen, annenin bilinçaltına çocukluğundan beri paranın önemli olduğunu yerleştirmiş. Sevilmek, güçlü olmak, saygın olmak ve her istediğini yapabilmek için parayı arzu etmesini sağlamış. Anneannen fakir bir kadın ama bu fakirliğin bütün acısını annenden çıkarmış. Annen kedileri çok seviyor çünkü yaşadığı evin kapısının önünde çok sevdiği bir kedi yavrulamış ve anneannen ondan kediyi yavruları ile çöpe atmasını istemiş. Ağlaya ağlaya, annesinden nefret ede ede kediyi ve yavrularını büyük çöp kutusunun yanına bırakmış. Annen erkeklerden nefret ediyor, kendini ise sevemiyor. Sebebi amcanın ona yaptıkları!"

"Ne yapmış amcam?"

Sessizlik...

"Söyler misin, ne yapmış?"

"Cemre bunu nasıl söyleyeceğim, bilemiyorum."

"Hayır, hayır olamaz! Öyle bir şey olamaz... Yapmamış de, lütfen de!"

"Evet Cemre, amcan annene yedi yaşındayken tecavüz etmiş!"

"Yooo!"

Hıçkıra hıçkıra ağlar...

"Biliyorum çok zor. Lütfen, içinden ağlamak geliyorsa ağla!"

"Hayır, böyle bir şey olamaz! Yalan söylüyorsun, olamaz!

Demek o yüzden yirmi kedin var anne. O yüzden kedileri insanlardan daha çok seviyormuşsun. Ben hep beni sevmediğini zannettim, oysa sen insanları sevmiyormuşsun. Yıllarca babama yaptığın eziyetleri düşündüm. Neden, diye yıllarca sordum kendime, demek o orospu çocuğu amcam..."

"Annen kendi bedenini bu yüzden sevmiyor, bu yüzden bakmıyor kendine."

"Aslında parayı sevmiyormuş, para istemekten başka bir hakkı yok zannediyormuş. Onu da güçlü olmak için istemiş. Annem nasıl dayandın bunca acıya? Nasıl baktın o adamın yüzüne yıllarca?"

"Anneannen anneni bir birey gibi yetiştirmemiş. Zamanla aksi, öfkeli ve açgözlü birine dönüştürmüş. Annen de insanlardan sevgi alamadığı için maddesel şeylerin peşine düşmüş."

"Gidip boynuna sarılasım, her şey için özür dileyesim var. Onun yaralarını nasıl sarabilirim ki?"

"Bunu hemen yapman doğru olmaz Cemre."

"Şu an başka bir şey gelmiyor aklıma."

Hıçkıra hıçkıra ağlar...

"İyi misin?"

"Yusuf, bu akşam yalnız kalmak istiyorum!"

"Emin misin?"

"Evet."

"O zaman ben gideyim, bir şey olursa ararsın."

"Tamam.

Neler oluyor böyle? Her şey üst üste geliyor sanki. Anne, neden bana anlatmadın bunları?

"Alo, anne."

"Efendim Cemre."

"Nasılsın?"

"İyiyim, hayırdır?"

"Hiç, merak ettim."

"O yanındaki kötü bir şey mi söyledi, yoksa hasta mıyım?"

"Hayır anne, sen çok sağlıklı ve güçlü bir kadınsın."

"Aman varsa da ölüp gideceğiz zaten."

"Anne."

"Efendim."

"Seni seviyorum."

"Yok, kesin öleceğim değil mi?"

"Hayır, anne hiçbir şeyin yok."

"Sen bana ilk defa 'seni seviyorum,' dedin."

"Ne bileyim anne, içimden geldi."

"Tamam kızım, ben de seni seviyorum."

"İyi bak kendine anne, görüşürüz."

"Görüşürüz."

Haberlerde gördüğüm zaman kafayı yerdim, bir çocuğa ya da bir kadına tecavüz edildiğinde günlerce uyuyamazdım. Ben tecavüze uğramış bir kadının çocuğuymuşum! Allahtan amcam hayatta değil; yoksa onu ellerimle öldürürdüm. Nasıl bir sapkınlıktır bu aklım almıyor. İçim çekilmiş gibi şu an. Sanki dünya ile tüm temasım kopmuş gibi. Bir anda yüreğimde anne sevgisini hissettim. Kalın bir perdenin arkasına saklanmış da ilk defa şu an gözüküyor gibi annem. Hep sevmiş beni ama o kalın ve siyah perde, sevgisini göstermeye engel olmuş. Bu gece unutana kadar içmem lazım, yoksa kendimi tutamayıp anneme gideceğim.

Yusuf

İnsan derisini değiştirirken
yanında olanları asla unutmaz.

Çok üzgünüm. Böyle bir gerçek, insana nasıl kolayca söylenir ki? Biliyorum, bir daha eskisi gibi olmayacak. İyi bilirim bu duyguyu, sanki tüm derini kesip çıkarmışlar gibi... Hislerini senden almışlar ve bir süre böyle kalacakmışsın gibi... Vücudundaki yara günlerce sızlayacak ve hiçbir şey o yarayı iyileştirmeyecek. Bir gün yavaş yavaş kabuk bağlayacak vücudun, ara ara o kabukları söküp atacaksın, daha da kanayacak ve belki de kanayan yerlerini kaşıyıp duracaksın. Bütün sabahlar ve geceler birbirine benzemeye başlayacak. Sanki başkasının bedeninde yaşıyormuş gibi oradan oraya savrulacaksın. Gün gelecek, yaralarının orada olduğunu unutacaksın ve her unuttuğunda eskisi gibi olmayacaksın. Sevgiye, güvene, kendine ve hayata verdiğin anlam tamamen değişecek ve bir gün aynaya baktığında, bedenin eskisi gibi görünse de sen sadece kabukları göreceksin. Kiminde bir sene sonra kiminde on sene... Zaman denilen şey, insandaki bu derinin değişimine fırsat veren araçtır. Çünkü bir gün tüm vücudun kabuk bağladığında daha sert bir deriye kavuşacaksın. Eskiden parmağına toplu iğnenin ucu değdiğinde çıkardığın sesi, artık kolunu kesseler çıkarmayacaksın. Evet, Cemre derini değiştirene kadar yanında olmak istiyorum. Her bir yaran kabuk bağladığında elini tutmak istiyorum. Annen ile barışmana şahit olmak, karanlık cumartesi gecelerini terk ettiğini görmek ve seni elinde mikrofonla sahnede izlemeye gelmiş olan anneni görmek istiyorum. Çünkü bir insanın kendi derisi üzerindeyken yanında olmak kolaydır ve *insan derisini değiştirirken yanında olanları asla unutmaz*. Kimse yaralarını bir başkası görsün de istemez ve ben Cemre'nin en büyük yarasını gördüm. Nasılsın acaba şimdi?

"Cemre iyi misin?"

Cevap yazmadığına göre kimseyle konuşmak istemiyorsun. Ya bir şey yaparsa kendine? Bunun altından nasıl kalkarım? Bu acıyla yaşayamam! Biraz daha bekleyim, cevap gelmezse ararım. Açmazsa yanına giderim.

Ayşegül

İçinde kırmızı ruj sürmüş,
dans eden bir Tarkan var...

"Alo, efendim."

"İyi akşamlar, Yusuf'la mı görüşüyorum?"

"Evet benim, buyurun."

"Cemre'den aldım numaranızı, masaj için aramıştım."

"A tamam, buyurun... Ne zaman düşünüyordunuz?"

"Bu arada ben Ayşegül."

"Memnun oldum."

"Açıkçası bu gece istiyorum."

"Bu gece mi?"

"Evet, çünkü yarın sabah uzun bir seyahate çıkacağım, şöyle rahatlayıp gitmek istiyorum."

"Şey... Size bir yarım saat içinde dönsem olur mu? Bir konu var halletmem gereken."

"Olur, tamam, haber bekliyorum."

Ben Cemre'yi bir arayayım.

"Alo Cemre iyi misin, seni merak ediyorum."

"Merak etme, bir yanım daha güçlü hissediyor artık. Evet, annemin yaşadıkları çok kötü, ama bu kötü olay annemi sevebilme ümidini verdi bana."

"O zaman seni bu akşam yalnız bırakıyorum. Bu arada Ayşegül Hanım aradı beni. Gitme dersen gitmem."

"Hayır, tam tersine gitmeni istiyorum, girdik artık bu yola."

"Nasıl istersen ama telefonum açık, bir şey olursa lütfen ara."

Oh, içim rahatladı. Güçlü kadınmış, bunu da atlatacak eminim. O zaman Ayşegül Hanım'a gidebilirim. Yalnız sesi çok garipti, hani erkek gibi derler ya, bakalım nasıl bir hikâye bekliyor beni.

"Ayşegül Hanım geliyorum, konum atarsanız iyi olur."

"Harika, tamam atıyorum konumu."

İstinye. İstanbul'un en güzel semtlerinden biri. Hemen taksiye atlayıp gitmem lazım.

"Kolay gelsin. İstinye'ye gidebilir miyiz?"

"Tabii ki, belli bir adres var mı?"

"Konum var, oraya vardığımızda açarım."

"Hayırdır abi bu saatte İstinye? Orada mı oturuyorsun?"

"Hayır, işe gidiyorum."

"Ne iş yapıyorsun abi, gece kulübü falan mı?"

"Hayır, masörüm."

"Abi gece gece ne masajı ya?"

"Bazı insanlar çok yoğun çalışıyor. Ancak bu saatlerde masaja zaman ayırabiliyorlar."

"Ne bileyim, gecenin bir yarısı eve masör çağırmak bir garip geldi. Hırlısı var, hırsızı var. Allah korusun yani."

"Haklısın. Sizin işler nasıl gidiyor?"

"Taksicilik bitti abi ya! Artık herkesin arabası var, motor, bisiklet falan da çıktı, korsan morsan derken bitti bizim işler. Vallahi ne olacak bilmiyorum."

"Hayırlısı olsun."

"Öyle vallahi, biz de yol bulamayınca hayırlısı olsun diyoruz. Allah büyük, buluruz bir yol."

"Orası öyle."

"Sana bir şey söyleyeyim mi? Beni parasızlık değil, bu meslek bitirdi. Ben gececiyim abi. Gece olanları bana soracaksın. Bir görsen, ne hayatlar var. Öyle ağzım açık dinliyorum. Gencecik kızlar, gencecik oğlanlar mahvolup gitmiş hepsi. Gece evden kaçanlar, eve yabancı alanlar. Müşteriyi tanımıyorsun sonuçta. Katil mi taşıyoruz, katilden kaçanı mı belli değil. Ah bu gecelerin dili olsa da şu şehri anlatsa. Öyle çoğu da haber maber olmuyor yani. Gece yarısı başlar benim mesai, sabah ezana kadar. Nerede hırlısı, hırsızı, sapığı, yolcusu, delisi, hepsi benim arabada… Gündüz çok sorun olmuyor da gece insan tedirgin oluyor be abi. İki evladım var. Allah bağışlarsa, onlar bir yere gelsin diye çalışıyoruz işte."

"Ne güzel, Allah bağışlasın."

"Abi vallahi öyle bir dönemdeyiz ki, bazen diyorum keşke yapmasaydık şu çocukları. Her gün okuyoruz haberlerde kötü kötü şeyler… Millet kafayı yemiş. İş yok güç yok, dünya bir tuhaf zaten, kıyamet alametleri de başladı diyorlar. Allah sonumuzu hayır etsin."

"Kıyamet alametleri derken?"

"Abi daha ne olsun? Binalar yükselmiş, sokak ortasında zina, savaşlar, her yer yanıyor, yabani hayvanlar şehirlere inmiş. Geçen gün okudum gazetede, güneş tersten doğup batacakmış! Daha ne olsun abi, bunlar alamet değil mi?"

Kıyamet her zerrene kadar büyük bir yok oluş demek. Boyut değiştirmek ve şimdiki halinden başka bir hale dönüşmek demek. İnsan önce kendi kıyamet alametlerini okumalı. Kendindeki değişimi, dönüşümü ya da yapması gerekenlerle ilgili gelen mesajları anlamalı. Bence her kıyamet kişiye özel kopar. Eğer insan kişisel hayatında kendini gerçekten tanımaya başlarsa kıyametin bir dönüşüm olduğunu görebilir. Ne yazık ki insanların bazıları korkularını bedensel acı gibi yaşayacaklarını düşünürler. O yüzden bedenin acı çekmesini istemezler. Asıl olan ve olması gereken ruhun acı ile dönüşümüdür. Ben cehennemle ilgili anlatılan bazı acıların ruhsal yaşanacağını düşünüyorum. Çünkü insan, acılarını anlatırken cehennem tasvirlerini kullanır. *Dipsiz bir kuyudayım sanki her yer karanlık gibi, sanki göğsümü yarmışlar da içimi parçalıyorlar gibi, öyle kötüyüm ki etlerimi lime lime etmişler gibi. Beynimden aşağı kaynar su boşaldı. Tırnaklarımı söktüler sanki öyle bir acı.* Yoksa cehennem denilen şey, bizim korkularımız mı?

"Abi sen ne diyorsun bu işlere?"

"Hangi işlere?"

"Bu dünyanın geldiği noktaya."

"İnanın bu konuları düşünmeyi çok önceden bıraktım."

"Neden abi?"

"Keyfimiz yerindeyken her şey normal geliyor. İşler kötü gidince dünyayı sorguluyoruz."

"Sen de haklısın be abi."

"Geldik galiba, ben konumu açayım. Şu kırmızı arabanın oradan dönüyoruz, elli metre ileride."

"Tamam abi."

Bakalım, Ayşegül Hanım'da neler göreceğim. İlginç bir gece olacağını şimdiden hissediyorum.

Samet'ten Ayşegül'e

O kadar kıskançsın ki nerede mutlu bir aile tablosu görsen kırıp dökmeye başlıyorsun.

"İyi akşamlar Ayşegül Hanım."

"Sana da hayatım, gel şöyle geçebiliriz."

Tam tahmin ettiğim gibi, erkekmiş sonradan kadın olmuş. Trans birey… Bakalım neler göreceğiz.

"Masaj odası şurası. Sen hazırlan, ben geliyorum."

"Tamam."

"Eee, soyunmayacak mısın? Böyle hemşire gibi üniforma mı giyeceksin?"

"Bu masaj kıyafetim."

"Ben de fantezi zannettim."

"İyi misiniz, gözleriniz kan çanağı gibi olmuş?"

"İyiyim canım, birkaç duman aldım, geçer şimdi."

"Tamam, ben hazırım."

"Bak Yusuf, çok yorgunum ve deli gibi masaja ihtiyacım var. Cemre çok övdü seni, umarım beni uyutabilirsin."

"Siz merak etmeyin, uzanın ve rahatlayın."

Hayatımda ilk defa trans birine masaj yapıyorum... Topuklarına dokunmaya başladığımda üç oda bir salon karanlık bir evin içine girdim. Üç kardeş, üçü de erkek... Görüyorum seni Ayşegül, yani Samet... Ev çok karanlık... Perdeler sürekli kapalı... Baban cezaevinde ve siz üç kardeş, bir de anneniz aynı evdesiniz. Psikopat bir abi, aşırı dindar bir erkek kardeş ve kim olduğunu bilmeyen sen... Kimse yokken gizli gizli Tarkan'ın şarkılarını dinleyip dans ediyorsun. Arada bir küçük adımlarla annenin yatak odasına giriyorsun. Makyaj aynasının karşısına geçip annenin rujunu sürüyorsun. Ve ilk tokatı psikopat abinden yiyorsun... Hayatını değiştirecek cümleyi duyuyorsun:

"İbne misin lan sen?"

Ev hâlâ karanlık. Bütün aile cezaevindeki babadan korkuyor; mahalle ise sizden. Hiçbirinizin arkadaşı ve komşusu yok. Kendi içinizde aşırı bağımlı ve dışarıya ilgisizsiniz. Evde de kimse birbiriyle konuşmuyor, sadece kavga ediliyor. Yemek saatleri düzenli çünkü senin dışında herkes çalışıyor. Sen akşama kadar evde yalnız kalıyorsun. Tarkan şarkılarında, kırmızı rujla ayna karşısında dans eden sen, dışarı çıkarken bambaşka bir kıyafet giyiyorsun. Mahalle sana deli diyor. Çünkü mahalledeki bütün köpekler ve kediler seni görünce kaçıyor. Hepsine eziyet ediyorsun; kedilerin kuyruğunu kesiyor, köpekleri dövüştürüyorsun. Çünkü çocukluğundan beri evde sürekli kavga var. Gerçek zannettiğin evini sokağa yansıtıyorsun. Mahallede yaşıtların senden korktukları için seninle oynuyor. Kimse bilmiyor neden bu kadar kötü olduğunu; herkes deli diyor sana. Okuldan atılmış, arkadaşlarının evlerine davet etmediği, mahalle maçlarına alınmak istenmeyen, kimsenin sevmediği birisin. Mahallede köşe başlarında takılan yaşıtlarını gördüğünde köpekleri üstlerine salıyorsun. Çünkü senin ilişki kurma şeklin korkutmak. Sen bir yaşındayken işlediği bir cinayetten dolayı cezaevine giren, yıllardır görmediğin bir babadan korkuyorsun. *O kadar kıskançsın ki nerede mutlu bir aile tablosu görsen kırıp dökmeye başlıyorsun.* Senin yanındayken başka birini övdüklerinde, övülen kişiden nefret ediyorsun. Senin yanında başka birini sevdiklerinde sevilen kişiye diş biliyorsun. On dokuz yaşına geldiğinde geceleri yaşamaya başlıyorsun... Yanında dünyaya karşı güç gösterisi yaptığın köpeklerin, elinde uzun Marlboro sigaran, 1.85 boyun, geniş suratın, kara gözlerin, nefret dolu bakışların ve önü püsküllü kunduranla topuklarına vura vura yürüyorsun. *İçinde kırmızı ruj sürmüş, dans eden bir Tarkan var,* dışında abisinin tokatını yemiş dünyadan nefret eden ve aidiyet duygusu kaybolmuş antisosyal bir kişilik var. Ağlamıyorsun, zayıflık en nefret ettiğin şey, ama anlamıyorsun da. Anlamadığın için kıskanç ve kötü birine dönüşüyorsun. Ne mahallenin kabadayısı ne serserisi ne delisi ne de efendisi olabilmişsin. Çünkü sen kırmızı rujlu Tarkan'sın! Bir gün köpeklerinden birine tekme atıyor, bir gün bir adamı küçük çakınla bıçaklıyorsun. Bir sene evden kaçmışsın, gittiğin ilk yer Taksim Tarlabaşı. Senin gibi boylu boslu, yakışıklı, kimsesiz, boşlukta olan biri hangi kapıyı çalsa içeri girer. Tarlabaşı'nda ilk çaldığın kapı transseksüellerin evi. Kabul gördüğün için oradaki insanları korumaya başlıyorsun. Artık bir görevin, bir kimliğin var ve bu kimlik sana iyi geliyor, ama yakalanıyorsun. Cezaevinde birkaç sene yattıktan sonra tamamen bir akıl hastası olarak çıkıyorsun. Mahalle korkuyla seni beklerken, sen hiçbir şey olmamış gibi sokaktan bir köpek bulup evine doğru gidiyorsun. Mahallede oynayacak ya da korkutacak kimse kalmamış. Hepsi büyümüş, bir kısmı taşınmış, birkaçı evlenmiş, bazıları ölmüş. Artık evin gibi mahallen de kapkaranlık. Zaman geçtikçe köpekler de azalıyor sokaklarda. Artık Tarkan olmak ve kırmızı ruj sürmek baş edemediğin bir arzuya dönüşüyor. Ve bir gün içindeki kırmızı rujlu insanı herkesin görmesini istiyorsun.

Daha önce hiç iyi ayrılmamışsın evden ve hiç helallik almamışsın mahalleliden. Senin gitmene neden olacak hep bir olay olmuş. Artık büyük olayı gerçekleştirip gitme zamanı, diyorsun.

İşte o gece ayağında terlik, üzerinde siyah, yırtık bir kot, günlerdir yıkanmamış bir tişört, saç sakal birbirine girmiş, cebinde mikrofonun, elinde el fenerin herkesin uyumasını bekliyorsun. İki eve girip hırsızlık yapıyorsun, bu son gidişin oluyor mahalleden. Daha sabahında anlıyorlar senin yaptığını. Elindeki bütün para ve para edecek şeylerle Tarlabaşı'na gidiyorsun. Birkaç ay o öfkeli ve sert adam olarak kalıyorsun. Kullandığın uyuşturucularla, her gece birlikte olduğun insanlarla kendinden geçiyorsun. Bir daha kundura giymiyor ve yavaş yavaş yanındakilerin sana 'abla', 'kız', 'ayol' demesine izin veriyorsun. Evde en çok Tarkan'ın şarkılarını çalmaya başlıyorsun ve herkes evdeyken artık Tarkan dinlemekten, dans etmekten korkmuyorsun. Ayna karşısında tek seyirci sen değilsin. Evdeki herkes sana 'Kız Tarkan' demeye başlıyor. Aylar sonra içindeki öfkeni, öldürme arzunu, nefretini uyuşturucu susturuyor. Sürekli dinlediğin tekno müzik zamanı durduruyor. Hayatta hiç kimseye temas etmemiş olan sen, gece kulüplerinde Tarkan şarkılarıyla tanımadığın insanlara sürtünmeye başlıyorsun. Bir kulüpte gözüne senin gibi biri çarpıyor. Tek farkınız onun dudağındaki kırmızı ruj. Durup dakikalarca ona bakıyor ve o olmak istiyorsun. Sabaha karşı eve gittiğinde dudağına ruj sürüp yatıyorsun. Üzerinde babanın ve abinin erkekliğe dair neyi varsa o ruju sürdükten sonra teker teker gidiyor. Yıllar sonra yaşadığın bunalımlardan kurtulmak için destek almaya başlıyor, bir sene tedavi görüyorsun. Aldığın ilaçlar seni yarım insan yapıyor. Tarlabaşı'nda korsan CD satıyorsun, bir anda bütün mahallenin gözbebeği oluyorsun. Çünkü herkes 'Kırmızı Rujlu Tarkan'ı sevmeye başlıyor, kabul ediyor. Artık senin bir adın var, herkesin yanından geçerken selam verdiği bir ismin var: Ayşegül! Doktor sana iyileştiğini, hayatına devam etmen gerektiğini söylüyor ama kadın olarak. Bunun için ameliyat, ameliyat içinse büyük paralar gerekiyor. Uzunca bir süre seks işçiliği yapıyorsun. Biriktirdiğin parayla

Heyet Raporu'nu aldıktan sonra gerçek Ayşegül oluyorsun. Hâlâ içinde herkesin alkışladığı, dans eden bir Tarkan var. Bu bilinme arzun o kadar büyüyor ki dansınla meşhur oluyorsun. Sosyal medyada patlayan dansların sana büyük bir popülarite sağlıyor. Sürekli reklam teklifleri alıyorsun, insanlar muhabbetini seviyor, dansına bayılıyor, Türkiye'nin en ünlüleri sahne şovlarında seni istiyor ama sen hepsinden nefret ediyorsun. Çünkü onların gölgesinde kalmak istemiyorsun. Mahallendeki arkadaşlarına benziyorlar; senden korkarken seni seviyormuş gibi yapıyorlar. Onların bu ikiyüzlülüğünü kullanmaya başlıyor, daha da popüler oluyorsun. Artık insanlar sana Ayşegül Abla diyor. Onlar abla dedikçe sen içindeki Samet'i hatırlıyorsun. Babanı, abilerini, anneni, kuyruğunu kestiğin kedileri, öldürdüğün köpekleri ve korkuttuğun hayatları... Artık daha çok Ayşegül olman gerekiyor, ancak bu şekilde o karanlık evi unutabilirsin.

Önce ev, sonra mahalle daha sonra da sosyal medya dar gelmeye başlıyor sana. Herkesin seni görmesini istiyorsun ve tüm dünyaya olan öfkeni bir nesneye dönüştürüyor ve onu pazarlıyorsun: Kırmızı ruj. Türkiye'nin en iyi kırmızı rujunu ürettiğini iddia ediyorsun. 'Ayşegül' ismini koyduğun rujunu büyük bir marka haline getiriyorsun. Herkes onun ruj kırmızısı olduğunu düşünürken, sen onun kan kırmızısı olduğunu biliyorsun. Hâlâ çok kıskançsın, insanların mutlu olmalarını, aile olmalarını, birbirlerini sevmelerini kıskandığın için kendini onlar tarafından arzu edilen bir nesneye dönüştürüyorsun. Çünkü onlar kunduralı Samet'i kabul etmedi, istemedi."

"Gerçekten çok iyisin, inanılmaz iyi geldi."

"Teşekkür ederim."

"Sen beni tanımadın mı?"

"Tanıyorum, sosyal medya fenomenisiniz."

"Artı, iş kadınıyım."

"Onu da biliyorum, kırmızı ruj."

"Türkiye'nin en iyi rujudur ona göre... Kız arkadaşın falan varsa vereyim, hediye edersin."

"Teşekkür ederim, kız arkadaşım yok. Ben bir lavaboyu kullanayım, sonra gitmem gerekiyor."

"Tabii canım, ben de yatayım, yarın yolculuk var."

Masajı bitirir bitirmez Ayşegül Hanım'ın evinden çıktım. Allahım bu nasıl bir hayat! Az önce sanki bir korku-gerilim filmi izledim... Masum bir çocuk nasıl bu kadar kötü ve kıskanç birine dönüşebilir? Cemre'ye mi gitsem acaba, yok bir arayayım... Yok, yok mesaj atsam daha iyi olur.

"Nasılsın Cemre? Ben Ayşegül Hanım'dan çıktım."

"İyiyim Yusuf, nasıl geçti?"

"Bayağı zor ve karanlıktı. Asıl sen nasılsın?"

"Birkaç kadeh bir şeyler içtim, biraz daha iyiyim. Sürekli ağlama krizleri yaşıyorum. Çektiği acıları düşünüyorum, dayanamıyorum."

"Bir şeye ihtiyacın var mı?"

"Yok sağ ol, sen de git evine uyu, dinlen. Yarın konuşuruz."

"Tamam, iyi geceler."

Bir Hafta Sonra...

Acının içinden geçmek diye bir şey var.

"Alo, Cemre? Bir hafta oldu evden çıkmıyorsun, istersen geleyim; birlikte hava alalım biraz?"

"İstemiyorum Yusuf, canım hiçbir şey yapmak istemiyor. Ben hâlâ kabullenemedim bu durumu."

"Anlıyorum seni ama işi gücü, her şeyi bıraktın. Bu durum iyiye gitmiyor, endişeleniyorum."

"Bana bir şey olmaz. Sen rahat ol!"

"Tamam, nasıl istiyorsan öyle olsun. Ama böyle devam edersen sana sormadan gelip çıkaracağım seni oradan."

"Tamam Yusuf, görüşürüz."

Kız ne dese haklı. Böyle bir şeyi kimse kolay kolay kaldıramaz. Olması gerektiği gibi yaşıyor. Ben buna *acının içinden geçmek,* diyorum. Çok kaçıyoruz acılardan, hep kıyısında ya da köşesindeyiz. Başımıza kötü bir şey gelse hemen yok sayıyoruz. Aslında acının içinden geçmek diye bir şey var. Kabul ederek, sindire sindire, ağlaya ağlaya, hatta gerekirse yataktan çıkmadan, dibine kadar yaşamak lazım. İnsan çaresizlik karşısında gerçekleri bastırıyor. Bir gün o gerçek kapısına dayandığında, işte o zaman anlıyor hatanın kendisinde olduğunu. Güzel günlerin, mutlu anların nasıl içinden geçiyorsak, acının da hakkını vermek zorundayız. O yüzden kutluyorum seni Cemre, bir haftadır acının içinden geçiyorsun. Bu seni büyütecek ve umarım ben de büyümene şahitlik edeceğim. Bu akşam Murat Bey'e masaja gideceğim. Ayşegül Hanım ısrar etmiş ve o da Cemre'nin arkadaşıymış. Bakalım bu gece nelere tanık olacağım? Cemre'yi çok özledim, Murat Bey'in bedeninde mümkün olursa onu da görmek istiyorum.

Murat

Hayatın şifresi çok basit:
Aklını kullan, anla ve dışa vur!

"Murat Bey, konum alabilir miyim?"

"Yolluyorum şimdi, bazen yanlış yere götürüyor; sen yaklaşınca ara yine.

"Tamam, görüşmek üzere."

Bayrampaşa'ya hiç gitmemiştim. Şu taksiyi durdurayım da hemen yola çıkayım. Bakalım bu görüşmenin ardından nasıl bir hikâye çıkacak…

"Hoş geldin."

"Hoş bulduk, nasılsınız?"

"Teşekkür ederim, sen nasılsın?"

"Sağ olun, iyiyim."

"Yusuf şöyle geç istersen, hemen başlayabiliriz. Bu arada sabahtan beri vücudum inanılmaz gergin."

"Merak etmeyin, masaj iyi gelecektir."

"Hadi bakalım, inşallah."

"Buyurun, ben hazırım, giyindim."

"Vay helal olsun, işini saygıyla yapan adamlardansın. Kıyafet miyafet tam salon çalışanı gibi."

"Teşekkür ederim."

"Allah aşkına şu omuzlarımdan başla."

"Tamam."

Omuzlarına dokunduğumda görüntüden önce hissettiğim şey büyük bir öfke. Ben bu kadar öfkeli insanı ender görmüşümdür. Boynu ile omzu arasındaki bölgeye dokunduğumda tüm görüntüler gözümün önüne gelmeye başladı bile.

Altı kardeşin en büyüğü ve ilk çocuk olduğu için bütün baskının ve korkunun ilk yüklendiği çocuk. Çok zeki, duygusal. Dört yaşında oyuncak silahlara merak sarıyor, yedi yaşında çok iyi futbol oynadığı fark ediliyor. Çok yetenekli, sol açık forvet oyuncusu... Artık babası için geleceğe bir yatırım aracı. On sekiz yaşında Galatasaray'ın altyapısında yetişmiş, yıldız futbolcu adayı. Annesi tarafından sürekli başkalarıyla kıyaslandığı için hırsı da öfkesi de fazla. Altı yaşındayken babası ayakkabısını bağlayamadığı için öfkeden deliye dönüyor, Murat'ın ayaklarını çakmakla yakıyor. Oğluna sürekli beş para etmeyeceğini, ondan bir bok olamayacağını söylüyor. Murat çocukluğundan beri içinde büyük bir öfke ile yaşıyor, yalandan bir maske takıyor yüzüne ve herkese çok güçlüymüş imajı veriyor. En büyük zayıflığı, öfkesi. Babasının aşağıladığı küçük Murat'ı hatırlamak istemiyor. Girdiği her ortamda aşağılandığını hissettiği zaman çılgına dönüyor. Sanki insanlar, tipiyle, parasıyla, gücüyle ona meydan okuyor. Her zaman "ben hazırım, gelin bakalım üstüme, hepinizin ağzına sıçarım," der gibi gergin ve üstten bakıyor, bunu hissettikçe daha da güçlenmek istiyor. Aslında zihninde yarattığı her şeyin büyük bir yalan olduğunu o da biliyor, ama öfkesine hâkim olamıyor. Babasının söylediği "Senden bir bok olmaz," sözünü kanıtlarcasına, oynamaması gereken bir halı saha maçında ayağını kırıyor ve futbol hayatı son buluyor. O günden sonra kendisinden bir "bok" olmayacağına tüm kalbiyle inanıyor.

Güçlü olduğu tek alan cinsellik olduğu için bütün yatırımını bunun üzerine yapmaya başlıyor. Bir kadının daha fazla çığlık atmasını sağlamak istiyor. Çünkü çığlığın içinde büyük bir acizlik, çaresizlik, güçsüzlük ve yenilmişlik var. Dünyaya olan öfkesini, kadınların çıkaracağı seste kusuyor. Kadınlardan duyduğu *sen süpersin, sen inanılmazsın,* gibi övgü dolu sözlere şüphe etmeden inanıyor.

Yılları göz göze geldiği her kadını avlamakla geçiyor. Hayat taşınamaz hale geldiğinde, kadınların gözlerinde ve vücutlarında tahrik edici bir davet görüyor. Sanki kadınlar ona "Gel buraya, ne kadar güçlü ve muhteşem olduğunu kendine ispatla," diyor. Bu öyle büyük bir arzuya dönüşüyor ki haftada iki-üç, bazen dört-beş gece kadınlarla birlikte oluyor. Kimseyi sevmiyor, herkese öfkeli. Bir gün ailesinin zoruyla evlenmek zorunda kalıyor, hemen karısını hamile bırakıyor. Zamanla karısı da zayıf yönlerini keşfetmeye başlıyor... Sürekli Murat'a eksik bir adam olduğunu hissettiriyor. Murat'ın ilk şiddet uyguladığı kadın karısı oluyor. Çocukları bir yaşına bastığında boşanıyorlar. Sicili kötü, fiziksel anlamda zayıf hale gelince hiçbir işte dikiş tutturamıyor. Küçükken çok zeki olan Murat, zekâsını eğitimine ve değişimine kullanmadığı için zamanla bu durum kurnazlığa dönüşüyor. Daha çok güç için daha çok kadını kandırması gerekiyor. Ağzı iyi laf yapan, iyi bir pazarlamacı... İnsanlara öfkelenmemek için herkese yalan söylemeye başlıyor. İkinci bir evlilik ve yine ayrılık... Sebebi şiddet. Üçüncü evliliğinde yine karısını aldatan ve yalnız kalan Murat, hayatında parça parça işler yapıyor. Kazandıklarıyla Bayrampaşa'dan hiç çıkamamış. Hem sıkışmış oraya hem de iyice güçsüzleşmiş. Bu öyle bir öfkeye dönüşmüş ki gözünü sadece para hırsı bürümüş. Öfkesi yüzünden bütün sevdiklerini kaybetmiş, herkesle yarım yamalak ilişkiler kurmuş... Murat'a göre hep başkaları suçlu! Öfkesinin aşırılığı, aklının ve mantığının sürekli susmasına neden olmuş.

Arkasında bir sürü kırıp kalp, ödenmemiş hesap ve onlarca ah bırakmış. Her defasında kendini haklı bulacak sebepler yaratmış. Bir insan sabah-akşam bu kadar sinirli olabilir mi ya? Şükretsin kalpten gitmemiş bu yaşına kadar.

Şimdi sırt bölgesindeyim ve burada gördüklerim de inanılmaz! Sırtında derin bir yara izi, parmaklarım dikişlerin kabarttığı çukurlara dokunuyor... On bir yaşındayken bir takımda futbol oynuyor ve gözleri hep tribünde. İçinden "İnşallah babam gelmemiştir," diyor sürekli. Bir gün maç yaparken kafasını kaldırdığında, babasını gol atacağı kalenin arkasında otururken görüyor. Orta sahayı hızla geçip kaleye doğru yaklaşıyor. Kafasını kaldırıp kaleye baktığında ayağındaki ayakkabının hissi azalmaya başlıyor ve tam şutu çekerken gözleri kaleyi delip babasının gözlerine takılıyor. Şutu auta çıkıyor... Kulaklarında babasının hakareti yankılanıyor: *Hayvanoğlu hayvan!* Bir anda büyük bir sessizlik oluyor. Sahadaki herkes kalenin arkasındaki adama bakıyor. İkinci kez aşağılanmış, utanmış ve değersizleştirilmiş olarak hayatına devam ediyor. Babasına olan öfkesini dünyaya yansıtıyor. Bu öfke görmesi gereken gerçekleri silip götürüyor. Ne sevilmekten anlıyor ne de ilgi görmekten; çünkü ona yetmiyor. İçinden "Güçlü olursam kimse beni aşağılayamaz, eleştiremez, babam dövemez ya da kovup gönderemez," diye düşünüyor.

Şimdi yavaş yavaş baldırlarına inmek üzereyim. İnanılmaz güçlü bir vücudu var ama uzunca bir süre kokain kullanmış... Seks partileri, başka ortamlar derken bir süre sonra kokaini temin edebilmek için jigololuk yapan, kazandığıyla kokain alan bir bağımlıya dönüşmüş. Kokain için daha çarpık ilişkilere girmeye başlamış; grup seksler, küçük hırsızlıklar, büyük yalanlar...

Güçlü hissetmesi için sürekli uyuşturucu kullanması gerekiyor. Yıllarca jigololuk yapıyor. Değer yargılarını yitirirken başka başka evlerde her şeyi unutan bir adama dönüşüyor. Kendine olan kızgınlığı, pişmanlığı, utancı ve acizliği sadece ayık kafadayken ortaya çıkıyor. O kadar güçsüzleşiyor ki hayatıyla ilgili plan yapamaz ve doğru kararlar veremez hale geliyor. İyice yalnızlaşıyor, iyice yozlaşıyor ama görüntüde gayet fit ve hoş gözüküyor. Yıllar sonra psikolojisi bunları kaldıramadığı için büyük bir bunalıma giriyor, hastaneye yatırılarak tedavi altına alınıyor. Altı ay bir klinikte yattıktan sonra hissiz, isteksiz ve hayatla temassız bir adama dönüşüyor. Hayatında ne kokain ne de jigololuk var artık... Yıllardır kaçtığı zayıflığıyla baş başa kalıyor. Artık kimseye öfkelenemiyor. Şimdi ara ara görüştüğü bir kadınla normal giden bir ilişkisi var. Pek parası yok ama düzenli gittiği bir işe sahip. Jigololuk yaptığı zamanlarda sık sık evine gittiği Ayşegül masaj parasını ödüyor. Sevgili Murat bu da bize gösteriyor ki sen hâlâ geçmişten alacaklı gibi yaşıyorsun. Bu öfke bitmez sadece belli bir süre uyur.

"Bitti mi?"

"Birazdan bitiyor."

"Ayşegül'ün dediği kadar varmış, ellerine sağlık."

"Ayşegül Hanım, Cemre Hanım'ın arkadaşıydı galiba."

"Evet Cemre'nin yakın arkadaşı."

"Siz tanıyor musunuz Cemre Hanım'ı?"

"Çok değil ama birkaç kere aynı ortamda bir araya geldik."

Hadi biraz daha düşün Cemre'yi...

"Çok güzel sesi var Cemre Hanım'ın."

"Evet dinledim."

Murat'ın tam kollarına dokunduğumda Cemre'yi görmeye başladım... Ama çok silik ve belirsiz görüntüler bunlar. Kalabalık bir mekân, kalabalık bir masa, Cemre sahnede ve Murat göz ucuyla Cemre'yi izliyor. Cemre sarhoş ama o büyüleyici sesiyle herkesi kendinden geçiriyor. Müşterilerden biri Cemre'ye laf atıyor. Araya Murat giriyor. İnanmıyorum, Murat müşteriye kafa atıyor... Cemre, Merve, Ayşegül ve Murat karakoldalar. Ben

Cemre'yi bu kadar öfkeli görmemiştim. Murat'a küfür ediyor. Cemre sürekli telefonuna bakıyor, gelen mesajları okuyup yanıtlıyor. Hemen oradan uzaklaşmak ister gibi bir hali var. İfadesini verdikten sonra acilen gitmesi gerektiğini söylüyor. Merve *nereye,* diye soruyor. Cemre *benimki gelmiş, eve geçmem lazım,* dediğinde Merve'nin yüzündeki ifade; kızgınlık ve küçümseme.

"Bitti."

"Sağ olasın, gerçekten iyi geldi. Ayşegül'e ara sıra bana geleceğini söyleyeceğim."

"Çok teşekkür ederim."

Kim o seninki Cemre ve o gece nereye gittin? Nasıl bu kadar küfür edip öfkelenebiliyorsun, aklım almıyor. Şu alkolü de bırakman gerekiyor, farkındasındır umarım. Durup düşündüğümde garip bir dünyanın içine çekilmiş gibiyim. Cemre ile birlikte masaj yaptığım herkeste tuhaf özellikler yakaladım. Cemre'nin annesinde açgözlülük, Özkan'da oburluk, Can'da kibir, Murat'ta öfke, Ayşegül'de kıskançlık gördüm. Yedi büyük günaha giden yola benziyor, bakalım başka neler göreceğim?

Bu günahların hemen hepsi az da olsa insanlarda var elbette. Hangimiz öfkelenmedik, kibrimize yenik düşmedik ya da kıskanmadık? Hangimiz açgözlülük yapmadı ya da zaman zaman oburlaşmadık? Yaratıcı, *aklı kullanın* derken, aklın bitirilmesine sebep olan günahları da şeytanın avuçlarına bırakmış gibi. Sanki şeytan aklını kullansın diye insanları bu yedi büyük günahla kandırıyor. Bu günahlar insanın içine düştü mü akıl gücünü yitirmeye başlıyor. Çünkü her insan bu büyük günahlardan izler taşıyıp bir ya da birkaçına meylediyor. O zaman sorumuz şu olmalı: *Benim büyük günahım ne?* İnsan en çok meylettiği günahı bulup bunun üzerine çalışmalı. Çünkü onu kabul edip üzerinde çalıştığında tekâmül başlar ve zamanla aklın sesi yükseldiği için hayallerine doğru adım atar.

İki tip insan davranışı vardır: Birincisi; *hayalini bir süreliğine erteleyen ve tüm dikkatini başına gelen probleme harcayan insan.* O acı ya da problemle ilgilenirken, tekâmül yolunda doğru adımlar atmaya başlar. Süreç tamamlandığında, unuttuğu hayaline yaklaştığını görür. Bu bence bir insana bir iş konusunda yetki vermeden önce onu staja almak gibidir. Hayat stajını doğru yapmış insanların başarılı ve mutlu oldukları bir zemindir.

İkincisi de şudur: *Başına bir problem geldiğinde hayalini tamamen unutan ve problemin içinde kaybolan insan.* Problemi çözmek ya da anlamak yerine, problemin kendisine öfke saçar. Acı odaklı oldukları için bunu kader zannederler. Bazen de *hep bunlar benim başıma geliyor,* deyip hayata karşı umut sinyallerini tamamen söndürürler. Gelen problemi çözemediği için başka problemler de ortaya çıkar.

Hayatın şifresi çok basit: *Aklını kullan, anla ve dışa vur!* O yüzden aklın olmadığı yerde yedi büyük günah ortaya çıkar. Eğer akıl tanrı ise insan beynindeki gibi kazanan hep akıldır. O yüzden insanın aklı başına hep daha sonra gelir. Çünkü bazı insanlar şeytana bulaşmadan tanrısına gidemez. Hiç aklını kullanmadan şeytanı ile yaşayıp ölenler ne olacak diye soran olabilir: Arzular yaşanıp bitecek hallerdir. Akıl ise sonsuzlukla buluşma halidir. Yedi büyük günahla yaşayanlar, mutlaka içlerindeki şeytanı öldürüp sonsuz bir akıl ile göz göze gelecekler. Analizi basit ama pratiği çok zor durumlar bunlar.

Eğer mesleğime yani psikologluğa devam etseydim danışanlarım için ilginç stratejiler geliştirirdim. Her birine en zayıf yanlarını sorar ve bu yedi büyük günah denilen güdülerden hangisine daha çok meylettiklerini ortaya çıkarırdım. Hayattaki büyük sınavlarıyla onları yüzleştirip her gün, her hafta hatta her ay zayıf noktası ile ilgili puanlama yaptırırdım. Bunu da basit bir soru ile ortaya çıkarırdım: *Hayatta en çok arzu ettiğin şey nedir?* Tabii ki tek kural var; dürüst olmak. İnsanlar böyle bir soruyla karşılaştığında en büyük arzularının mutlu, zengin, başarılı, ünlü olmak, kimseye ihtiyaç duymamak diye cevaplandıracaktır. Ama konu istedikleri şey değildir; istedikleri şeyin onları ulaştıracağı imkânları hayal ederler. Biri ünlü olmak istiyordur. Herkes tarafından bilinmek, o sayede istediği parayı kazanmak, ulaşılmaz olmak, ünü sayesinde istediği insanlarla cinsel ilişkiye girmek… Yani hiçbir zaman insan sadece ünlü olmak istemez. Örneğin çok zengin olmak istiyordur. Oysa istediği sadece para değildir, paranın götüreceği yerlerdir. Sorsan herkes parayı iyi yaşamak ve ihtiyaç sahiplerine yardım etmek için ister. Bence hayata zar atıp kendine yalan söylemenin bir başka yolu bu. Of, çok yorulmuşum neyse ki eve az kaldı. Cemre'ye bir mesaj atar, sonra yatarım.

Yusuf

An'da değiliz.

Saat geç oldu ama yine de ben bir mesaj atayım.

"Uyudun mu bilmiyorum ama umarım mışıl mışıl uyuyorsundur. Uyumadıysan nasıl olduğunu yaz, merak ettim."

"Yusuf neredesin?"

"Bayrampaşa'dan çıktım, eve gidiyorum."

"Senin için sorun olmazsa yanımda kalır mısın? Yalnızlıkla baş edemiyorum. Kimseye anlatamamak çok zor."

"Tabii ki yanında olurum. O zaman hiç eve uğramadan sana geliyorum."

"Tamam, bekliyorum."

Hayatımda bu kadar heyecanlandığımı hatırlamıyorum. Dokunduğum tenlerin hikâyelerindeki nedenler beni heyecanlandırıyordu. Bana hiçbir faydası olmayan ama merak ettiğim hikâyelerdi. Hayatımda ilk defa yeteneğimi kullanmadan bir insandan bu kadar etkileniyorum. Galiba iyi arkadaş da olmaya başladık. Umarım zamanla birbirimizin her şeyi oluruz. Senin annen, baban, dostun, sevgilin, akraban olmak hatta hayallerin olmak istiyorum. Ama hepsi için giriş kapımız bu arkadaşlık. Biliyorum, bir anda çıktım karşına ve hayatını altüst ettim ve bir süre daha böyle olacak gibi görünüyor. Şunu unutma güzel kadın; *bütün altüst etmelerin tek sebebi yer değiştirmektir, çünkü insan kendi hayatının mühendisidir*. Belli bir yaşa kadar temeli hep başkalarına bırakır. Önemli olan o temelin sağlam olup olmadığıdır. Sağlam bir çocukluk temelin varsa problemleri iyi görürsün.

"Selam, nasılsın?"

"İyi değilim, gel."

"Ev neden bu kadar karanlık?"

"Kendimi kötü hissettiğimde ışıkları kapatıyorum, lütfen ışığı açma!"

"Tamam, sorun değil."

"Bir şeyler içer misin diyeceğim ama su ve içkiden başka bir şey yok."

"Sen otur, ben alırım kendime. Bir şey ister misin?"

"Ben içiyorum."

"Geldim... Anlat bakalım neler oluyor?"

"Ne olacak, bir haftadır evden çıkmıyorum ve hiç çıkmak istemiyorum. Tüm hayatım gözümün önüne geliyor Yusuf. Anneme kızdığım ve sevmediğimi düşündüğüm her an için pişmanlık yaşıyorum günlerdir. Onu azarladığım anlar tek tek gözümün önüne geliyor. Her biri için acı çekiyorum. Ben bilmiyordum, diyorum kendime, o da birkaç saniye sürüyor. Anneme sarılmak istiyorum, içindeki o ürkek kıza sakin ol, yanındayım, demek istiyorum ama yapamıyorum. Bu durumu onunla nasıl konuşacağımı, tüm bunları nereden öğrendiğimi nasıl söyleyeceğimi bilmiyorum."

"Sen hiç annenle geçmişi ve çocukluğu hakkında konuştun mu?"

"Evet, ama çok az şey anlattı. Çocukluğu hakkında pek konuşmaz hatta hiçbir akrabasıyla da görüşmez."

"Nasıl yani?"

"Ben hiçbir akrabamı tanımam mesela."

"Belki de yaşadığı acıyı onlar biliyorlar diye uzaklaşmıştır."

"Bu da bir ihtimal ama annem de geçimsizdir sonuçta."

"Onu geçimsiz yapan şeyi biliyoruz."

"Evet, acı olan da bu zaten. Yusuf bu gece benimle kalır mısın?"

"Elbette kalırım. Sen sadece biraz daha anlat; ama şu alkolü biraz azaltsak mı?

"Aslında içkime karışana kızarım ama haklısın galiba. Bilincimi iyice yitirmeye başladım. Aklımı başıma almalıyım, güçlü olmam lazım ama nasıl olacak bilmiyorum."

"Bu süreçte yardımcı olmamı ister misin?"

"Evet, ama nasıl?"

"Masör olabilirim ama psikoloğum, biliyorsun."

"Psikoloğa mı ihtiyacım var sence?"

"Hayır, anlatmaya ve birinin seni sadece dinlemesine ihtiyacın var."

"Haklısın ama senin de işin gücün var, her gün nasıl gelip gideceksin?"

"Şu sıra inan ki çok rahatım."

"Yusuf sen nasıl bir şeysin ya, bir haftadır hem annem gözümün önüne geliyor hem de sen ve iyice aklım karışmış durumda. Nasıl böyle bir yeteneğin olabilir, onu da aklım almıyor. Seni tanıdığımdan beri ne kadar çok şeyin üstünü örttüğümü fark ettim. Ne çok şeyden kaçmışım ne saçma yerlerde mutluluk aramışım."

"Bunu nasıl düşündün, biraz anlatır mısın?"

"Çok şey düşünüyorum ama hiç konuşmak istemiyorum, lütfen anla beni."

"Tamam, o zaman şöyle yapacağız; şimdi sen son kadehini içiyorsun, güzelce bir duş alıyorsun ve sonra ben sana küçük bir uyku masajı yapıyorum ve mışıl mışıl uyuyorsun."

"Buna o kadar çok ihtiyacım var ki. Bu gece iyice uyusam yeter. Yarın da uzun uzun konuşuruz. Hatta bu kadehi de beklemeden ben duşa gireyim."

"Harika! Ben de buraları topluyorum ve seni bekliyorum."

"Lütfen yapma, yarın birlikte toplarız."

"Ev sigara dumanı kokuyor, küllükleri ve bardakları kaldırıyorum. Sen karışma, git duşunu al."

"Tamam, sen bilirsin."

Ev gerçekten kirlenmiş, darmadağınık. Sabah erkenden kalkar o uyurken biraz temizler, toplarım. Sanmayın ki onun acı çekmesinden hoşlanıyorum. Gerçekten acı çekenler, egoları kırıldığı için tamamen saf ve temiz hale geliyorlar. Bu saflık ve temizlik sonrasında acıyla nasıl baş ettiğimize göre de değişiyor. Umarım alkolü bırakırsın Cemre. Murat'ın bedeninde gördüğüm olayı da en kısa zamanda öğrenirim inşallah. Benimki gelmiş, dediğin kimdi acaba?

"Duş iyi geldi. Sana da pijama hazırlayım mı?"

"Aslında iyi olur. Bir şey soracağım, fazla diş fırçası var mı?"

"Var var, hazırlıyorum."

"Teşekkür ederim. Sen lütfen rahatça yatağına uzan, pijamalarını giy. Ben de geliyorum birazdan."

"Soyunmayacak mıyım? Masaj demiştin ya?"

"Sana uyku masajı yapacağım. Bunun için soyunmana gerek yok."

"Tamam, nasıl diyorsan."

"Şimdi sırtüstü uzan lütfen. Şöyle dizlerine kadar yorganı örtelim üzerine. Ben telefonumdan dinlendirici bir uyku müziği açıyorum, sen de derin nefes alıp yavaş yavaş gözlerini kapat. Başına masaj yapacağım ve müzik çalmaya başladığında sadece beni dinle lütfen; çünkü senin için konuşacağım."

"Tamam."

"Şu an en güvenli yerdesin. Derin bir nefes al ve nefesi verdikçe tüm vücudunun rahatladığını hisset. O kadar güvendesin ki ve o kadar çok ait hissettiğin yerdesin ki ayak parmaklarından diz kapaklarına, kasıklarından midene, karnından göğsüne, boğazından saç teline kadar tüm vücudun kendini yatağa bırakıyor. Her nefes alışında, en derinlerindeki öz benliğine iniyorsun. Kilere inen bir merdiven gibi adım adım, kimseye daha önce göstermediğin öz benliğine giriyorsun. Her merdivenden aşağıya inerken başına gelmiş olan bütün acıları izliyorsun. Her izleyişte onlarla nasıl baş edebildiğini, nasıl tekrar ayağa kalkıp devam edebildiğini görüyorsun. Zamanında, o acıları çekerken hiç geçmeyecek zannettiğin kendine bakıyorsun ve onunla göz göze geliyorsun. Merdivenden inerken o acıları çeken kendine bakıp tebessüm ediyorsun. İçinden ona *sakin ol, her şey geçecek ve tekrar güçleneceksin,* diyorsun. Yavaş yavaş merdivenden indikçe gözlerini alan parlak bir ışığa yaklaşıyorsun. Aslında o, özbenliğinin ışığı. Yaratıcının ruhuna üfleyip bıraktığı muhteşem bir hazine ve sen acı çektikçe hazinesini gören harika bir ruhsun. Belki şimdi de büyük acılar içindesin. Ama yavaş yavaş merdivenlerden indikçe, eskiden başarmış kendini gördükçe, tekrar umutlanmaya başlıyorsun. Yaşadığın bu acının seni güçlendiren bir deneyim olduğunun farkındasın ve bu inancın arttıkça evrenle bağın daha da kuvvetlenmeye başlıyor. Şu an parlak ışığın içinde sen de ışığa dönüşüyorsun, bedeninden tamamen arınmış, tertemiz bir ruhsun. Sanki Allah seni bir süreliğine dinlenme odasına almış gibi ve sen kaynağına ulaşmış, hazinesinde ışık olmuş, güçlü benliğini hatırlamış olarak merdivenlerden umutla çıkmaya başlıyorsun. Artık her nefes alışında kendini bilen, seven ve her merdiven çıkışında kendine güvenen bir insana dönüşüyorsun. Bu buluşma senin için büyük bir rahatlama deneyimi. Artık kaygıların ve korkuların biraz daha azalmaya başladı. Yorgun zihnin, kaybolmuş ruhun ve kalbindeki kırıklıklar yavaşça iyileşip senden zaman istiyorlar ve sen onlara zaman verip gözlerini iyice kapatıp bedenini yatağa teslim ederek uykuya dalıyorsun. Çünkü yarın sabah yepyeni bir benle uyanacaksın. İyi uykular."

"Yusuf."

"Efendim."

"Bana sarılır mısın?"

"Tabii ki. Böyle iyi mi?"

"Evet."

Allahım o uyudu ama ben nasıl uyuyacağım?

Birlikte uyurlar...

Saat yedi oldu. Çok mu erken kalktım acaba? Ne güzel uyuyor, bir melek gibi adeta. Kalkıp kahvaltı mı hazırlasam, içeriyi mi toplasam yoksa yanında mı kalsam bilemiyorum. Neyse, biraz daha yüzünü izleyim, sonra kalkıp bir kahvaltı hazırlarım. Nasılım biliyor musunuz? Sanki yıllardır aradığım yeri bulmuş gibiyim. Bulunduğum hiçbir yerde mutluluğu tatmamışım da sadece buraya aitmişim gibi. Hani her insan sorar ya kendine, *neden geldim bu dünyaya*, diye o sorunun cevabını bulmuşum gibi ya da ben müziğini bulmuş birkaç satır sözüm artık. Yani hem bir şarkı gibiyim hem de tüm dünyada sadece bu şarkı çalıyor gibi... Öyle karmaşık şeyler düşünüyorum ki bazen neden günlerim onsuz geçmiş diye sorup duruyorum, bazen başından beri zaten varmış gibi hissediyorum. Hem onu tanımak istemiyorum hem zaten tanıdığımı biliyorum. Beynimde böyle karmaşalar olmazdı. Ayaklarım evden başka bir yere bu kadar hevesle koşmazdı. Ne bileyim daha suskundum mesela. Şimdi kendimi bir kahraman gibi hissediyorum.

Merakımı, dikkatimi, sevgimi, sabrımı, umudumu kimseye bu kadar çok yöneltmedim. Bu ben değilim, bunu bana yaptıran o üç harfli ama adını söyleyince korkulan değil; adını söyleyince cesaret veren: *Aşk!* Bana bunları söyleten aşkın ta kendisi. Demek çaldın kapımı? O ok bana da saplandı ha? Leyla ile Mecnun bana yazılmış öyle mi? Benim de karnımda kelebekler uçmaya başlayacak, bir anda dünyanın en zengin, en cesur ve en çok yaşamayı seven insanı olacağım öyle mi? Eğer öyleyse bu anlaşmanın şartlarını kabul ediyorum... Kabul ediyorum sana âşık olmayı. Bilmiyorum ve hiç sorgulamıyorum ne olacak diye. Ben çalan kapımı açtım, misafire girme diyemem... Umarım kahvaltı etmeyi seviyorsundur.

İki saat sonra...

Ben sadece sana dokununca göremiyorum.

"Günaydın. Oh, mis gibi kahve kokuyor."

"Ayılıp kendine gelmen için önce kahve, sonra güzel bir kahvaltı..."

"Evde kahvaltılık bir şeyler yoktu ki."

"Hallettim ben her şeyi."

"İyi ki burada kaldın, umarım rahat uyumuşsundur."

"Mışıl mışıl uyudum, sen nasılsın?"

"Kafam kazan gibi, şu kahveyi içip kendime gelmem lazım."

"Sonra? Biraz hava alalım mı, ne dersin?"

"Olur, bakarız."

"Zeytin, peynir sever misin bilmiyorum, ama ben bayılırım."

"Pişiyi nereden aldın, yoksa sen mi yaptın?"

"Evet, ben yaptım."

"Şaka yapıyorsun! Vallahi helal olsun, bakayım tadına."

"Kahven bitmedi."

"Olsun. Harika olmuş, ellerine sağlık."

"Afiyet olsun."

"Bugün Merve'yle buluşsam iyi olacak. Kızla kaç gündür görüşmüyorum."

"Harika, kesinlikle görüşmelisin. Hayat devam ediyor. Yapman gereken önemli işler var."

"Hızır mısın Yusuf?"

"Yok canım, normal bir insanım."

Göz göze gelip gülerler...

"Normal insan... Hahahaha..."

"Evet, pek normal olduğum söylenemez ama ne yapayım, bunu ben istemedim."

"Orası öyle. Gece başıma masaj yaparken bir şeyler gördün mü?"

"Hayır, Cemre ben sadece sana dokununca göremiyorum."

"Benim de aklım bunu almıyor işte, neden ben?"

Umarım şarkındaki gibi bu mesajı da okuyabilirsin. Seni görmemem aşkla ilgili bir durum. Ben hızlı geldim sana, sen yavaş yavaş belki. Her an birbirimize yaklaştığımızı gördükçe, seni kendi gözlerimle görüp tanıyacağım için çok mutluyum.

"Adını kim koymuş?"

"Babam. Hz. Yusuf'u çok severmiş. Yusuf'la Züleyha aşkından çok etkilenmiş."

"Annene çok âşıkmış demek ki."

"Orasından emin değilim. Annemle evlenmiş ama Züleyha'sı başkaymış gibi geliyor."

"Nasıl yani?"

"Bizimkiler hiç sevmediler birbirlerini. Yaşı gelince, tanımadıkları insanlarla zorla evlendirilenler gibiydiler."

"Görücü usulü yani?"

"Daha çok alacak-verecek davası gibi. Anne tarafının, baba tarafına borçları varmış. Borç karşılığı annemi babama vermişler."

"Üzücü."

"Evet, gerçekten üzücü. Eee, beğendin mi kahvaltıyı?"

"Çoook. Kurt gibi acıkmışım, bir haftanın acısını çıkardım."

"Oh, afiyet olsun."

"Şarkımı dinlemek ister misin?"

"Bitti mi?"

"Daha stüdyoya girmedim ama sana şimdi söyleyebilirim."

"Çok mutlu olurum. O zaman şöyle yapalım, sen bir duş al, ben buraları toplayayım, sonra seni dinlerim."

"Süper fikir."

"Televizyonun kumandası nerede?"

"Dur getireyim, ne izleyeceksin?"

"Bir şey izlemeyeceğim, müzik açacağım."

"Tamamdır."

Bu kumandalarla aram hiç iyi olmadı. Evet, açıldı. Nasıl yani? Bu ne? Her yerde son dakika haberleri... Virüs salgını mı? İnsanları öldüren bir virüs. İnanamıyorum. Çin'de karantina başlamış. Allah! Sosyal medya da kilitlenmiş durumda. Herkes salgından bahsediyor. Neler oluyor böyle?

"Duş almak çok iyi geldi. Ne izliyorsun?"

"Baksana virüs salgını varmış."

"Ne virüsü?"

"Çin'de ortaya çıkmış, insanları öldüren bir virüsmüş. Durum ciddiye benziyor!"

"Yok ya, Çin'den buraya gelecek değil sonuçta."

"Umarım öyle olur. Eee, hazır mısın şarkını söylemeye?

"Tabii ki de."

"O zaman seni dinliyorum."

Cemre Okunmamış Mesaj adlı şarkıyı söyler...

"Sesin ne kadar güzel!"

"Ya şarkı?"

"Şarkı da çok güzel. Kimin şarkısı bu?"

"Şebnem Sungur'un. *Okunmamış Mesaj*. Neler hissettin dinlerken?"

"Hayatın ne kadar çok mesajlarla dolu olduğunu ve çoğu zaman bu mesajları okuyamadığımızı. Asıl okunmayan mesajın aşk olduğunu hissettim."

"Biraz daha açar mısın?"

"İnsan hep âşık olmak ister ama âşık olduğunda da hep bir eksiklik hisseder. Hani ona ait olmak isterken, onun da sana sahip olmasını istersin ya... Yanındayken bile aşırı sevmenin nedeni bir gün bitecek olmasıdır. İnsan o kaygıyla ilgili mesajı pek okumak istemez. Çünkü o mesaj çaresizliği ve yalnızlığı fısıldar. Galiba bu yüzden insan, tüm mesajı olay bittikten sonra okumaya başlar. Kimi hiç okumaz çünkü korkaktır, kimi de okur, anlar ve kabullenir."

"Aşk korkakların işi değil diyorsun yani?"

"İnsan korkağa da cesura da zalime de iyi huyluya da katile de bir yalancıya da âşık olabilir."

"Bunları bilip nasıl âşık olabilir insan?"

"Âşık olmak insanın iradesinde değildir ki. O yüzden önce körleşir, göremez. Ona dokunduğunda ya da sarıldığında kendi hayallerini, tasarılarını görür çünkü aşk, her şeye rağmendir."

"Şarkı bu kadar düşündürüyor öyle mi?"

"Ben çok derinlere gittim galiba. Nakaratı da insanın diline dolanıyor, bayıldım."

"Ay, çok sevindim."

"İstersen yavaştan çıkalım."

"Tamam, hemen üstümü değiştireyim. Sana bizim mahalleyi gezdireyim."

İlk kez Cemre'yle dışarı çıktık. Onun mahallesinde, onun gezdiği yerleri dolaşıyoruz. Bu yaşadıklarımızın bir anlamı olmalı...

"Ben mahalleleri çok seviyorum, hele dokusu bozulmayan mahalleleri daha çok seviyorum."

"Ben sıkıldım açıkçası buralardan. Şu işler istediğim gibi giderse hemen taşınacağım."

"Ne tarafı düşünüyorsun?"

"Mesela Bebek ya da Beykoz sırtları."

"Ben Cihangir'i pek sevmiyorum."

"Aaa, neden?"

"Hem kötü bir anım var hem de insanlar pek samimi gelmiyor bana."

"Aslında son zamanlarda dediğin gibi farklı tipler çıkmaya başladı. Neyse... Bak şu gördüğün yer, benim her gün muhakkak kahve alıp içtiğim kafe. Her sabah uğramadan geçemem. Yusuf benim garip garip huylarım vardır."

"Ne gibi?"

"Örneğin; kahveyi her gün buradan alıp içmezsem kendimi kötü hissediyorum. Bunun gibi olmazsa olmazlarım var. Neden bu kuralları koyuyorum sence kendime?"

"Aslında bunu şöyle anlatabilirim. Geçmiş hayatında, istediği şeyleri yapamayan ya da istemediği şeylere maruz kalmış insanlar bu durumu bilinçaltlarına kaydederler. Bu onlar için zayıflıktır ve bu durumla baş edebilmek için şimdiki zamanı kullanırlar. Tercih haklarının olduğunu kendilerine ispatlamak için bu yola başvururlar. *Kahveyi şöyle hayatta içmem. Bana dünyaları verseler hayatta şunu yapmam. Şu yemeği, bu olmadan yiyemiyorum.* Yani buna ben karar veriyorum demek isterler."

"İlginçmiş, bunu düşüneceğim..."

"Senin bu hayattaki amacın ne?"

"Ooo, hızlı geçiş yapıyoruz. Pek bir amacım yok aslında. Türkiye'de başarılı bir şarkıcı olmak istiyorum ama insan böyle bir hedefi amaç haline getirmemeli. İstediğin şey olmadığında dünyaya küseceksin. Hatta o noktaya gelene kadar geçen zaman yük olacak sana. Peki, hayatın amacı ne olmalı?"

"Yani öyle bir amaç olmalı ki insan onu ölene kadar yapabilmeli."

"Örnek?"

"İyi bir insan olmak! İnsan her an iyi olma çabasında olabilir ve yaşam amacını gerçekleştirdiği için kendisiyle gurur duyabilir. Her anın içinde mutlu olunacak şeyler çıkarabilmek yaşam amacına ulaşmak demektir. İnsanlara yardım etmek de öyle... Düşünsene çok büyük paralara ihtiyaç yok. Bazen bir ekmek alır verirsin bazen bir aylık kiralarını ödersin bazen küçük bir tebessüm edersin bazen de insanları iyi yola sevk edersin."

"Güzel söylüyorsun da iyilik, yardımseverlik ya da mutlu olmak zaten insanda olması gereken özellikler değil mi? Neyse, benim yaşam amacım şarkı söylemek."

"Bak bu güzel oldu işte."

"Çünkü şarkı söylerken inanılmaz mutlu oluyorum. O kadar iyi bir insana dönüşüyorum ki içimden bir damla kötü bir şey geçmiyor ve bence dinleyicilerle aramızda bir yardımlaşma oluyor. Bir de kendimi o an ölümsüz hissediyorum."

"O zaman şarkı söylemek lazım."

"Aynen öyle! Burayı çok seviyorum. İşte sana söylediğim yer."

"Bakalım kahveleri nasılmış?"

"Şu masaya oturalım mı?"

"Güzel yermiş. Bu arada nasıl hissediyorsun kendini?"

"Daha iyiyim. Yanımda olduğun için teşekkür ederim."

"Rica ederim. Hadi başka şeyler konuşalım."

"Sen anlatsana, Ayşegül ve Murat'ta ne gördün?"

"Bunlar onların özeli... Arkadaşların olmasaydı isim vermeden anlatabilirdim ama şunu söyleyeyim, Ayşegül seni seviyor."

Ayşegül'ün ne kadar kıskanç olduğunu söylemem yanlış olur. Mutlu çiftleri kıskanıyor desem, Cemre bunu kasıtlı söylediğimi de düşünebilir. Arkadaşlarını kötülüyorum kuruntusuna düşmesini istemiyorum. Nasılsa, onlardan gelecek bir kötülüğü engelleyebilecek güce sahibim.

"Bak burada da şu virüs olayını konuşuyorlar... Demek ki ciddi bir şey!"

"Sosyal medya yıkılıyor zaten, bir sürü komplo teorileri var."

"Hani her paylaşımın altına *kıyamet alameti bunlar* yazanlar var ya, onlara çok gülüyorum. Biri ölür kıyamet alameti, biri aldatır kıyamet alameti, bir hayvan öldürülür kıyamet alameti..."

"Kıyamet senaryoları bitmez."

"Gel de bunu anlat insanlara."

"İlginç olan, insanların kıyametin yaklaştığına inanıp ona dair hiçbir hazırlık yapmayışları."

"Biraz daha açar mısın?"

"Ben kıyamete inanıyor olsam, cennet ve cehennemden eminsem, kesinlikle daha tedbirli yaşardım. Daha iyi bir insan olmaya çalışırdım, hangi dine inanıyorsam ibadetimi eksiksiz yapardım, mala mülke sevdalanmaz, daha çok şükrederdim. Ayrıca bedenime daha iyi bakar, egomu kırıp sade yaşardım. Çoğu insan kıyamet geliyormuş gibi değil de kıyamet yokmuş gibi yaşıyor. Açgözlüler, dedikodu yapıyorlar, eleştiriyorlar ve doymuyorlar!"

"Ne güzel söyledin. Zaten bir şeyin çığırtkanlığını yapan, söylediği gibi yaşamıyordur. Bazen diyorum ki varsa böyle bir kıyamet, kopsun!"

"Neden öyle düşünüyorsun?"

"En azından gidelim öbür tarafta verelim hesabımızı ve hak ettiğimizi yaşayalım. Bu dünyada hak eden hakkını alamıyor, hak etmeyenler başkalarının haklarını gasp ediyor gibi."

"Küçük bir isyan hissettim."

"Benim çok vardır böyle küçük isyanlarım."

"Severim küçük isyanları, insanı hep şüphede tutar. Tam emin olamadığı için sürekli kafasındadır ve düşünür."

"Ama ben çok boş şeyler düşünüyorum."

"Bence boş şeyler düşündüğünü hissetmek o an yaşadığın zamanla ilgili. Eğer aktif ve üretkensen boşa düşmez beynin; pasif ve tüketen olduğumuzdaysa daha çok kurarız."

"Haklısın, çalışırken hiç böyle olmuyordu, dediğin doğru."

"Kahve güzelmiş bu arada."

"Yusuf ben kahveden sonra Merve'ye gideyim diyorum. Biraz iş güç konuşmamız lazım. Akşam işin yoksa gel istersen."

"Tamam, sen eve geçmeden haber verirsin bana."

Kocaman bir gün var önümde. Burada biraz daha oturup günün tadını çıkarsam fena olmaz. Uzun zamandır kendimle baş başa kalıp vakit geçirmemiştim. İnsanları çok hızlılar diye eleştirirken *"anı"* kendim yaşayamıyorum… Karşımda iki eşcinsel erkek el ele tutuşmuş, aşk dolu gözlerle sohbet ediyor. Onların hemen yanında elli yaşlarında bir kadın, elinde bir kadeh şarabı, telefonuyla ilgileniyor. Anda kalmak böyle bir şey olsa gerek. İnsan olacak olandan korktuğu için şimdiki anından kaçıyor. Aslında o ne düşünürse düşünsün, olması gereken zaten oluyor. Kazalar, ölümler, düğünler, savaşlar, yalanlar ve güzellikler... Her şey olması gerektiği gibi başlıyor ve bitiyor. İnsan bu duruma yani bu oluşa zihni ile katılım sağlar. Geçmişi düşünür ve durum değerlendirmesi yapar, geleceği yorumlar. Bitmiş bir şeyi şimdiki zamana çağırır, olmamış bir şeyi de onun yanına koyar ve bunu hep tekrarlar. Bir anda yaşamla bağını koparır. Hiçbir deneyimi canlı olarak yaşayamaz.

Ruh, yaşadığı her ana canlı katıldıkça o andan keyif alır ve kendisini bütünün parçası olarak görür. Aidiyet hissettiği için o anın içinde daha çok kalır ve hayata karşı ettiği teşekkür ve şükürler çoğalır. Gelecek endişesi pek taşımaz çünkü mutluluğun anda olduğunu keşfetmiştir. Bu yüzden şu yüzyılda en çok falcılar ve büyücüler iş yapıyor. Çünkü an'da değiliz!

"Alo, efendim Cemre?"

"Yusuf bu akşam müsaitsen bizim Cengiz seni masaja bekliyor."

"Kim o?"

"Bizim gruptan işte."

"Tamam, numaramı verebilirsin."

"Verdim zaten, birazdan arar. İşin bitince bana gelirsin değil mi?

"Tamam."

"Öptüm o zaman."

"Ben de."

Çok güzel! Cemre'nin arkadaşlarını tanımaya devam ediyorum. Onları tanıdıkça Cemre'ye bir adım daha yaklaşacağım!

"Efendim."

"Selam ben Cengiz."

"Buyurun Cengiz Bey, ben de aramanızı bekliyordum."

"Bu akşam müsaitsen dokuzda bekliyorum seni."

"Tamam, siz konum atın, ben o saate gelmiş olurum."

"Tamam Yusuf, görüşürüz."

Cengiz

Beden ne yaparsa ruh onu yaşar.

"Hoş geldin Yusuf."

"Hoş bulduk."

"Şöyle geçebilirsin."

"Tamam, ben hazırlanıyorum."

"Şu oda zaten, ben de geliyorum."

Hayatımda gördüğüm en yavaş insanlardan biri Cengiz olabilir. Banyodan gelmesi dakikalarca sürdü.

"Yorgun musunuz, epey bekledim sizin banyodan dönmenizi."

"Hayır kardeşim, tembelim."

"Nasıl yani?"

"Takılıyorum ya, herkes çok dalga geçer benimle. Tembellikten yorulan tek insanmışım falan diyerek. Açıkçası pek sevmem çalışmayı."

"Ne iş yapıyorsunuz?"

"Babadan kalan bir şeyler var, onları işletiyorum."

"Hazırsanız başlıyorum."

Topuklarına dokunduğum an çok büyük bir ego ile karşılaşıyorum. Herkesi küçümseyen bir kişilik. Ayak parmaklarının arasına dokununca beş yaşındaki Cengiz'i görüyorum. İki katlı bir ev. Kahverengi, küçük demir bir kapıdan giriyorsun bahçeye. Kirli, yarısı mavi, yarısı çürük yumurta sarısı bina yıllardır tozlu kalmış gibi. Eve giriyorum. Üç çocuk. Cengiz en büyükleri, beş yaşında. Diğer kardeşi iki yaşında, öteki henüz yeni doğmuş. Maddi durumları iyi ama cimri bir babaları var, aynı zamanda eşine sürekli şiddet uyguluyor. Babası evde her bağırdığında Cengiz dakikalarca donup kalıyor. Üçlü koltuğun kenarına sinmiş, iki eli bacaklarının arasında, gözleri korkudan kocaman olmuş. Bundan sonra nerede yüksek bir ses duysa aynı tepkiyi veriyor, donup kalıyor. Cengiz babasından korktuğu için sürekli hata yapıyor. Babası olmadığında annesi Cengiz'in üstüne aşırı düşüyor, her istediğini yapıyor. Cengiz ergenliğe kadar baba tarafından korkutulmuş, annesi tarafından şımartılmış. Egosu yükseltildiği için haklılık algısı sabitlenmiş, eleştiri kabul etmeyen, sadece yiyip içen, boş bir karaktere dönüşüyor. Sırtına dokunduğumda kimseye âşık olmadığını görüyorum. Bütün ilişkileri tembelliğinden dolayı bitmiş, sorumluluk alamadığı için ilişkileri hep yarım kalmış. Annesi gibi kendisini eleştirmeyecek, sorumluluk vermeyecek, hesap sormayacak, yemeğini ayağına getirecek bir kadın istiyor. Annesinden kopamadığı için başka birine bağlanamıyor. Tabii anneden kopmanın bir bedeli var: *Yüzleşme ve acı!* İşte bunların üstesinden gelebilecek gücü yok Cengiz'in. Sadece babasından kalan iki evin kirasıyla yaşıyor. Geliri yıllardır ne yükseliyor ne de düşüyor. Bu kısır döngünün içinde hiçbir şey yapmayarak yaşıyor. Omuzlarına geçtiğimde iki yıl boyunca depresyonda kaldığını görüyorum. Bazen aylarca evden hiç çıkmamış. İşin ilginç yanı, böyle mutlu olduğunu zannediyor.

"Biraz spor yapsanız vücudunuza iyi gelebilir."

"Çabuk sıkılıyorum ya."

"O zaman açık havada düzenli yürüyüş?"

"O da çok yorucu."

"Peki, o zaman evde egzersiz yapabilirsiniz."

"Amaan, spor yapan da ölüyor, yapmayan da. Hatta bilim insanları spor yapanların daha erken öldüğünü söylüyor."

"Sonuçta yaşam kaliteniz ve beden sağlığınız için önemli diye, dedim."

"Bunu söyleyen bininci kişisin."

Tembele laf anlatmak zordur, çünkü bütün cevaplara önceden çalışmıştır. Her eleştiriyi kendisine bir saldırı gibi algıladığı için sürekli tetiktedir. Neyse, yavaş yavaş masajı bitirelim Cemre'ye gitmeliyim.

"Nasıl, beğendiniz mi?"

"Eline sağlık, çok rahatladım."

"Teşekkür ederim. Ben bir lavaboyu kullanıp hemen çıkayım."

"Tamamdır."

Her masajdan sonra yorgun hissediyorum kendimi. Her bedende bambaşka enerji, bambaşka kodlar var. İnsan duygularının ya beyinde ya da kalpte olduğunu düşünür. Onun dışındaki alanlara pek aldırış etmez. O yüzden beden bazen hızlı yaşlanır. Çünkü insan bedeni ile hiç ilgilenmez. Onu sadece temiz tutar ama anlamaz. Beden anlaşılmadıkça hızlı yaşlanır. Duygular bütün bedenimizde yaşar. Her duygunun bir duruşu vardır. İnsan bir duyguya kapıldığında bütün beden, o duygunun şeklini alır. Korktuğumuzda kapanmamız, mutlu olduğumuzda açılmamız ya da üzgünken omuzlarımızın düşmesi bu yüzden. İnsan, bedenini gerçekten olması gerektiği gibi kullanırsa, hayatındaki her şeyi değiştirebilir. Enerji alanlarımızı duruşlarımız belirler. Mesela bazı insanların beden dilinde en sık gördüğünüz şey şaşkınlıktır. Bu duruşu sık kullandığı sürece hayat ona hep şaşıracağı şeyler gönderir. Çok öfkeli ve saldırgan duruşu olan birine hayat hep kızıp kavga edeceği olaylar tasarlar. Bu yüzden *beden ne yaparsa ruh onu yaşar.* Psikolog arkadaşlarımla birkaç oyun geliştirmiştik. Katılımcılara bazı ödevler veriyorduk: *Yarın sabah kalktığınızda hangi duyguyu yaşamak istiyorsanız o duygunun duruşunu belirleyin ve akşama kadar o beden dilini kullanın.* Siz de bedeninizde nelerin kayıtlı olduğunu görmek isterseniz sol elinizi, vücudunuzun bir yerine koyun. Gözlerinizi yavaşça kapatın ve derin nefes alın. Birkaç dakika böyle kalmaya devam edin. Önce bir karanlık göreceksiniz, sonra yavaşça gözünüzün önüne bazı fotoğraflar gelecek. Bence deneyin, bakalım bedeninizden hangi anılar çıkacak? Kendinize en son ne zaman dokundunuz? Gerçek bir dokunuştan bahsediyorum.

Cemre

Nedir arkadaş aşk;
çaresizliğin diğer adı işte.

İki hafta sonra ve Covid-19…

"Alo Merve?"

"Efendim canım."

"Ben çok korkuyorum ya. Resmen evde tıkılıp kaldık. İnsanlar patır patır ölüyor."

"Evet ya, yıkılıyor ortalık. Hayat resmen durdu! Sen ne yapıyorsun?"

"Bir şey yaptığım yok, uyuyamıyorum. Bir elimde telefon, diğer elimde uzaktan kumanda, sürekli açıklamaları takip ediyorum. Sence ne kadar sürer?"

"Bir sürü söylenti var Cemre, hangisine inanacağımı şaşırdım. Yok virüs laboratuvarda üretilmiş, yok doğanın intikamıymış, yok yarasadan bulaşmış… Ben tedbirimi aldım, evden çıkmıyorum ama aklım annemle babamda."

"Benim annem de kedilerle kafayı yedi evde. Mama alamıyor, çıldırmış durumda. Şimdi de ölüm korkusu çıktı, sürekli panik atak geçiriyor."

"Hadi ya, çok üzüldüm. Sen nasılsın hayatım, bir şeye ihtiyacın var mı?"

"Yusuf gelecek biraz sonra, Allahtan şu süreçte o var yanımda."

"Kızım sen bu çocuğa âşık mı oldun?"

"Yok be Merve, ne aşkı! İyi bir insan ve iyi bir arkadaşlık yaşıyoruz, o kadar."

"İlk hafta tanışıp ikinci hafta evde kalmalar falan... Böyle arkadaşlık olmaz, var bir şeyler."

"Öyle bir şey olursa söylerim zaten. Maske, eldiven ve dezenfektan şu an en yakın arkadaşlarım."

"Çamaşır suyu, sirke ve kolonya... Bunlar da benim arkadaşlarım. Hahahaha."

"Ne olacak böyle ya, tam şarkıyı çıkaracaktım ki salgın başladı."

"Canım geçip gidecek bugünler, sen yine şarkılarını söylemeye devam edeceksin. Öpüyorum seni, birazdan canlı yayında Sağlık Bakanı konuşacak, onu izlemem lazım."

"Tamamdır, görüşürüz. Dikkat et kendine, kimseye yaklaşma!"

"Tamam canım, sen de. Yusuf'u iyice temizle, öyle içeri al."

"Manyak! Hadi öptüm."

Yok, Yusuf'a âşıkmışım yok ondan hoşlanıyormuşum... Merve ne komiksin ya. Âşık olsam bilmez miyim ben? İnsan anlar sonuçta. Ne bileyim, karnında kelebekler uçuşur, saçma sapan şeylere güler. Tamam, Yusuf'la bayağı eğleniyoruz, hatta adama yemek bile yaptırdım. İyi bir insan bence, hele şu günlerde çok iyi geldi bana ama... Geç kaldı, ne oldu acaba?

"Hoş geldin, geciktin. Bir şey mi oldu?"

"Hoş bulduk, biraz trafik vardı."

"Anladım, ne bileyim her zaman daha erken geliyordun ya, bir şey oldu sandım."

"Ha, yok ya, trafik işte."

"Tamam, ne içersin ya da aç mısın?"

"Aç değilim, bir şey de içmeyeceğim. Otur biraz bence."

"Bir kahve alıp geliyorum. Sana da yapıyorum..."

Sana ne kızım, sana ne? Adam geç gelmiş, erken gelmiş. Ne anlayacak kim bilir? Düşündüğüm şeylere bak. Mesela şimdi Yusuf gitse ve bir daha gelmese, üzülür müyüm? Yani merak ederim biraz, sonra ararım birkaç kez, baktım cevap vermiyor bana ne der, geçerim. Ne kadar oldu tanıyalı, bir geçmişimiz yok ki. Allahım ben ne diyorum böyle kendi kendime. Kahveler oldu. Oh, mis gibi kokuyor.

"Eline sağlık, çok güzel olmuş."

"Ya ne tatlısın, ne yapsam çok beğeniyorsun, sürekli tebessüm ediyorsun. Eee, neler yaptın?"

"Bir şey yapmadım aslında. Bugün tekrar asıl mesleğime dönsem mi diye uzun uzun düşündüm."

"Aaa, bu harika bir haber Yusuf."

Düşünsene kız arkadaşına sorsalar, ne iş yapıyor sevgilin diye. Sevgilim masör demek var ya da psikolog demek var. Bana ne ya, kız arkadaşı düşünsün.

"Hem ailen hem sevgilin çok sevinir."

"Sevgilim mi?"

"Aaa, yoktu değil mi sevgilin? Yani olduğunda sevinir o da."

"Neden seviniyor pek anlamadım."

"Şey, işte psikolog sevgilim var demek, gurur verebilir."

"Gurur derken? Anladım ben galiba, masör demek zor olur diyorsun."

"Öyle demek istemedim."

"Sorun değil. Sen anlat bakalım, neler yaptın?"

"İyi ya, ne olsun ama sen yanlış anladın beni."

"Cemre, anlatmak istediğin şeyin farkındayım ve kabul ediyorum. Sonuçta kim olduğumuz, mesleğimiz önemli ama emekle yapılan her iş de o kadar kıymetli bence."

"Yani, şey, ne bileyim ya, bence psikolog olman çok güzel. Hem ne gerek var başka insanların hayatlarını bilmeye? Sen de dedin ya, bana bir faydası yok ama çok merak ediyorum diye. Aramızda bir sır gibi kalır bu durum."

"Haklısın, ben de aynı şekilde düşünüyorum. Sen neler yaptın bugün?"

"Hiçbir şey... Daha doğrusu her yeri temizledim, yemek yaptım. Düşün, ben yeni tarifler alıp yemekler yapıyorum. Defalarca elimi yıkadım ya. Obsesif oldum."

"Herkes bu durumda. Yapacak bir şey yok, tedbir alıp oturacağız."

"Aç mısın?"

"Sen acıkmışsın anlaşılan, tamam yiyelim."

"Harika."

"Ne yaptın?"

"Ekmeği bile ben yaptım."

"Ellerine sağlık, yardım ister misin?"

"Hayır, sen otur."

Bu pandemi ne yaptı bana böyle? Bir adama yemek yapıyorum, *sen otur, ben hazırlarım,* diyorum. Annem görse kafayı yer herhalde. Bu şimdi dışarıdan geldi, kim bilir nerelere dokundu? Ama dikkatli çocuk, bilinçli, yok ya yoktur virüs falan... Alsın eşyalarını kalsın yanımda. Hem ben hem de o güvende oluruz. Bu salgın birkaç ay sürecek diyorlar. Bir yolunu bulup söyleyeyim. Umarım beni yanlış anlamaz. Cemre kendine gel. Sen bu tip düşünen kadınları eleştirirdin. Hani aklına geleni söyleyen Cemre'ye ne oldu? Kendine gel! Ah Merve, soktun aklıma şüpheyi. Yok aşk meşk. Ben zaten âşık olamam kimseye. *Nedir arkadaş aşk; çaresizliğin diğer adı işte.* Kendine bu kadar yabancılaşmak. Saçmalamasınlar.

"Kim saçmalamış."

"Pardon ya sesli düşünüyordum."

"Yardım ister misin?"

Aynen gel yanıma içimden geçenleri anlatayım sana, yardım et bana! Tövbe ya.

"Sağ ol bitti zaten."

"Ben masayı hazırladım, çatalı alayım dur."

"Tamam, şurada."

"Biliyorum."

"Unutuyorum bazen, alışık değilim evde biriyle kalmaya."

"Onu soracaktım, yalnız kalmak istersen söyle giderim. Epeydir sana gidip geliyorum. Düzenini bozdum, senin de bir hayatın var. En iyisi yemekten sonra gideyim, sen birkaç gün kendinle kal biraz. Belki iyi gelir."

"Gece yarısı sokağa çıkma yasağı varmış."

"O saate kadar giderim ki."

"Daha yeni geldin… Bakarız duruma göre."

"Tamam, nasıl istersen."

İyice sıçtım ya, adama *pandemi bitene kadar sürekli bende kal,* diyecektim; *git ama şimdi değil'*e dönüştü. Neden *çok mutluyum, gitme, hep kal,* diyemedim.

"İyi misin?"

"Evet, neden sordun?"

"Ekmeği çöpe attın."

"Ne demek ekmeği çöpe attın?"

"Az önce şuradaki ekmeği çöpe attın, bak."

"Ay inanmıyorum ya, Yusuf bu virüs beni deli etti ya. Dikkatim dağıldı iyice."

"Farkındayım."

"Neden güldün?"

"Yooo, gülmedim."

"Güldün, gördüm."

"Seni gördüğümü hissettim."

"Nasıl?"

"Hani sana dokununca bir şey göremiyorum ya ve çok isterdim bunu biliyorsun. İlk defa birini dokunmadan görebiliyorum."

"Ne gördün?"

"İçindeki ürkek ve şaşkın kızı."

"Gerçekten mi? İşte virüsten bu."

"Bana pek virüs gibi gelmedi."

"Ne gibi geldi?"

"Virüsün belirtilerinde heyecan, tatlılık ya da sevimlilik yok."

"Ne demek bu şimdi?"

"İçinde gördüğüm şey bu üçüydü."

"Hımmm…"

"Sende bir şeyler var bu akşam. Sanki bir şey söylemek istiyorsun ama bir şey seni engelliyor gibi."

"Evet, evet bir şey var ve senden bunu nasıl isteyeceğimi bilmiyorum."

"Tamam dedim ya, yemekten sonra giderim."

"Hayır, gitmeni değil tam tersine hep kalmanı istiyorum. Hep derken pandemi bitene kadar birbirimize destek olmak anlamında."

"Hımmm... Şimdi anladım."

"Neyi?"

"Sen korkuyorsun ve yanında olmamı istiyorsun."

"Yani aslında evet, dediğin gibi korkuyorum."

"Tamam canım nasıl istersen. İstediğin kadar kalırım."

"Pandemi bitene kadar işte."

"Tamam. Afiyet olsuuun."

"Sana da."

"Çok güzel olmuş, eline sağlık."

"Teşekkür ederim."

"Ne diyoruz biz şu an ya? Hahahaha."

"Gitti kafalar."

Tam şu an ne hissediyorum biliyor musunuz? Evime yeni taşınmış gibiyim. Eşyaları yeni almışım da hepsiyle ilk defa tanışıyorum. Sanki teker teker çeyiz açar gibi, hepsini Yusuf'la tanıştıracakmışım gibi. *Bak bu kanepe çok rahat, annem zorla aldırdı ama sevdim. Şu kahve fincanları var ya, onları Eskişehir'deki halk konserinde hediye etmişlerdi. Depresyon çoraplarımı görmen lazım, çok komik. Hatta depresyondayken yıkamıyorum onları, kokmuyorlar valla, eski hali daha iyi geliyor bana. Mutlu olunca sıktığım parfümle de tanışman lazım. Hatta birazdan sıkıp geleyim. Sen otur o kanepede, ben de kahve yapıp geliyorum,* demek istiyorum. Hiç sıkılma istiyorum.

"Ne düşünüyorsun Cemre?"

"Öyle daldım ya, şu virüs takılıyor aklıma. Ödüm kopuyor bana da bulaşacak diye. Hayır, tedavisi de yok, Allah korusun ya."

"Ne garip değil mi? Bilmediğimiz şeylerden nasıl da korkuyoruz."

"Evet, ama gözle görülmüyor sonuçta ve direkt öldürüyormuş bu virüs."

"Gözle görülmeyen ne çok şey var aslında ve çoğundan da korkuyoruz."

"Ne mesela?"

"Aşk!"

"Nasıl yani?"

"Göremiyoruz ama istiyoruz hem korkuyoruz hem olmasını çok arzuluyoruz. Aşk olmadığı zaman ölüm daha çok yanımızda gibi. Âşık olunca ölümü unutuyor insan. İlk defa yaşadığını hissediyor. Ölüm bile acısız geliyor."

"Hangi ölüm acısız olur ki?"

"Acı verdiğini kim söyledi ölümün? Kimse ölmüş biriyle konuşmadı sonuçta."

"Aslında doğru, ölümü biz acı veren bir şey gibi görüyoruz."

"Bence acıdan değil, yaşamdan uzaklaşmak büyük bir belirsizlik. Tam emin olmadığı boyuta geçiyor olmak korkutuyor insanı."

"İnsan bilmediği şeyden korkar."

"Aynen öyle, acı da çeksek, yaşamda kalmayı ölüme tercih ederiz."

"Senin düşüncen ne?

"Hayatın boyunca en çok hangi duyguyu yaşadıysan ölürken seni o duygu uğurlayacak."

"O zaman, ben korku, kaygı ve değersizlikle uğurlanacağım. En çok hissettiğim duygular bunlar; ya senin?"

"Ben zor ölürüm, çok tutmaya çalıştım hayatı, olanları, biraz mükemmeliyetçiydim."

"Geçmiş zaman kipi kullandın, değiştin mi artık?"

"Evet, âşık oldum galiba, gitti ölüm korkusu."

"Hımmm, kime?

"Sana Cemre, sana âşık oldum! İlk defa hayatı yönetmekten vazgeçtim... İlk defa yaşadığımı hissediyorum... İlk defa birinin gözlerine uzun uzun bakıyorum ve gözlerime bakarsan ne yapacağımı inan bilmiyorum. Sana aitmişim gibi hissediyorum. İzin verirsen sende ölmek istiyorum."

"Allah korusun ne ölümü Yusuf?"

"Eğer şu an yaşadığım duygular beni ölürken uğurlayacaksa değer be."

"Yusuf!"

"Ben sana tutuldum, ellerim ilk defa görmüyor birini. Gözlerime görev vermiş kalbim, aklımı hatırlamıyorum bile sadece ismi kalmış."

"Yusuf..."

"Efendim."

"Galiba ben de senden hoşlanıyorum."

"Galiba derken?"

"Yani daha ölmek istiyor muyum bilmiyorum."

"O zaman şimdiyi yaşayalım, aşkta ölüm gibidir; habersiz gelir."

"Allah korusun Yusuf ya, ölüm deme virüs geliyor aklıma."

"Umarım bizi aşk uğurlar."

"Umarım. Yoksa bizi bu gidişle Covid-19 uğurlayacak."

Gülüşür ve birbirlerine sarılırlar...

Yusuf

Her güzel şeyden biraz var içinde.

Allahım bu nasıl bir lezzettir böyle. Sarılmak ne güzelmiş. Sen ne tatlısın öyle Cemre. Haftalardır sarılmak için can atıyordum. Dokunmadan bu kadar sevmişsem, sarılınca ne oldum varın siz düşünün. Cennet gibi kolların, sana sarıldığımda yaşadığım hazzı daha önce hiçbir şeyde yaşamadım.

"Yusuf."

"Hı?"

"İyi misin?"

"Evet, neden?"

"Birkaç kez adını söyledim duymadın da."

"Seni kokluyordum."

"Beni mi kokluyordun?"

"Evet."

"Nasıl kokuyorum?"

"Her güzel şeyden biraz var içinde. Yani dünyadaki tüm güzel kokan şeyleri düşün ama hepsinden. Vanilyadan yeni yıkanmış çarşaf kokusuna, taze ekmek kokusundan sıcak çikolataya, kitap kokusundan yağmur sonrası toprak kokusuna, kahve kokusundan gül kokusuna kadar. Hepsinden biraz koymuşlar tenine. İşte öyle güzel bir koku."

"Yusuf ya çok romantik, çok duygusal bir adamsın sen."

"Duygularımı söylediğim için mi?"

"Bilmem. Bir şeyler izleyelim mi? Ben film bakıyorum bir de mısır patlattık mı üfff."

"Harikasın sen."

"O zaman bir öpücüğü hak ettim."

Bir Ay Sonra…

Bilinçaltımızı bilemeyiz,

kontrol edemeyiz ve temizleyemeyiz.

"Ben artık haber izlemeyeceğim, kaldıramıyorum."

"Whatsapp'tan gelen mesajları da okumazsan sevinirim, yalan haberler geziyor ortalıkta."

"Sen ne yapmayı düşünüyorsun canım, anlatsana."

"Şu an yapabileceğim bir şey yok. Pandemi biter bitmez başvurularımı yapacağım. Kliniklere, okullara, hastanelere başvuracağım."

"İnsanlar kafayı yedi artık, psikolojileri bozuk ve desteğe ihtiyaçları var. Ay, destek deyince aklıma geldi. Cengiz var ya arkadaşım. Onu özel bir kliniğe kapatmışlar. İntihar girişiminde bulunmuş."

"Neden yapmış böyle bir şeyi?"

"Hiç bilemiyorum, bugün yarın çıkar dedi Ayşegül. Çok üzüldüm. Bence panik atak ve kaygı tavan yaptı. Herkesin psikolojisi fazlasıyla bozulacak anlaşılan."

"Evet ama daha tehlikeli psikolojik süreçler bekliyor bizi ve dünyayı."

Bunlar daha Cengiz'in iyi günleri. O tembellikle depresyona da girer insan, mutsuzluğun dibini de görür. O banyoda bir saatten fazla kalıp beni beklettiğini geceyi unutmadım daha…

"İçimi karartma ya, sen de bir gün iyi bir şey söyle."

"Herkes iyi şeyler duymak istiyor, anlıyorum ama bazı gerçekleri bilmek neden kötü hissettirsin ki?"

"Hadi anlat bakalım, sence neler olacakmış?"

"Hafif bir dalga geçme hissettim."

Yaklaşıp sarılır ve öper...

"Yok canım ne dalga geçmesi, merakla bekliyoruz Yusuf Bey."

"Seni seviyorum."

"Ben de seni seviyorum."

"Seni çok seviyorum."

"Lütfen konuya girer misiniz?

"Tamam, tamam. Şöyle anlatmaya çalışayım, toplumlar da insanlar gibidir. İnsanda olduğu gibi ailenin, toplumların ve tüm dünyanın da bilinçaltı vardır. Her insanın sahip olduğu bilinçaltı kendisinin bile bilmediği dürtü ve arzularla doludur. Öldürme isteğinden yaşama arzusuna, cinsel arzulardan eğlenme isteğine kadar... Bilinçaltımızı bilemeyiz, kontrol edemeyiz ve temizleyemeyiz."

"Eee, her yerde bilinçaltı temizliği eğitimleri, seansları falan yapıyorlar."

"Hepsi büyük bir yalan. İnsanın arzu ettiği şey beyninin içinden kurtulmak. Artık baş edilemez bir boyuta geldiği için çaba da harcamak istemiyor. Geçmiş yaşamın, yetiştirilme tarzının önemini anladı insanlar. Eskiden insanlar çocukluklarını bu kadar merak edip bu denli spiritüel yollara başvurmamışlardı. Psikoloji, koçluk, kişisel gelişim, reiki, yoga gibi süreçlere ne kadar direnç gösterdi insanlar hatırlasana."

"Her şeye önce bir karşı çıkar, sonra kabul ederiz."

"Aynen öyle, insan kendi gerçeklerine zıt bir şey duymaya tahammül edemiyor. En basit örneği annemle babam. Bir gün onlarla konuşmayı denedim. Karşılarına geçip anlattım. Çocukken bizi yetiştirdikleri dönemlerde yaptıkları hataları söyledim. O şekilde yetiştirilmekten dolayı ben ve kardeşlerimde oluşan hasarları söyledim. Suçlamadan izah etmeye çalıştım uygun bir dille ama ne dediler?

"Ne?"

"Babam *'Her haltı yiyin, işin içinden çıkamayınca ana baba suçlu,'* annem de *'Yeni yeni icatlar çıkarma başımıza, ne sıkıntılarla büyüttük sizi,'* dedi. Biz biraz garip insanlarız, özeleştiri konusunda zayıfız.

"Anlamadılar yani?"

"İnsan bir şeye şüphesiz inanıyorsa, anlamak için çaba göstermez. Neyse o zamandan bu zamana geldik. Şimdi bu kavramlar çok önemli. Bak bir virüs yüzünden dünya eve kapandı. İlk tepkiler korku, endişe oldu, herkes takıntılı çünkü kimse ölmek istemiyor. Evde uzun süre kaldıkça insanların içlerine yapacakları ruhsal yolculuklar da artacak. Kimi dinle, kimi ilimle kimi filmle kitapla, kimi de öyle sessizce durarak yapacak bu yolculuğunu."

"Biz bile bir ayda neler konuştuk, neler paylaştık, haklısın."

"Zaten insan kendine yolculuk yapmayı öğrenmeli. Yoksa dünya ile baş etmesi mümkün değil. Çünkü içe dönmek, olanlara anlam vermek demek. Zamanla neden yaşadığını ya da neye sarılması gerektiğini, hangi yoldan gitmesi gerektiğini bulmalı insan."

"Bunun için zaman ve para olmalı. Parası olmayan insanların okumaya, düşünmeye ya da tekâmül etmeye imkânı yok ki. Sanki hayat bile en çok zengin olana torpil geçiyor."

"Neden böyle düşündüğünü merak ettim."

"Ya Allah aşkına ev kirası, çocuk masrafı, eşya, okul, ev, iş derken üç kuruş para ile zor geçinen insanlar nasıl yapacak bu dediklerini?"

"Ben ne dedim ki? Yapılması zor olan ya da para gerektiren ne söyledim? Hatırlatır mısın canım?"

"Yani okuyacak, düşünecek, yalnız kalacak, azalacak hayattan falan filan hayatım."

"Bunun zenginlikle alakası ne? Her insan eşit değil, her bir hikâye farklı ve her hikâyenin tek bir kahramanı var. Bu kahraman ne yaşarsa yaşasın, kim olursa olsun, bir gün düşünmek için içe dönüp yolculuğa başlayacak. Parasız ya da paralı. Bu öyle bir deneyim ki, fark etmeye başladığın an, kaç yaşında ve kim olduğunu unutuyorsun."

"Tamam, ne olacak onu söyle artık."

"Bir anda hayatta kalma arzumuz sekteye uğradı. Gelecek planlarımız bitti ve onların değişmesi gerekiyor. Korku yalnızlaştırdı ve tüm duygularımız birbirine karıştı. Her insanın evinde biraz yalnız kalıp durumu düşünüp değerlendirme olanağı yok. Evler kalabalık. Hem ölüm hem de sevdikleriyle ilgili çeşitli korkular tavan yapmış durumda. Bu, direkt bilinçaltını açığa çıkaracak. Yani birkaç ay suçlar azalacak, pandemi bitince dışavurumlar farklı olacak. Bastırılmış ne varsa açığa çıkacak. Genelde bazı insanların korku uyaranları azaldığında kendilerinin bile bilmediği eğilimleri ortaya çıkabiliyor."

"Nasıl yani?"

"Suç işleme, iş değiştirme, hemen evlenme ya da boşanma, beğenilerin değişmesi yani sadece kötü şeyler değil aynı zamanda farklı kişilik değişimleri de meydana gelebiliyor. Sana deseler ki on beş gün sonra öleceksin, ne yaparsın? Çok istediğin ama ertelediğin şeyleri yaparsın! İşi gücü bırakır, yapmadığın şeylerin peşine düşersin. Ama bazıları da daha şeytani şeylerin peşine düşebiliyor. Ben öleceksem o da ölsün, ben yok olacaksam kafama göre yaşarım. Başkasının duyguları, değerleri ya da acıları umurumda değil, diyecek olanlar da var."

"Sosyal medyada gördüğüm kadarıyla herkes evde ekmek, spor yapmaya başlamış."

"Evde ekmek yapmak, üretme isteğidir. Eve kapandık ve bir anda üretme becerimiz sekteye uğradı. İnsan küçülmüş hayatında daha üretken olan bir varlık. Hayatı kolaylaştıkça tembelliği de artıyor. Daha çok ekmek, el işi, resim yapılacak, oyunlar oynanacak. Spor ise bağışıklık sistemi için yapılmaya başlandı. Ah ölüm sen nelere kadirsin!"

"Neyse, ben de ekmek yapacağım bize."

"Vay, Cemre Hanım demek ekmek yapacaksınız?"

"Hatta hemen mutfağa gidiyorum ama sen de geleceksin, birlikte yapacağız."

"Böyle bir teklife hayır diyemem."

"O zaman Yusuf Bey sizi şöyle alabilir miyim?"

Yusuf, Cemre ve Kavga!

Çok seviyorsunuz ama
hiç güvenmiyorsunuz.

Eğer insanları hızlıca analiz edebiliyorsanız işiniz gerçekten zor. Ne yaptığını ne yapacağını az çok tahmin edebilmek, neyi neden söylediğini anlayabilmek, herkesin baş edebileceği bir durum değil. Uzun zamandır masaj yapmıyorum; hayatımda ilk defa masaj yapmadan insanları yine de görmeye başladım. Bence herkes karşısındakini ilk gördüğü anda yüzde yüz tanır. İlk gördüğü anda hisseder neler yaşayacağını, hangi duyguları paylaşacaklarını. Hatta sizi aldatacağını hissetseniz de yalan söyleyeceğini bilseniz de ilişkinize devam edersiniz. Arada duygusal bir bağ olduğu zaman, sizi sevdiğinden emin olmak istersiniz. İnsan sevdiğine bunları yapmaz, insan sevdiğini kırmaz zannedersiniz. Oysa herkes sevdiğini kırar ve sonra buna o kadar alışırsınız ki… Çünkü çok seven, sevdiğini her şeyi ile sevmiştir, her şeye rağmen sevmiştir. *İnsan vardır kendinden çok karşısındakini sever; insan vardır karşısındakinden çok kendisini sever.* Bazılarımız kendimizi sevmeyi başkalarının üzerinden gerçekleştiririz. Peki, hiç şöyle bir duygu yaşadığınız oldu mu? *Çok seviyorsunuz ama hiç güvenmiyorsunuz.* Tam da hayal kuracağım derken içinizi derin bir uçurumla dolduruyorsunuz. Benim için en zor olanı da dokunduğunda hiçbir şey görememek. Cemre'yi göremiyorum; seviyorum ama göremiyorum. Cemre, sen de bir yerlerden kırılıp dökülmüşsün. Sen de tüm yalnızlığını ve çaresizliğini dipsiz kuyulardaki hazlarda unutmaya çalışmışsın. Haklıymış eskiler, insan katile de yalancıya da sevmeyi bilmeyen birine de âşık olabilirmiş. Dün geceden beri haber yok, her cumartesi gecesi olduğu gibi yine saatlerdir ulaşamıyorum. Sorduğumda tek bir cevap var: *Arkadaşlarla takıldık.*

"Cemre uyanmadın mı hâlâ?"

"Uyandım canım, biraz fazla içmişim gece."

"Neredeydin?"

"Evdeydik birkaç müzisyen arkadaş vardı, şarkılarımın provalarını yaptık."

"Gece de mesaj attım, dönmedin."

"Özür dilerim hayatım. Eee, sen ne yapıyorsun bugün?"

"Şu hastaneden iş başvurusuyla ilgili cevap geldi, oraya gideceğim."

"Harika bir haber bu!"

"Dünden beri sana söylemek istiyordum ama ulaşamadım."

"Hadi, bugün bir şeyler yapalım. Gel, al beni, bir yerlere gidelim."

"Tamam, bir saate sende olurum."

"Öptüm."

Bir Saat Sonra…

Biliyorum olmayacak,

değişmeyecek, böyle gidecek.

"Aloo, ben aşağıdayım bekliyorum."

"Tamam, iniyorum."

Bu görüşmelerin artık bir yere varmayacağını ben de biliyorum; ama kalbim söz dinlemez bir asi. Kimseyi değiştiremezsin ama umut edersin.

"Selam."

"Canım ne haber?"

"İyi canım, sen nasıl oldun?"

"İyiyim, soda-limon içtim, kendime geldim biraz."

"Kalabalık bir yere girmeyelim, malum virüs var. İnsanlar çok tedbirsiz."

"Sorma ya! Salgın yokmuş gibi herkes el ele, kucak kucağa. Bizim şu kafeye gidelim."

"Olur."

"Biri sade, diğeri şekerli Türk kahvesi alabilir miyiz?"

"Şu şekeri de bırak artık."

"Sen de alkolü!"

"Bekliyordum ne zaman konuyu buraya getireceğini."

"Evet, sonunda konuşacaktık. Ben direkt konuya gireceğim Cemre; içki içmeni istemiyorum!"

"Ne demek bu şimdi?"

"Şunu kabul et, alkol sana yaramıyor. Sınırı aşınca her şeyi unutuyorsun. İçtiğin akşamlar sabaha kadar mesajlarıma cevap vermiyorsun, bu beni gerçekten üzüyor ve çok endişeleniyorum."

"Yusuf abartıyorsun. Haftada bir içiyorum zaten, eskisi gibi her akşam da değil."

"Bazen tek başına bazen de arkadaşlarınlasın. O sınırı aştığında yapabileceklerin aklıma geliyor. Gerçekten çaresiz hissediyorum kendimi."

"Yusuf eskiden yaptığım şeylerle beni yargılama!"

"Seni yargılamıyorum, hislerimi söylüyorum."

"Yüz kere söyledim şimdi de söylüyorum; seni aldatmadım."

"Cemre ben aldatılmaktan korkmuyorum ya da bu beni endişelendirmiyor. Ben yalan söyleyen ve sadakatsiz birini sevdiğim için kendime kızıyorum."

"Ne demek istiyorsun?"

"Sana öylesin demiyorum, sana ulaşamadığım zaman öyle bir his geliyor içime."

"Günümün içine ettin yine... Başım da ağrımaya başladı, teşekkürler."

"Sinirlenmeni anlamıyorum. Neden sakinlikle karşılamıyorsun? Bence kendine kızıyorsun."

"Yetti be senin şu analizlerin! Ben gidiyorum, sonra görüşürüz."

"Sen bilirsin."

"Ben bilirim öyle mi?"

"Gitmek isteyen sensin ama şunu söylemek isterim; bir daha içki içersen ben yokum."

"Senin derdin içki değil, sen aldatılmaktan korkuyorsun."

"Göreceksin böyle bir korkum olmadığını."

"Hadi iyi bak kendine çokbilmiş."

Nasıl rahatsız edici bir duygu. Bir yanım *doğru bildiğin şeyi yapmaya devam et, o sana uygun değil, çok canını yakar,* diyor. Bir yanım *daha çok yakınında olursa daha az acı çekersin,* diyor. Aynı anda aklım bitiriyor, kalbim başlatıyor. Karmakarışığım. Düşünmeyeyim diyorum, aklıma gelmesin istiyorum, uzaklaştıkça daha çok acı çekiyorum. Ama biliyorum olmayacak, değişmeyecek, böyle gidecek. Bu şekilde hiçbir yere varamayız. Yine de onunla olmak istiyorum. Neyse…

Cemre

Ben artık cehennemden
dünyaya dönmek istemiyorum.

Bir hafta sonra…

Of, başım çok ağrıyor. Bir daha bu kadar içmeyeceğim diyorum, her hafta aynı terane. Ne yataktan çıkasım var ne de bir şey yapasım. Her şey eskimiş gibi… Yastık, yorgan, ev, dünya; sanki hiçbir şeyin tadı yok. Bu eskilik bana yalnızlığı hatırlatıyor. Her şey mazide kalmış da şimdi hiçbir şey yeni değilmiş gibi, insan böyle bir duyguyu kimseye anlatamıyor. Büyük bir yalancıyım ben, çünkü herkes mutlu olduğumu sanıyor. Hayatımın kalabalık olduğunu, işimin iyi gittiğini, âşık olduğumu düşünüyorlar. Şu an aşkın dışında söyledikleri her şey yalan; mutlu değilim. Eskiden gelen bir alışkanlık gibi, dünyama güzel bir şey girdiğinde korkup kaçıyorum. Bu kaçış beni derin bir yalnızlığa götürüyor ve bunu taşıyamıyorum. Yalnız olmadığımı hissetmek için her hafta bilmediğim bedenlere sarılıp bana dokunmalarını istiyorum. Biri bana sıkıca sarılırsa yalnızlığım kaybolacakmış gibi, ama olmuyor. Bu hataları bana yaptıran duygu adrenalin çünkü bir hafta boyunca yalnızlığımı sürekli bastırıyorum. Ne arkadaşlarım anlıyor ne de annem. Yalnız değilmişim gibi programlar yapıp geziyorum, eğleniyorum, hayatıma devam ediyorum. Bir hafta sürüyor bu. Cumadan geliyor yalnızlığın çığlıkları ve o kadar derinleşiyor ki kulağıma *kimse seni sevmeyecek ve sen de kimseyi sevemeyeceksin,* diye fısıldıyor. *Hayatın hep böyle devam edecek,* diyor. İşte o andan itibaren kocaman bir çaresizlik duygusu başlıyor.

Hayatımın son kaçış fırsatı olan tren gözümün önünden geçip gidiyor gibi... Peşinden koşuyorum, yetişemiyorum. Son vagonu tek elimle yakalıyorum; orası da hep cumartesi geceleri. O kadar inanmak istemiyorum ki yalnız olduğuma, gözüme perde iniyor. *Kim olduğunun önemi yok,* diyorum. Gecenin bu saatinde, kim olduğunun önemi yok dediğin kişinin sadece seks için geldiğini bile bile çağırıyorum onları. Bilincim kayboluyor. Kendimi iyileştirdiğim bütün telkinler işe yaramaz hale geliyor. Ettiğim yeminler tamamen boşa gidiyor. Bütün duyguların üstüne yalnızlık eklenince susmuyor içim. Tek ihtiyacım adrenalin oluyor. Çünkü adrenalin ve heyecan korkudan nefrete, üzüntüden pişmanlığa, öfkeden yalnızlığa bütün duyguların sesini kısıyor. Tehlikeler tehlikesiz görünüyor insanın gözüne. Tanımadığın birini vücut ölçüleri ile değerlendirmeye başlıyorsun. İşin ironisi de burada. Sen de başkaları tarafından bu kadar ucuz görülüyorsun.

İki yalnız bir araya gelir, birbirlerine temas eder ve ayrılırlar! İnsan böyle bir gecenin sonunda hiçbir zaman mutlu uyanmıyor. Bedenini ve ruhunu kirlenmiş hissediyor. Öğlene doğru alkolün o pis etkisi geçmeye başladığında, vücudun enerjisi geri geliyor ve işte o enerji, o pis duygular için bir sonraki cumaya kadar yetiyor. Birkaç hafta böyle idare ediyorum sonra yoruluyor bedenim ve ruhum. Hemen güvenli bir liman arıyorum, en sevdiğim ama en çok hakkını yediğim kişiyi düşünüyorum. Onun yanında gerçekten seviliyorum. Ne yapayım, bana sadakat öğretilmedi. Ne kendime sadık olabildim ne de hayatıma giren insanlara. Şimdi bile kendimi yabancı gibi hissediyorum. Biliyorum Yusuf'u özledim. Oysa bu özlem de sahte, çünkü o kadar çok hata yapıp kirlenmiş hissediyorum ki ruhumu, sevgiyle temizlenmeyecekmiş gibi geliyor. Onu da bir, iki hafta oyalayıp özüme döneceğim, biliyorum. Birkaç hafta günah işlememek bile bana iyi geliyor. Farkındayım bendeki bağımlılık. Bir şekilde yine aldatacağım. Kendimi tanıyorum; dayanamayacağımı biliyorum. Evet, Yusuf'u aramalıyım; çünkü çok özledim. Şu an onu arayacak olmak bile heyecanlandırıyor beni. Acaba açar mı telefonu ya da affeder mi beni, bilmiyorum. Neyse ya, arıyorum.

"Alo, Yusuf."

"Efendim."

"Nasılsın?"

"İyiyim, teşekkürler."

"Müsait değilsen sonra konuşalım."

"Yok, müsaitim.

"Ne bileyim, konuşmak istemiyormuşsun gibi geldi."

"Seni dinliyorum."

"Ne yapıyorsun?"

"Çalışıyorum."

"Aaa, başladın mı oraya, çok sevindim."

"Sen neler yapıyorsun?"

"Haftaya şarkıyı okumak için stüdyoya gireceğim, ona hazırlanıyorum. Yusuf ben seni çok özledim."

"Ben de özledim."

"Bugün müsaitsen bir şeyler yapalım mı?"

"Cemre şimdi senin başın ağrıyordur, sabaha kadar içmişsindir. Yine yaptıklarını unutmuşsundur. Kafanda kurup durmuşsundur."

"Yusuf!"

"Cumartesi akşamından pazar öğlene kadar, sevdiğin insanı tamamen unutturacak şeyler bulduysan... Sen bu arzudan çok zor vazgeçersin."

"Neden böyle konuşuyorsun Yusuf?"

"Düşünsene, bana olan aşkından daha da büyük bir arzu bu. Şehvet her zaman aşkı öldürür. Evet, ben de çok özledim seni, çok seviyorum ama ömür boyu aynı pazarları yaşamak istemiyorum!"

"Yusuf!"

"İyi olmana sevindim Cemre, ama umarım gerçekten iyisindir. Şimdi izninle biraz işim var, sonra tekrar konuşuruz."

"Tamam, görüşürüz."

Şu an hem sinirliyim hem de mutsuzum. Yusuf'un bilmiş bilmiş konuşmaları yok mu, her boktan da emin! Yok şöyle yapacakmışım yok böyle yapacakmışım. Kendine bak sen ya! Milletin evine geceleri girip çıkan sensin. Nereden bileyim gerçekten bir şeyler yaşamadığını? Herkes temiz, sadece biz kirliyiz. Keşke aramasaydım! Biliyordum böyle olacağını. Olsun, iyi ki aradım, sesini duydum; bu bile iyi geldi. İçimden bir ses şimdi gidip evine kapıyı çalsam açtığında sarılır, diyor. Ama doğru olur mu bilmiyorum çünkü haklı, kirliyim gerçekten; öyle de hissediyorum. Dün gece duş alırken resmen kaynar suyla yıkandığımı fark ettim. Sanki üstümdeki mikroplar ölecekmiş gibi geldi. Neden bunu yapıyorum? Kendimi cehenneme atıp cezalandırır gibi neden sürekli aşırı sıcak suyla yıkanıyorum?

Bir insan kendine cehennemi yaratırsa, tekrar dünyaya döndüğünde kendini daha da yalnız hisseder. İnsan cennetten gelmelidir çünkü oradan döndüğünde onu sarıp sarmalamak için bekleyen birileri mutlaka vardır. Ben de cumartesi geceleri hep cehenneme atıyorum kendimi, sonra aklıma cennet geliyor. Ona gidiyorum. Tekrar suç işleyip tekrar cehenneme yolluyorum kendimi. *Ben ar-*

tık cehennemden dünyaya dönmek istemiyorum, diye düşünüyorum. Garip bir şekilde akşamüstüne doğru bu pişmanlığım bitiyor. *Ben buyum, yapacak bir şey yok,* diyorum. İnsan yapacak bir şeyi kalmadığında gittiği yolun doğru olduğunu düşünür. Umarım yapacak başka alternatifler de vardır. Yoksa bu halimi sevmiyorum. *Tanrı içimizde* demek, belki de bu. Doğru ve yanlış arasındaki seçim hakkını tamamen bize bırakmış. Her güzellikte cennete, her kötülükte cehenneme gönderiyor. Neyse, yine sabah sabah beynimi gereksiz şeylerle doldurdum. Tamam Yusuf Bey, bittiyse bitti! Biz de yolumuza bakarız. Gencim, güzelim, aklım başım yerinde. Bir sürü erkek var… Kalkıp bir kahve yapayım, sonra da Can'ı ararım; bakalım ne yapmış pandemide.

"Alo, Canom nasılsın?"

"İyi diyelim iyi olsun bebeğim. Sen nasılsın?"

"Ben bu sesi hiç sevmedim, hayırdır?

"İşler pek iyi gitmiyor. Bir anda dünya kadar borcum oldu. İflas ettim demeyeyim şimdilik, ama iflasa çok yakınım. Bugün bankayla konuşacağım, bakalım neler olacak."

"Hay Allah, çok üzüldüm. İyi de nasıl oldu? Bir anda koca servet biter mi yahu!"

"Cemreciğim, inan ben de anlamadım, sanki bir gecede ipler feleğin eline geçti."

"Ben ne yapabilirim?"

"Dua et canım, başka yapacak bir şey yok şimdilik. Bana şans dile."

"Tüm kalbim seninle Canom benim. İnşallah geçecek bu günler."

"İnşallah Cemre."

Şaşkınım, nasıl olur? Bunca servet, mal mülk nasıl kaybedilir? Vay arkadaş…

Yusuf

İnsanda sevme yeteneği bitmez...

Nasıl özlemişim sesini! Ama her özlem duygusunun peşi sıra büyük bir hayal kırıklığı geliyor. Tam bir araf bu yaşadığım, fakat aklımı dinlemek zorundayım. Yıllar önce duygularımı çok dinlemiştim; şimdi aynısını yapmayacağım kendime! Yine de çok özledim seni. Ellerini, gözlerini, evde içtiğimiz saçma fincanlardaki kahveleri... Evi... Sadece senin ya da benim değil, ikimizin eviymiş gibi... Bunları düşünmek iyi gelmeyecek bana. Biraz çıkıp yürüsem iyi olacak. Az önce sesini duydum ya, saatlerce içimde seninle konuşmaya devam edeceğim. O yüzden yürümeliyim. Ah be Cemre! Seninle ilgili bir yanım güvensiz ve kaygılıydı, ben o yanımın sesini kısmak için kafamı sürekli dağıtmaya çalıştım. Hâlâ da aynısını yapıyorum. Annemle de ilişkim seninki gibiydi...

Anneme de kaygılı bağlanmışım, şimdi de sana. Anladım ki kaygılı bağlananlar yani hayata kaygılı bakanlar, hep kendilerini kandıracak kişilerle tanışırlar; yani güvensiz bağlananlarla. Güvensiz bağlananlar, anne babalarından sevgi alamadıkları için erken yaşta duygularını kendileri tatmin etmeyi öğrenir. Duygusal ilişkilere pek inanmazlar. Onlar için gecelik ilişkiler daha önemlidir. Her şey istedikleri zaman olsun isterler. Böyle bağlananlar, kaygılı bağlananların da sınavı olur. Açıkçası, çok sevmeme rağmen ben böyle bir sınava bir daha girmek istemiyorum. Bir yandan da bana o kadar iyi geldi ki şu kısacık sürede, hayatımı değiştirdi. Artık kimsenin evine gitmiyorum. Yeteneğimi kullanma arzum da iyice azaldı. Benim de en büyük günahım buydu. Dokunmak, şehvetimdi. Teşekkür ederim her şey için. Sen bana sevildiğimi hissettirdin. Sayende sevme yeteneğimi keşfettim. *İnsanda sevme yeteneği bitmez, sevdiklerimiz değişebilir ama sevgimiz hep bakidir.* Çaresizce sana akmamın sebebi çocukluğumdaki kodlarımdı. Bu yüzden sınav soruları zorlaşmadan vazgeçmem en doğrusu. Az çok bilirim bu hikâyeleri; böyle devam eder, sonra insanlar yaşadıklarını kader zanneder. Yürümek iyi gelir, dedim ama şu halime bak. Hâlâ içimden seninle konuşuyorum. Baksana dünyayı kurtaracak fikirler söylüyor gibiyim, sanki dünyanın en önemli şeyini anlatıyorum. O kadar önemsiyorum ki seni, içimde senin dışında bir şey yok.

Cemre

Sevmeyi öğrenmek neden bu kadar zor?

Birkaç ay sonra...

"Cemre nasılsın bugün?"

"Çok heyecanlıyım, çok mutluyum! Şarkının okumaları bitti, daha ne olsun!"

"Ben de onu diyorum, zaten bir saate gönderirler. Şebnem Sungur'la da konuştum; o da heyecanla bekliyor."

"Sorma ya, hepimiz çok heyecanlıyız."

"Hayırdır, donuksun... Yusuf mu yine?"

"Yok ya, ne alakası var. Unuttum gitti. Allah'ın masörü!"

"İnsanlara kızdığın zaman onları aşağılamayı bırak, sana yakışmıyor Cemre."

"Sen de aklıma getirme sürekli."

"Cemre hatalısın, biliyorsun değil mi? Eğer gerçekten isteseydin çok mutlu olurdun. Demek ki istemedin."

"Ya çok şüpheci biri. Bildiğin gibi değil. Her şeye bir anlam yüklüyor."

"Eee, sen o huyunu sevmiştin, çok derin bir adam diyordun... Hayatla ilgili çok güzel şeyler anlatıyor, diyordun. Kusura bak-

ma ama Cemre adam şüphelenmekte haklı. Sen kimseyi aldatmadan bırakmazsın."

"Ağır oldu ama bu! Günümün içine ettin."

"Kusura bakma o zaman Cemre! Yarın öbür gün ünlü olduğunda bu dediklerimi anlayacaksın."

"Tamam Merve, Allah aşkına konuyu değiştirelim."

"Neyse kapatıyorum telefonu. Şarkı geldiğinde konuşuruz."

"Hadi görüşürüz."

Bir insan nasıl bu kadar gururlu olur ya? Burnu yere düşse almaz. İnsan hiç mi özlemez, merak etmez, mesaj atmaz? Ne olursa olsun özler insan ya, arar, sorar. Demek ki hiç sevmemiş! Onun istediği gibi yaşamak zorunda değilim. Lanet olsun hâlâ aklımda. Bu duygudan nefret ediyorum. Çaresizlik duygusu kahrediyor beni. Sanki çok güçsüzüm ve elimden hiçbir şey gelmiyormuş gibi. Bittiyse bitti, adam demek ki istemiyor. Ben onun her duygusunu hissediyorum, beni düşündüğünde bile. İnsan arar ya, ah Merve yine soktun aklıma Yusuf'u.

"Yusuf nasılsın?"

"İyiyim, sen nasılsın? İşler nasıl gidiyor?"

"İyi."

"Sevindim. Sen nasılsın Cemre?"

"Ben yine seni özledim."

"Cemre öyle deme, içim acıyor."

"Bak bugün pazar değil, cumartesi gecesinden sonra aramadım seni. Bugün salı."

"Sayende salıları sevmeye başladım."

"O zaman kahve?"

"Sen mi yapacaksın ya da istersen dışarıda da içebiliriz."

"Ben yaparım ya, hadi gel, bekliyorum."

"Çıkıyorum şimdi, görüşürüz."

Şarkı bile Yusuf'la konuşmam kadar heyecanlandırmadı beni. Fakat içimdeki kaygılı bir sevgi. Sanki hep bana gelecek ve ben her seferinde bitirecekmişim gibi. Biteceğini bile bile ona gel diyorum. Çünkü kendime güvenmiyorum. Utanıyorum kendimden. En özelimi insanlar bilse hakkımda neler düşünürler, tahmin bile edemiyorum. Ahlaksız, edepsiz, orospu ya da pislik diyecekler. Ha bir de alkol sorunu var, ayyaşın teki diyecekler. Sevmeyi öğrenmek neden bu kadar zor? Yemin etmekten korkuyorum artık. Kendime söz vermekten, tövbeler edip durmaktan yoruldum. Önceden aynadaki halime baktığımda utanıyordum. Ne kadar çok eksik var hayatımda. Çocukluğumdan beri her şeyim yarım kalmış. Sevgi yarım, güven yarım, aile yarım... Kendimi kötü hissettiğimde günah çıkardığım tek yer Yusuf'un yanıydı. Ona sarılmak, boynundan koklamak, ensesinden öpmek ve gözlerini izlemek, bana sanki o hataları hiç yapmamışım gibi hissettiriyordu. Yusuf bir eşik gibiydi benim için. Hani her şey yarım kaldı demiştim ya, işte onunla her şeyin tamamlanacağını düşünüyordum. Ama kahretsin en dipteki arzumu bırakamıyorum. Sanki içimdeki dipsiz kuyuya sürekli bir şeyler atıyor gibiyim. Ne attığımı da bilmiyorum, dönüp baktığımda doymak bilmez bir karanlık görüyorum. Esiri olduğum bilinçaltım. Galiba ben alışkanlıklarımı bırakamıyorum. Neyse, Yusuf birazdan evde olur. Ortalığı toparlayayım. Belki burada kalır, yemek yeriz.

Yusuf

Bazen sınavın sorusunu,
sınavın kendisinden daha çok seversiniz.

İnsanların bedenlerine dokunarak hayatlarını görmek! Hiçbir işe yaramayan bu yeteneği bir halt sanarak kendi arzularımı tatmin edip durdum. Neden insanların özel hayatları benim şehvetim oldu? Galiba kendi geçmişimi örtmenin tek yolu başkalarının perdelerini takmaktı. Unutmak mı istemişim, yoksa uyuşmak mı pek anlamamışım. *Unutmak, hiç yaşamamış olmayı istemektir.* Uyuşmaksa geçmişin verdiği acıyı hafifletmek için bir yol aramak demektir. Ben başkalarının hayatlarını izleyerek hep uyuşturmuşum kendimi. Onları yaşayarak kendi gerçekliğimi reddetmişim. Şunu kabul ettim; hiçbir masör benim yaptığımı yapmaz. Hepsi sağlık için işlerini yapan insanlar. Benim yaptığım masörlük değil ki, arzularım için insanları kullanmak ve onların da beni kullanmalarına izin vermek! Cemre'nin kendince yaptığı hatalar beni kendi doğrularıma yaklaştırdı. İnsanız! Yanlış da yaparız, günah da işleriz; belki buna mecburuz bile… Başka türlü doğruyu nasıl bilecek, sevabı nasıl anlayacaktık ki? İlişkinin türü ne olursa olsun, onda da insan hata yapabilir. Bolca doğrusu da olabilir, mümkün. Karşı taraf yanlış yaptığında bizde hangi duygu ortaya çıkıyorsa o duygunun arkasındaki düşünceyi bulmak gerek. Cemre'nin beni aldattığını öğrendiğimde önce çok şaşırdım, sonra öfkelendim, ilişkinin bittiğini hissettim. Ardından yalnızlık ve çaresizlik... Sanırım sahip olduğum en dip duygu; çaresizlik oldu. Anne ve babam tarafından duygusal olarak terk edildiğim an yaşadığım duyguyla birebir aynıydı.

Çocukken ailemin gözlerinde kendimi arayıp bir türlü bulamadığım zaman, koca bir yalnızlık hissi ve elimden hiçbir şey gelmediği için de çaresizlik duygusu sarmıştı beni. *Biri size yanlış yaptığında, hissettiğiniz duyguya iyice odaklanın.* Doğru soruları sordukça sizi en dip korkunuza götürecek. Onu bulun! O korkunuz ne? Geçmişte o korkuyu en yoğun yaşadığınız döneme gidin. Aynı olduğunu fark edeceksiniz. İşte o zaman hayatınızda size bir şekilde çarpmış, elinizden hafifçe tutmuş, dokunmuş insanların gerçek olmadığını göreceksiniz. Hepsi geçmişteki korkunla yüzleş, kabullen ve büyü diye varlar.

İnsan böyle bir yolculuğa çıkınca kendini fethetmeye başlıyor. Ruhunuzda isyan dağları, arzu yamaçları, yarım kalmış sevgi okyanusları ya da kırılmış, yalnız bırakılmış kumdan çöller varsa fethetmek çok zor oluyor. Güçlendikçe hayatın zorluklarıyla baş edebilir hale geliniyor. Aslında hiçbir şeye dönüşmüyoruz. Yaptığımız, sadece kendi kodlarımızı değiştirmek. *Yanlış inanç kodlarının yerine gerçek potansiyeli yerleştirmek.* Ama işte, Allah bu kadar deneyimin ve matematiğin içine bir kalp koymuş. İnsan en çok burada zorlanıyor. *Bazen sınavın sorusunu, sınavın kendisinden daha çok seversiniz.* Bu sorular, hayatımıza giren insanlardır. Bu sınavda bazı insanları bırakmak, bazı insanlara mesafe koymak ve bazı insanların anlamlarını değiştirmek zorunda kalırsınız. İşte anıların saklandığı kalp burada devreye girer, kulağına *yemişim sınavını, yaşa gitsin*, der. İnsan aynı sınav sorularının içine düşüp duruyorsa, sınavı verememiş demektir. Cemre umarım bu sınavdan geçmiştir. Yine de heyecanlıyım. Hayat bana çok mesaj göndermiş, okumamışım. Okunmamış mesajlarla dolmuş hayatım. Neyse çıkayım artık, anca giderim.

Cemre

Neden bu kadar güzel
konuştuğunu şimdi anlıyorum.

Yusuf'tu pandemiydi derken, arkadaşlarımla ne zamandır ilgilenemiyorum. Gruptan mesajlaşıyoruz, herkeste bir sıkıntı var. Tesadüf mü herkesin böyle tek tek kötü olaylar yaşaması, yoksa Can'ın dediği gibi ipler bir gecede feleğin eline mi geçti? İçimde anlatamadığım bir huzursuzluk var bu konularla ilgili ama hayırlısı… Can iflas etti, Özkan mide kanseri, Cengiz intihar girişiminde bulundu. Bir de Ayşegül'ü arayayım bakayım o ne durumda.

"Ayşegülcüğüm n'apıyorsun?"

"Cemre hiç iyi değilim. Hesabım hacklendi. Çıplak görüntülerim birilerinin elinde ve beni tehdit ediyorlar. O fotoğraflar sosyal medyaya düşerse biterim."

"Ay inanmıyorum! Nasıl, ne zaman oldu bu?"

"Pandemiden sonra."

"Polise gitmedin mi?"

"Gidersem yayınlayacaklar. Cemre ne yapacağımı bilmiyorum. Kendimi hiç bu kadar çaresiz hissetmemiştim."

"Sakin ol Ayşegül her şey yoluna girecek, merak etme. Yanına gelmemi ister misin?"

"Sağ ol canım, bir şey olursa ararım seni. Murat da oturduğu ev dahil kumarda neyi var neyi yok kaybetmiş bu arada."

"Nasıl olur! İnanamıyorum. Can da iflas etmiş haberin var mı?"

"Var, var."

"Tamam canım, haberdar et beni."

Ne oluyor böyle Allah'ım. Herkesin hayatı nasıl bu kadar kötü olabilir? İyi de niye benim bütün arkadaşlarım?

Kapı çalar...

"Hoş geldin Yusuf."

"Hoş bulduk."

"Geç şöyle, hemen kahveleri getiriyorum."

"Sarılmak yok mu?"

"Olmaz mı? Hem de en güzelinden."

"Nasılsın?"

"İyi değilim. Bütün arkadaşlarımın hayatları alt üst oldu. Hoş benimki de iyi gitmiyor ya."

"Ne oldu?"

"Özkan kanser, Can iflas etti, Ayşegül tehdit ediliyor, falan filan işte."

"Aaa, gerçekten mi?"

"Bilmiyorum Yusuf, aklım almıyor."

"Çok üzüldüm gerçekten."

"Bir şey soracağım sana, sen bunları görmüş müydün?"

"Neleri?"

"Sonuçta sen bütün arkadaşlarıma dokundun ve geçmişlerini görmüştün, bunların olacağını görmedin mi?"

"Yani, aslında şey, tam olarak değil; ama tuhaflıklar vardı."

"Yusuf ne gördün tam olarak?"

"İnan hatırlamıyorum."

"Nasıl hatırlamıyorsun? Her şeyi anlatıyordun."

"Cemre görmüş de olsam bunları anlatmak kolay bir şey değil."

"Neyse Yusuf. Böyle işte. Ben kahveleri yapıp geliyorum. Sen rahatına bak."

Nasıl görmemiş? Eğer görmediyse anlattığı her şey yalan, eğer görüp söylemediyse... Ama söylemesi gerekirdi. Allahım neler oluyor böyle? Yusuf hepsine dokundu! Olamaz! Anneme de dokunmuştu; annemi aramalıyım.

"Alo anne, iyi misin?"

"Cemre, Patik'le Eldiven evden kayboldu."

"Anne ne diyorsun!"

"Dün kayboldular. Senin bıraktığın para da kayıp."

"Hay Allah ya. Bir şekilde dönerler eve anne. Sen nasılsın, n'apıyorsun?

"Ben iyiyim kızım ama moralim çok bozuk."

"Gelmemi ister misin anne?"

"Yok kızım, evde durduğum yok. Kedileri arıyorum zaten."

"Parayı dert etme anne. Kedileri bugün de bulamazsan gelirim, birlikte ararız."

"Tamam kızım."

"Yine arayacağım ben seni. Bir gelişme olursa beni haberdar et."

"Tamam."

Hiç normal değil bu olanlar. Hiç normal değil! Bana da dokunmuştu ama beni göremedi... Evet ya beni göremedi, o yüzden bana bir şey olmadı. Allahım neler düşünüyorum ben. Bu olanlar da mantık dışı. Yusuf da mantık dışı, yeteneği de.

“Eline sağlık. Gel otur sen de şöyle.”

“Yusuf, sana bir şeyler sormak istiyorum.”

“Sor tabii.”

“Merak ediyorum, benden önceki kız arkadaşın ne yapıyor?”

“Neden şimdi böyle sorular soruyorsun?”

“Uzun zamandır seni pek tanımadığımı düşünüyordum. Neden, soramaz mıyım?”

“Tabii sorabilirsin de sonuçta aylardır görüşmüyorduk. İlk görüşmemizde bunları sorman garibime gitti.”

“Yusuf Allah aşkına! Psikolojik çözümlemelere girme, bir soru sordum; pişman etme.”

“Açıkçası bir sevgilim olmadı. Yıllar önce yakınlaştığım biri olmuştu; o da pek sürmedi zaten.”

“Sonra hiç haber almadın mı, ne yapıyor diye?”

“Çok iyi ayrılmadık.”

“Senin gibi sakin bir adam nasıl kötü ayrılabilir ki?”

“Tatsız bir şeydi boş ver.”

“Ona dokunduğunda görebiliyor muydun?”

“Evet, sorun da buydu zaten. O bilmiyordu bu yeteneğimi ama ben onu görüyordum.”

“Eee, sonra?”

“Sonra evlendi.”

“Hıı, mutlu yani şimdi?”

“Onu bilmiyorum ama bildiğim kadarıyla çocuğu otistikmiş ve ağır durumdaymış.”

“Aman Allahım!”

“Ne oldu?”

“Yani çok üzüldüm, ondan dedim. Allah yardımcısı olsun.”

"Âmin. Başka soru var mı?"

"Aslında çok var da…"

"Cemre sen iyi misin? Bir anda bana dikkat kesildin."

"Kafam çok karışık Yusuf. Anneme taktım kafayı, kedileri kaybolmuş. Hatta şimdi yanına gitsem iyi olacak."

"Geleyim mi ben de?"

"Hayır Yusuf, tek gitmem daha iyi."

"O zaman kahveden sonra beraber çıkarız. Yahu, neden benimle görüşmek istedin aylar sonra?"

"Seni merak ettim olamaz mı?"

"Neyse, tamam. İstersen ben de seninle gelebilirim."

"Annem zaten üzgün. Şimdi seni görünce ne alaka demesin."

"Sen bilirsin."

Birlikte evden çıkarlar. Yusuf evine gider ama tedirgindir.

Cemre soluğu Merve'nin yanında alır.

"Ne oldu Cemre? Anlat meraktan çatladım."

"Merve, beni sakince dinle tamam mı? Anlatacaklarım garip gelebilir, hatta inanmayabilirsin de ama hepsi gerçek."

"Cemre kötü bir şey mi oldu? Anlat dinliyorum."

Cemre, Yusuf ile ilgili bildiği tüm gerçekleri ve arkadaşlarının başına gelenleri olduğu gibi anlatır.

"O zaman bu adam fizyoterapist değil ve bana da dokundu."

"Evet, ispat et demiştim o yüzden sana dokundurdum."

"Ne görmüştü o zaman?"

"Merve her şeyi bildi."

"Nasıl her şeyi bildi?"

"İkimiz ile ilgili özel olan her şeyi bildi."

"Cemre sen iyi misin? Neler söylediğinin farkında mısın? Bu adam senin psikolojini iyice bozdu."

"Bırak şimdi bunları, bana yardım edecek misin?"

"Ne yardımı ya? Neler söylediğinin farkında mısın?"

"Merve!"

"Tamam, yardım edeceğim ama söylediklerine inanmıyorum bunu bil. Tek amacım şarkı öncesi kendine gelmen, sorun ne ise çözmen. Bir şey soracağım; neden adamla görüşüyorsun o halde? Çıkar hayatından, uzak dursun o zaman."

"Elimde değil, kahretsin Merve! Özlüyorum, merak ediyorum."

"Hani âşık değildin sen?"

"Aşk buysa âşık olmuşum ama bilmem lazım. Kim bu Yusuf?"

"Planın ne?"

"Bilmiyorum ne ailesini ne de arkadaşlarını tanıyorum. Ne zaman sorsam geçiştirdi. Aslında konuyu bir şekilde istediği yere getirdi hep. *Neden bu kadar güzel konuştuğunu şimdi anlıyorum*. Sanki hipnoz eder gibi."

"Klasik erkek işte. İlk başlarda ağızlarından bal damlar. Sanki Mecnun olmuşlar, bir şairlik bir kahramanlık falan..."

"Yok ya, bu öyle değil."

"Öyle öyle, hepsi öyle. Neyse, ne yapacaksın?"

"Bana çağırıp uyku ilacı vereceğim. Uyuyunca parmak iziyle telefonunu açıp, gizlediği her şeye ulaşacağım."

"Saçmalama! Ya adama bir şey olursa? Hoş, adam süper kahramandı değil mi? Özel güçleri vardı bir de..."

"Başka bir şey gelmiyor aklıma Merve. Ne olur dalga geçme, zamanla sen de öğreneceksin."

"Sen alkolü abarttın ya da başka bir şeyler mi kullanmaya başladın yoksa?"

"Ben anneme gidiyorum, o da iyi değil."

"Hayırdır?"

"Kedileri kaçmış, parası kaybolmuş."

"Parası mı kaybolmuş?"

"Evet, sonra anlatırım. Dediğimi yapacağım, seni de arayacağım, sen de benimle olacaksın tamam mı?"

"Cemre bak..."

"Konu kapandı. Başka çaremiz yok, görüşürüz."

Cemre annesine gider ve o geceyi annesiyle sohbet ederek geçirir. Öğrendiği günden beri sormaya cesaret edemediği gerçeği annesiyle paylaşmaya karar verir. Semra Hanım küçükken tecavüze uğramadığını söyler. Cimri bir baba ile büyüdüğünü, annesi tarafından sevgisiz bırakıldığını, ayrıca ölen kocasıyla istemeyerek evlendiğini anlatır. Cemre, annesinin bu korkunç olayı yaşamamış olmasına sevinir fakat bir yandan da Yusuf hakkındaki şüphelerinden iyice emin olur. Merve'ye söylediği planı uygulamaya karar verir. Yusuf'u birkaç gün sonra akşam yemeğine çağırır. Yemekten sonra kahvenin içine uyku ilacını koyar ve Yusuf yavaş yavaş uykuya dalar. Yusuf uyuduktan sonra önceden anlaştığı Merve'yi içeri alır.

"Cemre, çok korkuyorum. Şu yaptığımız hiç mantıklı değil ve çok tehlikeli."

"Sus Merve, iyice bak uyumuş mu?"

"Korkuyorum!"

"Dur ben bakarım. Evet, iyice sızmış gibi."

"Şimdi ne yapacağız?"

"Telefonunu getir."

"Nerede?"

"Masada."

"Al."

"Başparmağını değdirdim mi tamam. Oh, işte açıldı."

"Cemre, ya uyanırsa?"

"Uyanmaz sabaha kadar. Dur, şu telefona bakalım."

Cemre tüm mesajlara, resimlere bakar ve yüzündeki ifadeden Merve bir şeylerin ters gittiğini anlar.

"Ne oldu? Söylesene!"

"İnanmıyorum ya!"

"Ne oldu?"

"Yedinci büyük günah kendisi! Şehvet kendisi!"

"O ne demek?"

"Bizimkilere masaja gitmişti ya. Hatta anneme de. O zaman şey demişti, *arkadaşlarının her biri bir günahı temsil ediyor.* Ve bana bunları söylerken çok inandırıcıydı; öyle profesyonelce anlattı ki… Yok annem açgözlüymüş, yok Özkan oburmuş. Ne demişti ya, unuttum şimdi. İşte Can kibirliymiş… Ben ona bir kere sormuştum. *Yedinci büyük günah ne* diye? *Şehvet,* demişti."

"Ben bir şey anlamadım."

"Telefonu çıplak kadın fotoğraflarıyla dolu. Bak! Hepsiyle iğrenç mesajları var. İnanamıyorum ya, ben nasıl bir belaya düştüm böyle?"

"Sana demiştim *dikkat et,* diye. Adam zaten bir garipti. Fazla düzgün görünüyordu. O yürüyüşü falan… Sürekli dikkatliydi; yani doğal değildi. Sanki hep tedbirli ve savunma halinde gibiydi hatırla."

"Merve dur!"

"Ne oldu?"

"Telefona bizimkileri günah isimleriyle kaydetmiş."

"Nasıl?"

"Obur Özkan, Kibirli Can…"

"Sapık mı bu herif? Yoksa katil mi?"

"Sus Merve, bir saniye."

"Ne oldu yine?"

"Annesine attığı mesajlara bakman lazım."

"Nasıl yani?"

"Merve şu an evde bir akıl hastası, sapık var."

"Polisi arıyorum."

"Saçmalama! Ne diyeceksin polise?"

"Uyanırsa bizi öldürür."

"Hayır, ben biliyorum ne yapacağımı."

"Ne yazmış, söyle!"

"Hepsinin adını ve bilgilerini günahlarıyla birlikte annesine yazmış. Annesi de hepsine büyü yapmış."

"Cemre ne diyorsun sen, ne büyüsü, neden?"

"Anlattım ya sana bizim çocukların başı beladan kurtulmuyor diye. Büyü yaptırmış işte. Sapık, annesiyle birlikte çalışıyor demek ki."

"Ya ne büyüsü saçmalama! Büyü diye bir şey yok."

"Büyü var ya da yok. Bu yazışmalar ne o halde?"

"Şimdi ne yapıyoruz? Ayrıca uyanınca anlayacak bir şeyler olduğunu, ne diyeceksin?"

"Herkesi buraya çağırıyorum."

"Herkesi derken?"

"Özkan, Ayşegül hepsini... Yusuf'un masaj yaptığı tüm tanıdıklarımı, annemi de."

"Çıldırdın mı?"

"Hayır tam tersine; tam olması gereken şey bu."

"Ne diyeceksin insanlara?"

"Geldiklerinde sen de dinlersin."

"Neyi dinlerim?"

"Mesajımı."

"Ne mesajı Cemre?"

"Hani şu okuyamadığımız mesajlar var ya işte onları. Neyse Merve, ben milleti arayıp çağırıyorum. Sen de mutfakta çay, kahve, alkol ne varsa hazırla, onlar gelene kadar içelim."

"Tamam."

Cemre annesi de dâhil, Yusuf'un masaj yaptığı arkadaşlarını zorla da olsa eve toplar. Herkes merakla ve endişeyle Cemre'nin neler olduğunu anlatmasını bekler. Cemre arkadaşlarını çağırırken, hayati bir mesele olduğunu, işi gücü bırakıp ona gelmelerini söyler. Eğer gelmezlerse bir daha görüşemeyeceklerini de belirtir. Bu tehditlerden sonra arkadaşlarının hepsi Cemre'nin evinde toplanır.

"Merve ne oldu?"

"Özkan bir saniye."

"Cemre kızım anlatsana ne oldu? Öldük meraktan."

"Annecim tamam, söyleyeceğim. Öncelikle sizleri çok seviyorum."

"Cemre, ne demek bu şimdi?"

"Can, endişe etme, dur, anlatıyorum. Beni ne kadar sevdiğinizi buraya gelmenizden anladım. Teşekkür ederim, ben de sizi seviyorum. Hemen olaya giriyorum. Yusuf'u hepiniz biliyorsunuz."

"Evet, şu seninki değil mi? Korona mı oldu yoksa?"

"Hayır saçmalama. Yusuf sadece benimki değil. Hepimizinki. Hepimize dokundu ve hepimizin hayatları mahvoldu."

"Cemre, ne saçmalıyorsun sen?"

"Cengiz lütfen ya, daha bitirmedim."

Cemre, tüm olanları olduğu gibi evdekilere anlatır. Herkes şaşkın, öfkeli ve utangaçtır. Çünkü kimse karanlıkta yaşadıklarını başkaları bilsin istemez. Öfkelerini bastırır ve onlardan beklenen saldırganlığı göstermezler. Onlara göre, utanç duyulacak şeyler yapanlar, öfkeli tepkiler verirler. Öyle gözükmemek için öfkeyi gizlemek en iyisidir.

Özkan,

Can Atiksoy,

Murat,

Ayşegül,

Cengiz,

Semra,

Hiçbiri öfkesini dışa vurmuyor.

İçlerinde kopan fırtınayı kimselere duyurmadan bastırmaya çalışıyorlar.

Sırları açığa çıkmış her insan gibi, bu işten sıyrılmanın bir yolu var mı diye düşünüyorlar...

Oburluk

Kibir

Öfke

Kıskançlık

Tembellik

Açgözlülük

Peki, şehvet nerede?

Hepsinin cumartesi geceleri hangi karanlık sularda gezindikleri artık biliniyor. Fakat bunu onlar istememişti. Onlar da her insan gibi karanlıklarını, en gizli yanlarını kimseler bilmeden yaşamak arzusundaydılar. Her biri, bir günahı temsil ettiklerinin artık farkında. Ancak bir yandan da Yusuf'a ne yapacaklarını düşünmeleri gerekiyor. Polise kesinlikle gidilmeyecek, bu hepsi için büyük bir problem olur. Onlara göre Yusuf deli ve herkesin hayatını ifşa edebilir. Bu yüzden kendi aralarında bir karar almaları gerekecek.

Zaman ilerledikçe Yusuf'un uyanma ihtimali de artıyor. Cengiz söze başlıyor:

"Önce Yusuf'u bağlayalım."

Murat tüm hiddetiyle söze karışır:

"Bağlamadan önce bırakın ağzını burnunu kırayım şu puştun."

Bu teklif, Merve hariç herkese mantıklı geliyor. Merve'nin karanlığını henüz hiç kimse bilmiyor. Acaba öğrenebilecekler mi?

Şimdi cehennem kavramını daha iyi anladınız mı? Tüm suçlarının ortaya dökülmüş olması, suç işlediği her insanla yüzleşmesi ve bu yüzleşmenin verdiği acı, sonrasında hissedilen büyük çaresizlik, bir insanın cehenneme düşmesi değildir de nedir? Bu çaresizlik hissiyle oradan kurtulmak için her şeyi yapmak mümkün değil mi? Gerekirse Yusuf'u da bağlar, aklını da mantığını da bağlar; ancak Merve gibi henüz cehenneme düşmemişse ruhun, Yusuf'un da hayatını düşünecek kadar doğrusundur. Bu yüzden Merve'de merhamet var hâlâ. Ama arzular kazanacak…

Yusuf'u bağlarlar!

"Ne demek bunlar Cemre? Gerçekten korkuyorum."

"Biliyorum Ayşegül; fakat ne yapacağımı da bilmiyorum. Ortalık bilinçaltı çöplüğü gibi. Hatta herkesin pisliğini yaptığı yer... Ya susun artık, yeter. Ben suçluyum, ben tanıştırdım sizi Yusuf'la ve tüm bunların suçlusu benim."

"Cemre bir şey soracağım."

"Sor anne."

"Herkesin hikâyesi doğruysa, Yusuf nasıl bildi bunları? Kimse anlatmadıysa tabii."

"Haklısın anne. Hey millet, herkes anlatsın lütfen. Kim, nasıl anlattı Yusuf'a bu yaşadıklarınızı. Anneminki yalanmış ama sizlerinki? Doğru söyleyin. Özkan sen?"

"Ben alkol alınca biliyorsun, çenem düşer."

"Can sen?"

"Konu yılan olunca beni biliyorsun Cemre."

"Cengiz?"

"Ayşegül'e olan duygularımı ortaya çıkardı, döküldüm ben de."

"Ya sen Ayşegül?"

"Uyuşturucu..."

"Tamam tamam. Bence hepimiz ortak kararımızı açıklayalım ve Yusuf'un gitmesini isteyelim."

"Ya birilerine bir şeyler anlatırsa ya da ne bileyim seri katilse mesela; peşimize düşerse?"

"Merak etme Ayşegül. Bir şeyden şüphe ediyorsan o başına gelmez. Yusuf korkar ve gider. Sonuçta bu onun yaşam tarzı."

Kendi aralarında konuşurlarken Yusuf bir anda uyanır.

"Cemre! Neler oluyor burada? Bana ne oldu? Siz, hepiniz neden buradasınız? Bana ne yaptınız Cemre?"

"Sakin ol Yusuf."

"Cengiz sus, herkes sussun. Önce ben konuşacağım. Yusuf, sen ne kadar şerefsiz, karaktersiz, aşağılık bir sapık psikopatmışsın?"

"Hey! Hey, Cemre! Ne diyorsun sen? Ne dediğinin farkında mısın?"

"Seni uyutup telefonuna baktım."

"Ne yaptın?"

"Parmak izinle açtım."

"İlaç mı verdin bana?"

"Evet. Sus da dinle. Tüm yazışmaların, fotoğrafların, hepsini gördüm. Ha bir de annenle yaptığınız büyüleri... Akıl hastası herif."

"Cemre hâlâ anlamadın değil mi?"

"Neyi anlamamışım, ne diyorsun sen ya?"

"Neden bunlar oluyor düşündün mü?"

"Ne diyorsun sen? Konu ben değilim, sensin."

"Cemre, hayatın sana verdiği mesajları hiçbir zaman almadın. Hiçbiriniz almadınız! Anlamayacaksınız da... Artık biraz durun ve düşünün! Yoksa hayatlarınızdaki bu kısır döngü kendini tekrar edip duracak. Ölüp dirilip aynı kalacaksınız."

17 Yıl Önce,
Yusuf 13 Yaşındayken...

Her insanın okuyamadığı
tek mesaj çocukluğudur.

"Yusuf, yeter oğlum, ellerine sağlık."

"Bir şey değil anne."

"Valla oğlum, sen başıma masaj yaptıkça ağrısı geçiyor."

"İyi misin anne şimdi?"

"Eline sağlık oğlum. Geldin on üç yaşına, hâlâ annene yardım ediyorsun."

"Edeceğim tabii."

"Demin başıma masaj yaparken bir şey dedin."

"Ne dedim?"

"Cemre mi ne."

"Yok ya anne, gözümün önüne bir şey geldi de."

"Kiminle ilgili?"

"İkimizle ilgili."

"Ne gördün? Annen kurban sana, anlat."

"Otuzlu yaşlarda psikolog olmuşum. Hastalarım var. Bir de Cemre diye bir kız gördüm. Şarkıcı. Bir sürü arkadaşı var."

"Sen âşık mı oldun Yusuf, kim bu Cemre?"

"Yok be anne. Öyle hayal işte."

"Yusuf bak oğlum, sakın başkasına gördüklerini anlatma. İnsanlar kötüdür oğlum. Hani benimle ilgili bir şey görmüştün?"

"Seninle ilgili bir mesaj geldi galiba."

"Nasıl bir mesaj?"

"Sanki yıllar önce gelmiş de okunmamış gibi."

"Anlat oğlum."

"Annesi tarafından daha bebekken ruhsal anlamda terk edilmiş çocuklarız. Bir daha terk edilmemek için ya insanlardan kaçan ya da insanlara yalan satan kişiliklere dönüştük. Sürekli başa dönüyoruz ve bizi başa döndürecek birilerini arıyoruz. İlk terk edilmişliği hatırlatacak, ilk yalnız kalma korkusunu hatırlatacak, ilk reddedilmeyi canlandıracak tiplere tutuluyoruz. Yani hep başa dönüyoruz. Her şey kısır döngüye girince alışmaya başlıyoruz. Eşleri ve babaları tarafından terk edilen anneler, aktarımı çocuklarına yapıyor. Ben bunu on üç yaşında anladım. Başa dönmemek lazım."

"Bak Yusuf!"

"Efendim anne."

"Kimseye söylemiyorsun tamam mı bu yeteneğini?"

"Tamam anne."

"Bak oğlum, inanan olur, tanımadığın bir sürü insan gelir, dokun, anlat, söyle, derler. Mahvederler hayatını."

"Tanımadığım insanlar mı?"

"Evet."

"Değişik."

"Neymiş değişik olan?"

"Tanımadığın insanların bedenlerine dokunmak, ne bileyim, ne hayatlar vardır mesela. Sanki film izlemek gibi."

"Neyse, hadi Yusuf, yemek yapmam lazım; ben mutfağa gidiyorum."

"Anne."

"Hı?"

"İkimiz çok eğleneceğiz."

İnsanın okuyamadığı tek mesaj çocukluğudur.

Her insan on üç yaşında yirmili yaşlarını, yirmili yaşlarında, otuz ve kırklarını; kırklı yaşlarında ise kırk ve sonrasını doğurur. Sürekli kendimizden doğarız çünkü on üç yaş ne olacağımıza karar verdiğimiz ve iradenin bize geçtiği yaşlardır, ama on üç yaş öncesi anne ve babaya, özellikle anneye aittir. Çünkü ilk doğum anne ile başlar. Sütü emerken gözlerinizin gördüğü tek dünya annedir. Anne, sizinle birlikte ömür boyu yaşayacağınız olayları da doğurur ve kendi ruhunu istemsizce bu olayların içine bir mesaj olarak yerleştirir. Çünkü her doğan bebek, anne için okunmamış bir mesajdır. Eğer onun tarafından tüm ihtiyaçlarınız karşılanırsa, sizin hayatta okuyacağınız iki mesaj vardır: Şimdi ve gelecek. Eğer eksik bırakıldıysanız okumanız gereken tek mesaj geçmişinizdir. Ailesine aidiyet geliştirmemiş çocuklar sık sık başkaları için sorun yaratan ya da sürekli sorun çözmeye çalışan yetişkinlere dönüşürler, ama ailesi ile aidiyet geliştiren çocuklar sorun yaratıp çözmekten ziyade yaşamı deneyimleyen, kucaklayan yetişkinlere dönüşürler. Bu yüzden tüm yetenekli insanların, özellikle sanatçıların aidiyetleri yoktur. Yetenek denilen özellikle de özel yetenek denilen şeyler, yara alan çocukların yaralarını görmezden gelmeleri için doğurdukları düş kanatlarıdır. Ve o kanatlar, bir şeyler kötü gittiğinde insanı uçurarak gökyüzüne çıkarır. Gökyüzünde gördüğün tek şey ilham perisidir. Bu yüzden yeryüzü anne ile başlayıp baba ile devam eden, adına geçmiş dediğimiz okunmamış mesajlarla doludur. Yeryüzünde mesajlarını okuyabilenler diğer insanlar için ilham perisine dönüşür. Tüm mesajlarınızı okumanız dileği ile düşler ülkesine sevgi ile…